OLIVER VON SCHAEWEN

Liebestrug

STANDESDÜNKEL Peter Struve ist bei der Polizei rausgeflogen und dümpelt als Ladendetektiv in der Glitzerwelt eines Ludwigsburger Einkaufszentrums herum. Am Tiefpunkt angelangt, verliebt er sich in die Buchhändlerin Carina, die mit Geflüchteten das Schiller-Stück »Kabale und Liebe« aufführen will. Doch dann erfährt Struve Mysteriöses: Carinas Ex-Freund, der iranische Asylbewerber Dschamil, soll den Gewerkschaftsaktivisten Berthold Schröder erstochen und sich aus Verzweiflung in der Gefängniszelle aufgehängt haben. Struve glaubt nicht an den schnellen Ermittlungserfolg seines früheren Chefs Hans Kottsieper. Je tiefer er in den Fall dringt, desto mehr Abgründe tun sich vor ihm auf. Struve selbst treibt gefangen in einer diffusen Gefühlwelt durch den Fall. Wie echt ist die Zuneigung Carinas und was will sie wirklich von ihm? Und warum entgleitet ihm das Geschehen im Einkaufszentrum immer mehr, als er in die Fußstapfen des Ermordeten Berthold Schröder tritt und einen Gesamtbetriebsrat gründen will? Der Ex-Kommissar reitet auf der Rasierklinge.

Oliver von Schaewen ist von Friedrich Schiller fasziniert. Seine Dramen lässt der 55-jährige Tageszeitungsredakteur aus der Nähe der Schiller-Geburtsstadt Marbach im Kreis Ludwigsburg in spannenden Kriminalromanen aufleben. »Heute gibt es keine Adelsprivilegien mehr – aber was wäre, wenn ein Geflüchteter in die heile Welt schwäbischen Besitzbürgertums einheiraten wollte?«, fragt der Autor und gibt damit Einblicke in den Ausgangspunkt seiner Überlegungen zu »Liebestrug«. Im vierten seiner Schiller-Krimis stellt Oliver von Schaewen aber auch die Frage, wie sehr sich Menschen von großen romantischen Lieben bestimmen lassen dürfen.

OLIVER VON SCHAEWEN

Liebestrug

Intrigenspiel am Neckar

GMEINER

Personen und Handlung sind frei erfunden.
Ähnlichkeiten mit lebenden oder toten Personen
sind rein zufällig und nicht beabsichtigt.

Immer informiert

Spannung pur – mit unserem Newsletter informieren wir Sie regelmäßig über Wissenswertes aus unserer Bücherwelt.

Gefällt mir!

Facebook: @Gmeiner.Verlag
Instagram: @gmeinerverlag
Twitter: @GmeinerVerlag

MIX
Papier aus verantwortungsvollen Quellen
FSC® C083411

Besuchen Sie uns im Internet:
www.gmeiner-verlag.de

Im Ehnried 5, 88605 Meßkirch
Telefon 07575/2095-0
info@gmeiner-verlag.de

1. Auflage 2020

Lektorat: Claudia Senghaas, Kirchardt
Herstellung: Mirjam Hecht
Umschlaggestaltung: U.O.R.G. Lutz Eberle, Stuttgart
unter Verwendung eines Fotos von: © clu / istockphoto.com
Druck: CPI books GmbH, Leck
Printed in Germany
ISBN 978-3-8392-2729-9

Für Tina

1

Sengül, die Rose. Er traf sie beim Gartenhaus seiner Eltern. Ein verfallener Schuppen, abgelegen am Waldesrand. Diese Treffen würde er nie vergessen, ein Leben lang.

Sengül war seine erste Freundin und seine erste Frau. Und er war der erste Freund und der erste Mann für ein 17-jähriges Mädchen, das noch fremd war im Land. Er, der nassforsche Abiturient, hatte sie auf dem Schulcampus angesprochen. Ihr versprochen, die deutsche Sprache sei einfach, wenn sie mit Musik erlernt werde. So saßen die beiden mittags im Schneidersitz im Gras. Sengül trug ein Pendel am Hals. Sie bestand darauf, auszupendeln, ob sie beide ein gutes Paar wären. Das Pendel schlug zu seinen Gunsten aus. Peter Struve brachte seine Gitarre mit. Lange hatte er überlegt, sich dann für Westernhagen entschieden. »Lass uns leben, lass uns leben, immer mehr. Lass uns leben, lass uns leben, das Leben ist gar nicht so schwer.« Der Song war schlicht und mit wenigen Gitarrengriffen spielbar. Ein wenig Angst schwang mit, aber er fühlte sich getragen. Er wusste nicht, woher es kam. Wollte in Sengüls angenehme Ruhe eintauchen. Ihr Lächeln war die Sonne, die für ihn niemals untergehen sollte.

Zuversicht begleitete ihn, als er mit seinem Fahrrad erneut das Gartenhaus ansteuerte. Jahrelang hatte er sich durch den Unterricht auf der klassischen Gitarre gequält. Nun spürte er endlich Rückenwind. Die Rose lauschte. Und lächelte. Saß da wie ein Engel mit pechschwarzen, zurückgesteckten Haaren. Irgendwann sang sie mit. Und nie wieder hatte Struve eine so schöne Stimme gehört. Als die Rose diese Zeilen das erste Mal sang, riss es ihn hin. Der junge Struve war verliebt. Nein. Er übersprang diesen lächerlichen Zustand des Verliebtseins. Er liebte sofort. Die wahre, große, ewige Liebe. Als sie dann gemeinsam sangen »Lass uns lieben, lass uns lieben, lass uns lieben immer mehr. Lass uns lieben, lass uns lieben, zu lieben ist gar nicht so schwer«, starrte Struve auf die unruhigen Hände der Rose, deren Fingerspitzen am Saum ihres Rockes spielten. Struve hatte keine Ahnung, was er nun machen sollte. »Ich bin froh mit dir«, sagte sie. »Und ich bin froh mit dir«, antwortete er. Er nahm ihre Hand wortlos. Sie war so klein. Und so warm.

Sie liebten sich im Gartenhaus. Als sie ihn mit weit offenen, tiefschwarzbraunen Augen anstarrte, wurde Struve von einer ungezähmten Gewalt zum Himmel geschleudert. Jetzt wusste er, dass das Leben unendlich schön war und das Leben sich lohnte. Aber nur, weil es Sengül gab.

2

Argwöhnisch betrachtete Peter Struve die Menschenmassen, die sich vor seinen Augen durch das Einkaufscenter schoben. Die Mall am Rande Ludwigsburgs mit ihren vielen kleinen Läden quoll über. Struve, der seit Jahren nur noch das Nötigste erwarb, verstand nicht, weshalb sich die Leute einem derartigen Gedränge aussetzten. Vorweihnachtliche Verzweiflung trieb die meisten umher, da war er sich sicher. Der Ladendetektiv blickte von seinem Lieblingsplatz im Café der oberen Ladenzeile auf das unwirtliche Geschehen. Er rührte etwas Zucker in seinen Kaffee, den er stets schwarz trank. Versteckt neben einem Pfeiler konnte er die Kunden beobachten, ohne selbst gesehen zu werden. Ein Großteil seiner Tätigkeit bestand darin, Menschen mit Blicken zu verfolgen und aufgrund ihres Verhaltens Rückschlüsse zu ziehen. Das strengte ihn an. Er war nicht Tom Cruise, und mit seinen bald 55 eigenwillig verlebten Jahren musste er mit nachlassenden Kräften haushalten.

Sein Blick schweifte über die Weite des Glasrondells. Er gönnte sich regelmäßig gegen 14 Uhr diese kleine Pause. Es war nicht einfach für ihn abzuschalten. Die antrainierten Reflexe arbeiteten weiter. Auf der Rolltreppe schwebten bepackte Familien ebenso sanft nach unten wie Einzelgänger, auf die er sich zu konzentrieren hatte. Der freie Eintritt in diesen Palast zog junge Kerle mit glasigem Blick an wie auch vereinsamte Rentner, die mit einem Samstag im Advent nichts anzufangen wussten. Ein bisschen Geld zu verjubeln, konnten sich nur die leisten, die genügend davon besaßen. War die Kleidung auch heutzutage noch ein Anhaltspunkt? Struve blickte als Erstes immer auf die Schuhe, wenn er aus der Körperhaltung so etwas wie kriminelle Entschlossenheit herausgelesen hatte.

Er nahm den ersten Schluck Kaffee. Die Jahre waren vergangen. Die Rolltreppe des Lebens. Aufstieg, Abstieg. Konnte es für ihn noch weiter bergab gehen? Er hatte gelernt, sich mit seinen Niederlagen zu arrangieren und sich ein dickes Fell zugelegt. Aus dem Pianospiel, das ihn aus der mittleren Etage gedämpft erreichte, hörte er Gershwins »Rhapsody in Blue« heraus. Erleichtert darüber, dass sich etwas vom allgegenwärtigen Weihnachtsgedudel abhob, sichtete er den Eingang seines Smartphones. Niemand hatte angerufen oder ihm geschrieben. Er stellte es auf lautlos, um seine Pause noch vollends zu genießen.

Als er aufblickte, wanderte sein Blick erneut zur Rolltreppe. Was er dort sah, überraschte ihn. Er kannte diese schwarzbraunen Augen, er kannte dieses Gesicht, das ihm vertraut war. Viel zu vertraut, als dass es sich in der üblichen Weise zuordnen ließ. Sengül? Er war völlig durcheinander. Wie in Zeitlupe schwebte diese Erscheinung nach unten. Sein Herz schlug schneller. Es musste lange her sein, löste bei ihm aber immer noch etwas aus. Verdammt, was war das? Er wollte aufstehen, aber er fühlte sich nicht handlungsfähig. Jahrzehnte waren inzwischen vergangen, und doch hatte er diese Augen nie vergessen. Die Augen auf der Rolltreppe waren exakt jene, die den jungen Struve in eine aussichtslose Lage gebracht hatten.

Was wohl aus ihr geworden war? Wie konnte eine Liebe einfach so verschwinden? Und wie konnte sie nach all der Zeit wieder auftauchen? In einem Warenhaus. Struve löffelte den Milchschaum aus, der den Boden seiner Tasse bedeckte. Er wollte sich auf die Suche machen. War sie es? Es müsste peinlich sein, eine Fremde anzusprechen, von der sich herausstellte, dass sie keinerlei Berührungspunkte mit ihm hatte.

Eine Durchsage riss ihn aus seinen Gedanken.

»Der kleine Jan, vier Jahre, ist verloren gegangen. Wir suchen seine Eltern. 3984, bitte zum Info-Punkt.«

3984 – das war die Chiffre, auf die er zu reagieren hatte. Es kam öfter vor, dass Eltern ihre Kinder im Warenhaus verloren. Warum er als Ladendetektiv jedoch der Abholung beiwohnen musste, erschloss sich ihm nicht. Offenbar fand das Management keinen Dümmeren.

»Kindergarten«, fluchte er. Mit rollenden Augen und einem Fingerzeig in Richtung des Info-Punktes bedeutete er der Kellnerin wortlos seinen Aufbruch. Die Brünette im schwarzen T-Shirt, die behände zwischen den Tischchen entlangjonglierte, nickte kurz, während Struve ihr das Geld hinlegte. Dann trottete er ohne große Eile auf den Treffpunkt am anderen Ende des Ganges zu. Die Suche nach dem Phantom, das Sengül ähnelte, aber sie höchstwahrscheinlich nicht war, musste er zurückstellen. Einmal mehr diktierten äußere Umstände sein Handeln.

»Wo bleiben Sie denn?«, herrschte ihn eine hochgewachsene bebrillte Endvierzigerin mit schwarzem Kurzhaarschnitt und steifem dunklem Businesskostüm an. Cornelia Mörbelbauer, die stellvertretende Leiterin der Personalabteilung, hatte Wochenenddienst, was ihre Vorliebe, Gardinenpredigten zu halten, sicherlich förderte, dachte Struve. Er durfte es also nicht als persönliches Privileg verstehen, in ihr ungeduldiges Sperrfeuer der Vorwürfe gelaufen zu sein.

»Gemach, gemach«, antwortete Struve mit gespielter Lässigkeit. Die Frau ging ihm auf die Nerven, er konnte sie nicht ernst nehmen. »Rollschuhe wären super, aber bei dem Gedränge …«

»Lassen Sie Ihre Scherze, Sie sind hier nicht zum Vergnügen«, fauchte ihn die Mörbelbauer an. Ihre Wangen leuchteten rot, ihre Stirn lag in Falten. »Warum haben Sie sich nicht gemeldet, als ich Sie vorhin auf dem Handy anrief?«

Überrascht hob Struve seine Augenbrauen. Langsam tastete er sich mit seiner rechten Hand in seine Hosentasche vor und nestelte sein Smartphone hervor, um verstohlen auf das Display zu schauen.

»Hm, da habe ich wohl den Ton ausgestellt – Sie wissen ja, dass dies während meiner Observationen notwendig ist.«

»Schon mal was von Vibrationsalarm gehört – Handys haben mehr als eine Funktion!«, giftete die Vorgesetzte zurück.

»Klar kenne ich Vibratoren, setze sie aber nicht bei jeder Gelegenheit ein.« Struve zwinkerte ihr zu und hoffte, sie ein bisschen auflockern zu können, erreichte aber eher das Gegenteil. Cornelia Mörbelbauer fixierte ihn mit gefrorener Miene.

»Leute wie Sie sollte man …«

Der kleine Jan rief sich mit einem Tritt gegen Struves Schienbein in Erinnerung. »Böser Onkel!«

Mit schmerzverzerrtem Gesicht zog der Getretene sein rechtes Bein hoch. Struve umklammerte es, während er mit dem anderen Bein einen kleinen Veitstanz vor der Info-

Theke hinlegte. Einige Passanten drehten sich amüsiert um und zeigten grinsend mit dem Finger auf ihn. Cornelia Mörbelbauers Lippen blieben schmal.

»Sehen Sie, das kommt davon, wenn man andere warten lässt.«

»Aber Jan, da bist du ja.« Die Mutter des kleinen Rabauken bog, mit Einkaufstaschen beladen, um die Ecke und beugte sich trotz ihres sperrigen Gepäcks hinunter, um ihren Sohn zu umarmen. Jan entzog sich aber dem mütterlichen Zugriff und zeigte auf den großen Mann, dem er soeben ein Hämatom verpasst hatte. »Böser Onkel!«

Struve hatte sich wieder halbwegs normal positioniert und versuchte, ein Lächeln aufzusetzen. »Ihr Kleiner mag Kung-Fu-Filme, stimmt's?«

»Wie kommen Sie denn darauf, Sie komischer Kauz? Was hat er dir getan, mein Schatz?«

Jan hatte offenbar nicht mehr den Mumm, weiter anzugreifen. Er fing an zu weinen und suchte bei seiner Mutter Schutz.

Cornelia Mörbelbauer beugte sich zu ihm hinunter und reichte ihm einen zweiten Riegel Kinderschokolade.

»Jan hat sich ganz tapfer gehalten. Ich hoffe, Sie haben sich nicht allzu große Sorgen um ihn gemacht«, säuselte die leitende Angestellte.

Wenig später stand Struve ihr allein gegenüber.

»Jetzt mal ohne Scheiß«, hob der Gescholtene an. »Sie glauben doch nicht im Ernst, dass meine Identität lange geheim bleibt, wenn mich die Leute ständig bei Kinderabholungen sehen?«

Die Mörbelbauer schaute ihn an, als ob sie ihn gerade beim Diebstahl eines Kinderschokolade-Riegels erwischt hätte.

»Sie sind seit etwa einem Vierteljahr bei uns tätig, Herr Struve, und Sie verdienen vergleichsweise viel. Da dürfen Sie sich für solche Arbeiten nicht zu schade sein.«

»Dass ich nicht lache«, entgegnete Struve, der wusste, dass die Läden der Warenhauskette mit Dumpinglöhnen operierten, wie sie nur wollten. Dass er als Freiberufler relativ gut verdiente, mochte aus ihrer Sicht vielleicht stimmen, doch war er bei einem Stundenlohn von 20 Euro weit davon entfernt, in Jubelarien einzustimmen. »Demnächst darf ich dann noch die Kids im Family-Room bespaßen?«

»Keine so schlechte Idee, ich werde es meinem Chef vorschlagen«, antwortete Cornelia Mörbelbauer schnippisch. »Ich denke, wir sollten sowieso mal mit Ihnen ein kleines Personalgespräch führen.«

Struve, der wusste, dass sie am längeren Hebel saß, wollte nicht klein beigeben.

»Wenn Sie einen Detektiv wollen, müssen Sie ihn seine Arbeit in Ruhe machen lassen – alles andere führt zu nichts.«

»Schön, dann zeigen Sie uns doch mal, was Sie drauf haben. Bisher haben wir von Ihnen wenig gesehen, Herr Struve – aber das besprechen wir am besten am Montag. Wir erwarten Sie um zehn Uhr im Management-Office.«

Als Struve das Büro verlassen hatte, las Cornelia Mörbelbauer noch einmal das stichpunktartige Strategiepapier durch, das in der Zentrumsleitung handschriftlich kursierte.

»Detektive. Einfache Kosten-Nutzen-Rechnung. Steigende Personalkosten. Outsourcing möglich. Brauchbare Gesetze. Detektive auf Erfolgsbasis? Statistiken? Müssen stimmen. Warenverluste noch niedrig. Nach wie vor akzeptabel. Detektiv 4.0? Kommt! Mehr Kameras, Stückzahl, Montage, Zwischensumme. Software an der Ware verstärken. Auswer-

tung: Fremdvergabe. Kalkulation: Controlling und Personalleiterin. Projektfrist vereinbaren. Betroffen: Struve, Peter. Andere Detektive formbar. Mindestlohn. Struve kündbar, ab wann? Vertragsfristen beachten. Erfahrungen anderer Filialen? Abrufbar. Schauen, was geht. Bilanzen aus Stuttgart, Esslingen, Karlsruhe und Freiburg verfügbar. Evaluation manipulierbar. Rücksprache. Strenge Mitarbeiterführung. Mobbing: nicht unmöglich. Führungsebene einweihen. Können, wenn wir wollen.«

3

Verärgert setzte Peter Struve seine Arbeit fort. Es wurmte ihn, dass er das Augenpaar, das er auf der Rolltreppe erkannt hatte, nicht verfolgen, geschweige denn zuordnen konnte. Er schaute auf die Uhr und stellte fest, dass er noch vier Stunden zu arbeiten hatte. Er betrat den Technikraum, in dem er die Videokameras steuerte. Eine Batterie aus neun Monitoren gaben in Echtzeit die Ereignisse des Zentrums wieder. Struve setzte sich, nahm die Fernbedienung in die Hand und zappte sich durch das Programm. Leuchteten diese Augen noch irgendwo? Aber er suchte vergeblich. Stattdessen hallte immer noch das unerfreuliche Gespräch mit der Personalchefin nach. Er musste sich eingestehen, dass sein letzter Fang schon einige Wochen zurücklag. Darauf würde er am Montag bestimmt angesprochen. Natürlich konnte er sich rausreden. Die Kameras seien nicht etwa versteckt angebracht, schreckten ab, konnten jeden Winkel erfassen und es sei bekannt, dass professionell ausgebildete Ladendetektive im Haus arbeiteten. Mit anderen Worten: Die Fangquote ist nicht wesentlich. Dachte Struve jedenfalls. Weil er wusste, dass man dies auch anders sehen konnte, fühlte er sich unter Druck. Schließlich sparten sich immer mehr Kaufhausketten die Detektive und stellten vermehrt Studenten ein, die sich mit digitalen Gesichtserkennungsprogrammen auskannten. Sie werteten stundenlang die Videoaufzeichnungen der Vortage aus und konnten so einige Diebe im Nachhinein identifizieren. Wenn sie danach das Center betraten, konnte man sie schnappen. Eine saubere, sichere Sache, zumal die Gesetze zur Datenspeicherung gelockert worden waren. Struve musste fürchten, ein Opfer der um sich greifenden Rationalisierung zu werden. Vielleicht sollte er mit der Mörbelbauer besser ein Friedenspfeifchen rauchen, aber diese Schabracke war ja nicht einmal mit der Kneifzange anzufassen.

Als er mithilfe der Monitore ein Kleidungsgeschäft durchstreifte, fiel ihm ein junger Mann auf, der zwischen den Regalen auf und ab lief. Dabei immer wieder unsicher um sich blickte.

»Ruhig, Brauner!«, murmelte Struve, der sich insgeheim wünschte, bald einen Täter auf frischer Tat zu ertappen. »Jetzt mach schon!«, flüsterte er, während er die Szene größer zoomte. Er konnte sehen, wie der etwa 25-jährige dunkelhaarige Kerl im Kapuzenpulli an einem Stapel mit T-Shirts fingerte.

Dass sich diese dummen Klischees vom klauenden Ausländer auch ständig wiederholen müssen, dachte Struve, der sich an die Großkontrollen zu Beginn seiner Polizeiausbildung erinnerte. Sie zogen damals die kleinen, billigen Wagen raus, und genau dort saß meistens das Haschisch. Die größeren Verbrecher sitzen in den Luxuslimousinen, hatte er schon damals gedacht. Der Ladendieb, den er jetzt observierte, tat ihm fast schon leid. Aber er selbst brauchte ein Erfolgserlebnis.

»Okay, es geht los«, sprach er sich Mut zu und prüfte kurz, ob er seinen Dienstausweis dabei hatte. Schnell verließ er den Raum. Es würde reichen, den Mann im Kassenbereich abzufangen. Leider hebelten immer mehr Diebe die Produkterkennung am Ausgang aus. Er rechnete nicht damit, dass ein Alarm für unnötiges Aufsehen sorgen würde. Ein Irrtum, denn eine Sirene heulte durchdringend auf, als Struve nur noch etwa 30 Meter von der Drogerie entfernt war. Dazu drehte sich ein grelles Signallicht über der Armatur der Alarmanlage.

Der Dieb stürmte heraus, geradewegs auf ihn zu. Ängstlich wichen einige Frauen aus. Auch die Männer waren durch die Bank nicht bereit, den Helden zu spielen. Sie gaben sich alle Mühe, das kurze Wegstück zum Ausgang nicht zu versperren. Struve nutzte jedoch die etwas unübersichtliche Situation und brachte den jungen Mann zu Fall. Der Dieb streifte seine hochgezogene Kapuze ab und wollte sich aufrappeln. Struve, dessen Hämatom einen Volltreffer abbekommen hatte, warf sich jedoch auf ihn und nahm ihn fest in den Polizeigriff.

»Au – lassen Sie mich, ich gebe ja schon auf!«, rief der Ladendieb in fast akzentfreiem Deutsch.

»Sie werden jetzt keine Schwierigkeiten mehr machen und mich ins Büro begleiten!«, ordnete Struve mit fester Stimme an. Um sie herum hatte sich eine kleine Menschentraube gebildet. Struve ließ los, denn er war überzeugt, dass ein neuer Fluchtversuch allein schon an der Masse der Umstehenden scheitern würde.

Jemand rief, es war wohl die Mörbelbauer. Struve drehte sich kurz um, doch damit gab er dem Ladendieb die Gelegenheit zum Angriff. Er spürte die kalte Klinge eines Messers, das ihm scharf auf den Kehlkopf drückte.

»Du bist tot, wenn du nicht mitmachst«, stieß der Dieb hervor. »Ihr macht alle Platz!«, herrschte er die unfreiwilligen Zuschauer an. Er packte Struve am hinteren Kragen und schob ihn nach vorne, während die Menge ängstlich auswich.

»Lassen Sie den Mist, Sie reiten sich nur noch tiefer rein!«, presste Struve hervor, der Meter für Meter weiter mitgezerrt wurde.

»Halt dein Maul!«, schrie der junge Mann. Sie erreichten den Springbrunnen, dessen monotones Plätschern für Struve nur dann zu ertragen war, wenn er bei einer Tasse Kaffee mit der Bäckereiverkäuferin schäkerte.

»Wenn Sie mich loslassen, lege ich vor Gericht ein gutes Wort für Sie ein, und Sie kommen da einigermaßen heil raus.« Struve fühlte, wie der andere den Griff enger zog und die Klinge in seine Haut eindrang. Viel konnte er sich nicht mehr erlauben.

Plötzlich lockerte sich die Umklammerung.

»Fuck off«, rief der Angreifer. Er gab Struve einen kräftigen Tritt in den Hintern, und der Kaufhausdetektiv schleuderte nach vorne, kippte über den Rand des Brunnens und landete der Länge nach im Wasser.

Der Dieb rannte durch den Eingang hinaus. Struve tauchte auf, blickte in entsetzte, aber auch amüsierte Gesichter. Smartphones waren auf ihn gerichtet. Sie filmten ihn. Er würde zum Spott der Facebook-Community, und er war viel zu nass, um den Flüchtigen schnell genug verfolgen zu können. Frustriert entstieg er dem unfreiwilligen Bad.

Cornelia Mörbelbauer trat so resolut auf ihn zu, als ob sie ihn gleich wieder untertauchen wollte.

»Wenn das alles ist, was Sie draufhaben, können Sie am Montag gleich Ihre Papiere abholen, Sie Niete!«

Struve wäre am liebsten vor Scham im Erdboden verschwunden. Er schaute sie belämmert an, spürte, wie Blut von seinem Hals herabrann, und wäre am liebsten in den Erdboden versunken. So unverschämt er die neuerliche Tirade dieser eingebildeten Kuh empfand, so hatte sie doch recht: Er hatte sich wie ein Anfänger düpieren lassen. Er, ein in die Jahre gekommener Bulle, der noch nicht einmal mit Ladendieben in einem Kaufhaus fertig wurde.

Die mitleidigen Blicke der Zentrumskunden verfolgten ihn, als er klatschnass um die Ecke bog und im Personalraum Unterschlupf suchte – nicht wissend, wie er die durchtränkten Klamotten durch andere ersetzen konnte. Kraftlos setzte er sich auf eine der lehnenlosen Bänke und begann, seine ruinierten Lederschuhe auszuziehen.

4

Es klopfte. Wer auch immer ihn in diesem Aufzug sähe, er würde es bitter bereuen, sagte sich Peter Struve in einem Anflug von Selbstironie. Er atmete tief durch, nahm sich vor, jede neue Unverschämtheit möglichst ohne Anwendung von Gewalt zu erdulden, und öffnete die Tür zu dem spärlich beleuchteten kleinen Raum, in dem außer den Bänken nur noch einige Spinde aus hässlichem grauen Metall standen.

»Hallo, Sie sind es doch, der Detektiv?«, fragte ihn eine angenehm klingende Frauenstimme.

Verdutzt blickte Struve auf einen Kleiderstapel, der sich vor ihm auftürmte. Ziemlich viele Handtücher, ein Pullover, eine Jeans, Unterwäsche und ein Paar Socken bildeten die Schichten, hinter denen ihn ein freundliches Gesicht anlächelte.

»Hallo, ja, das bin ich. Ist denn schon Heiligabend?«, fragte der immer noch nasse Struve sein Gegenüber. Es war die Verkäuferin aus der Buchhandlung schräg gegenüber. Sie war ihm schon früher aufgefallen, denn ihre schlanke Figur, das hellbraune lange volle Haar, das sie zumeist flott zu einem Pferdeschwanz gebündelt trug, und ihre offene, hilfsbereite Art wirkten auf ihn durchaus attraktiv. Es fiel ihm nicht schwer, ihr Lächeln zu erwidern. So erwartete er ihre Antwort.

»Na ja, nach der schönen Bescherung von vorhin können Sie bestimmt was gebrauchen, hab' ich gedacht.«

»Da liegen Sie allerdings goldrichtig.« Dankbar nahm er den Stapel in Empfang. Er stellte sich vor und erfuhr, dass sie Carina Loringer hieß. Sie war nicht nur Augenzeugin seines grandiosen Unterganges im Zentrumsspringbrunnen gewesen, sondern hatte auch zuvor gesehen, wie Struve den Ladendieb stoppte.

»Ich finde, man hätte Sie nicht so behandeln dürfen«, sagte sie und drängte sich zu ihm in den Raum.

Struve nickte. »Sie entschuldigen mich kurz.« Eilig zog er sich in der Toilette um, während seine Besucherin auf ihn wartete.

»Sie müssen die Preisschilder noch abmachen«, rief die freundliche Besucherin und reichte ihm eine Schere. »Wenn Sie wollen, können wir noch rüber ins Schuhgeschäft«, schlug sie vor.

»Danke. Das ist nicht nötig. Ich habe immer ein Paar Halbschuhe für alle Fälle.« Die Jeans saß zwar nicht hundertprozentig, und auch der hellblaue Schlabberpulli entsprach nicht seinem Geschmack, doch in seiner Lage durfte er nicht wählerisch sein.

»Wie viel haben Sie für mich ausgelegt?«, fragte er, nachdem er aus der Toilette gekommen war und ihr wieder gegenüberstand.

»Bezahlt habe ich gar nichts. Geht aufs Haus.«

Er blickte sie fragend an, worauf sie die Achseln hob und wieder fallen ließ: »Ich persönlich finde, das war ein Arbeitsunfall. Da haben Sie ein Anrecht auf neue Kleidung.«

»Das dürfte die Zentrumsleitung anders sehen.«

»Mag sein, aber lassen Sie das meine Sorge sein. Eine Freundin arbeitet im Textilshop – die ist auch der Meinung, dass Sie sich für uns alle großartig eingesetzt und viel riskiert haben.«

So viel Dankbarkeit beeindruckte den Detektiv. »Eigentlich ein klassischer Fall von Ladendiebstahl durch das Personal«, scherzte Struve und blickte Carina Loringer streng an, um ihre Reaktion zu testen.

»Verhaften Sie mich doch.« Sie stand auf und hielt ihm ihre Hände entgegen.

»Geht nicht. Die Handschellen liegen im Auto.«

»Ich steh' eh nicht auf solche Spielchen«, sagte sie und lächelte spitzbübisch. »Aber wenn Sie wollen, können wir uns nach Feierabend noch auf ein Bier im Bistro treffen. Bis wann geht Ihr Dienst?«

Der Vorschlag gefiel Struve. »18 Uhr, sehr gerne«, hörte er sich antworten. Die Kleine hatte Pep, und er brauchte jemanden, mit dem er den verpfuschten Tag noch versöhnlich ausklingen lassen konnte. Die Alternative wäre ein einsamer Fernsehabend in seinem Appartement in der Ludwigsburger City bei Dosenbier und Tiefkühlpizza gewesen.

»Na, dann bis später!«, rief sie ihm beim Rausgehen zu und drehte sich um: »Lassen Sie sich nicht unterkriegen und trinken Sie noch etwas Warmes!«

Keine zwei Minuten später klopfte es erneut, diesmal lauter und fordernder. Peter Struve ahnte, dass dieser Besuch weniger angenehm als der vorherige werden würde. Die Tür öffnete sich augenblicklich. Cornelia Mörbelbauer trat schnaufend ein und warf einen herablassenden Blick auf ihren Mitarbeiter, der sich wieder auf die Bank gesetzt hatte.

»Hier haben Sie sich also versteckt. Kommen Sie, die Polizei ist bei uns im Office. Die wollen mit Ihnen reden.«

Unwillig erhob sich Peter Struve und begleitete sie. Er versuchte nicht, etwas an ihrem frostigen Verhältnis zu ändern, und schwieg. Stumm durchschritten sie den langen Gang, der mit grellem, kaltem Neonlicht unbeseelt wirkte wie das Eisfach eines Kühlschranks.

Im Büro des Zentrumsmanagements warteten zwei Polizeibeamte. Einer von ihnen trug Uniform, der andere Zivilkleidung. Überrascht blickte der etwas Ältere ohne Uniform den Eintretenden an.

»Mensch, Struve, es stimmt also doch! Sie sind als Glubscher im Kaufhaus gelandet.«

Es war Littmann, Struves ehemaliger Kollege und Lieblingsfeind aus dem Stuttgarter Morddezernat. Peter Struve missfiel die anzügliche Begrüßung.

»Was wollen Sie von mir, Herr Polizeioberkommissar Littmann?«

»Na, warum denn auf einmal so förmlich?«, fragte Littmann mit breitem Grinsen zurück. »Wenn zwei alte Kämpen wie wir aufeinandertreffen, ist das doch eher ein Grund zu feiern, meinen Sie nicht auch?«

Regungslos nahm Struve den durchaus freundschaftlich gemeinten, etwas zu festen Klaps auf die Seite seines linken Oberarms hin. Sie schüttelten sich die Hände.

»Sie wissen genau, dass es nichts zu feiern gibt«, entgegnete Struve.

»Na schön, mag sein. Da ist Ihnen halt mal wieder ein Fisch von der Angel gegangen, haben wir gehört.« Littmann stellte ihm den Polizeiobermeister Dieter Harms vor. Es schien so, als ob die beiden schon mit Cornelia Mörbelbauer gesprochen hätten. Anders war die ignorante Haltung der Polizisten ihr gegenüber nicht zu erklären.

Struve nahm sich vor, sich von der zuweilen überbordenden Plumpheit seines Exkollegen nicht provozieren zu lassen.

»Wenn Sie den Ladendieb meinen: Ja, der ist leider entkommen.«

»Aber, das ist doch kein Beinbruch, alter Junge. Das passiert auch alten Hasen. Ich meine, Sie sind zwar ein alter Hase, und es passiert Ihnen ja sonst auch nicht, aber gut, wir sind alle Menschen und machen Fehler.«

»Durch Ihre vielen Worte wird es nicht besser.«

Mit der Ankunft seines langjährigen Bürogenossen sah sich Peter Struve schmerzhaft an die Umstände erinnert, die dazu geführt hatten, dass er diesen mehr als mäßigen Job im Warenhaus verrichten musste.

»Na, dann kann es ja nur besser werden.« Littmann versuchte wieder, auf gute Laune zu machen. »Frau, äh, Möbelbauer …«

»Mörbelbauer«, korrigierte Struve, der sich ein Grinsen gerade noch verkneifen konnte und es in ein Lächeln in ihre Richtung zu verwandeln suchte. Was jedoch misslang, wie er unschwer an ihren zusammengekniffenen Augenbrauen erkennen konnte.

»Ja, sorry, Mörbelbauer natürlich«, entschuldigte sich Littmann. »Sie haben uns Ihre Version von dem Vorgang bereits erzählt. Jetzt, verehrter Herr Struve, schießen Sie doch mal los: Wie haben Sie es erlebt?«

Littmann hielt den Notizblock in der einen Hand, in der anderen einen Stift. Struve kannte seine Haltungen in- und auswendig. Er fragte sich, warum sich der frühere Kollege aus der Mordkommission um Ladendiebstähle kümmerte. Weil er es für möglich hielt, dass Littmann gegen ihn ermittelte, beschloss er, durch Rückfragen Zeit zu gewinnen.

»Werde ich als Zeuge vernommen oder als möglicher Komplize des entwischten Ladendiebs?«

Aus den Augenwinkeln bemerkte Struve, wie sich die Mörbelbauer verlegen in Richtung Wand abdrehte.

Littmann grinste wieder breit. »Da bringen Sie mich aber auf ganz schöne Ideen, mein sehr verehrter Exkollege!« Er wandte sich Cornelia Mörbelbauer zu, bat sie, den Raum zu verlassen, und schickte Obermeister Harms zur Vernehmung weiterer Zeugen in die Ladenzeile.

Littmann saß ihm nun alleine gegenüber. »Mensch, Struve, lassen Sie's doch endlich gut sein – wir beide können nichts dafür, dass die Sache damals so dumm lief. Vertrauen Sie mir! Das hier ist eine Bagatelle.«

»Wer hat Sie gerufen?«

»Irgendwelche Typen, die Ihren Auftritt mitbekommen haben. Natürlich will die Mörbelbauer Ihnen einen einschenken. Aber sie hat nichts. Oder?«

Die verbindliche Art Littmanns beruhigte Struve. Bullenblut war eben doch dicker als Wasser.

»Nein. Ich war nur unvorsichtig.« Struve erzählte von seinem Malheur. Littmann schüttelte immer wieder den Kopf und machte sich fleißig Notizen.

»Tja, es sieht so aus, als ob Sie einfach etwas aus der Übung sind. Aber Sie können sich auf mich verlassen: Da brennt nichts an.«

»Danke. Sonst alles okay in der Wolfsschanze?« Struve fragte eher mechanisch nach, denn er hatte mit dem Polizeidienst abgeschlossen.

»Ein Sauladen, es hat sich nicht viel geändert, seitdem Sie weg sind. Ein einziger intriganter Haufen.«

»Und Sie sind im Streifendienst gelandet?«

»Was willst du machen? Wenn dem Chef deine Nase nicht passt, bist du draußen.«

»Haben Sie genug?«, fragte er, um die Vernehmung abzukürzen.

»Ja.« Littmann schüttelte ihm die Hand einen Moment länger als nötig. »Das hier ist doch nichts für Sie, Struve.«

»Wir werden sehen.« Er dachte kurz daran, dass auch die

Arbeit bei der Kripo all die Jahre lang nichts für ihn gewesen sein könnte. Dann verabschiedeten sie sich.

*

Izmir, 28.2.1984

Lieber Peter,

ich habe nicht vergessen. Nichts vergessen. Niemals vergessen. Wir sind nicht allein. S.

*

Tagebuch Peter Struve
Stuttgart, 10.3.1984

Wer hört mich?
Wer versteht mich?
Sengül, du
Verschwunden
Mir entrissen
Wo auch immer
Du bist
Weggebracht
Von mir
Unfassbar
Weit weg
Schreie ich
Nach dir
Verzehre mich
Nach dir
Hörst du mich?

Sehnsuchtsschmerz
Durchbohrt
Mein armes Herz
Deine Familie
eine Mauer
des Schweigens
Wo finde ich dich?

5

Peter Struve behielt die Monitore der Videoüberwachung im Blick. Bis zum Treffen mit seiner neuen Bekanntschaft blieben noch zwei Stunden. Er fühlte sich völlig aus dem Tritt und starrte unkonzentriert vor sich hin. Der Pullover kratzte. Er fragte sich, was eine aufgeweckte junge Frau von einem in die Jahre gekommenen Typen wie ihm wirklich hielt. Er lebte zurückgezogen und hatte sich seit der Trennung von Marie als unfähig erwiesen, neue Bindungen einzugehen. Vereinzelte One-Night-Stands endeten über kurz oder lang stets mit der ernüchternden Feststellung, dass weitergehende Beziehungen schwer zu verhandelnde Kompromisse erforderten. Und die war Peter Struve als Mittfünfziger nicht mehr bereit einzugehen. Er genoss seine Freiheit. Aus dem Alter, in dem die Sexualität die alles entscheidende Triebfeder für neue Bekanntschaften war, hatte er sich in den letzten Jahren verabschiedet. Er legte es nicht mehr darauf an, bei Frauen zu landen, er versuchte stattdessen, sich an seelischer Schönheit zu erfreuen, wie er es nannte. Wer nicht klammerte und Unmögliches von ihm forderte, konnte mit seiner Gesellschaft rechnen. Das Problem war, dass die meisten Frauen so nicht gestrickt waren und von ihm Liebesbeweise forderten, die ihn einschnürten. Inzwischen jedoch war er froh, wenn sich überhaupt noch Menschen, die er nett fand, für ihn interessierten.

Er schätzte Carina Loringer auf etwa Anfang 30. Ein Alter, in dem viele Frauen ihre Reize optimal entfalten. Aber mehr noch als durch ihr Äußeres fühlte sich Struve durch ihre offene Art angezogen. Die Last seiner langjährigen Einsamkeit zehrte an ihm. Er war Realist genug, um zu durchschauen, dass er hauptsächlich deshalb auf sie abfuhr, weil sie ihn in einem Zustand antraf, den er selbst nur noch als erbärmlich empfinden konnte. Was aber steckte hinter dieser Frau, die in den wenigen Minuten ihres Zusammenseins eine Seite in ihm berührte, die er fast schon vergessen geglaubt hatte? Struve blickte auf die Uhr. Es war Zeit, einen geeigneten Tisch im Zentrumsbistro zu finden. Der Abend hatte begonnen, die meisten Kunden saßen entweder schon mit ihren Geschenken im Auto oder erholten sich daheim von der strapaziösen Einkaufstour. Für gewöhnlich hielt der Strom der Konsumentschlossenen noch in den Abendstunden an. Auch im Advent brach jetzt die Zeit der Jüngeren, Ungebundenen an, die von 18 bis 22 Uhr das Zentrum durchstreiften. Aber auch ältere Singles oder nicht betreuungspflichtige Senioren zerstreuten sich unter den verspielten Klängen des Pianos, die immer noch das Plätschern des Springbrunnens begleiteten.

Nach den turbulenten Ereignissen des Tages legte Peter Struve nicht allzu großen Wert darauf, länger als nötig zu arbeiten. Er fühlte sich wie ein gerupftes Huhn und nahm auf einem der bequemen Schwingstühle des Bistros Platz. Lange zu warten brauchte er nicht. Carina Loringer trat pünktlich an den Tisch. Sie trug eine eher unauffällige Kombination aus langem Jeansrock, einer hellen Bluse und einer dunkelblauen Cordjacke, die ihre Haare, die sie nun offen trug, wirkungsvoll in Szene setzte. Struve kam sich umständlich vor, als er ihr einen Platz anbot, er nahm ihr natürliches Lächeln erfreut zur Kenntnis, sorgte sich aber, sie könne ihn im Laufe des Gesprächs als langweilig empfinden. Überhaupt fragte er sich, worüber sie sich wohl unterhalten könnten. Eine solche Aufregung erinnerte ihn an alte Zeiten. Keine Frage: Licht drang in die Dunkelkammer seines faden Lebens, und er versuchte, sich mit dem niedrig gesteckten Ziel zu beruhigen, einfach eine gute Zeit mit einer Frau zu verbringen, die sich offenbar für ihn interessierte.

Tatsächlich verlief das Gespräch aus seiner Sicht erfreulich gut. Das förmliche Sie wich schon beim ersten Glas Bier dem vertraulichen Du, das er ihr aus einem ganz natürlichen Reflex heraus anbot. Sie erzählte ihm, dass sie in der Nähe von Schillers Geburtshaus in den Marbacher Holdergassen wohnte.

Struve, dessen Exfrau Marie in der Stadt arbeitete, kannte die Kleinstadt.

»Der Kult um den Dichter wirkt auf mich erdrückend. Es fehlt nur noch, dass sie seine Reliquien in der Alexanderkirche ausstellen«, spottete Struve, der zugeben musste, nur wenige der Werke gelesen zu haben.

»Findest du wirklich?«, entgegnete die Buchverkäuferin, als sie sich mit Lasagne al forno zu stärken begannen. Sie setzte die Gabel ab. »Schillers Dramen sind doch aber Klassiker und damit fast zeitlos. Da gibt es noch immer etwas zu entdecken, gerade heute.«

»Ja, das sagen sie immer. Aber allein diese umständliche Sprache – ich hab' neulich zwei junge Türken im Dönerladen darüber reden gehört, wie sie ihr Deutsch-Abitur am Abendgymnasium nachgeholt haben. Die mussten Schillers ›Räuber‹ mit dem Wörterbuch lesen.«

»Okay …« Carina Loringers Temperament zeigte auf einmal Anzeichen der Entschleunigung. Sie wirkte nachdenklich und blieb Struve die Antwort schuldig. Er wollte nicht unhöflich sein und scheute sich deshalb, nach dem Grund ihres abrupten Schweigens zu fragen. Nach einer kurzen Weile, die ihm wie eine halbe Ewigkeit vorkam, nahm sie ihr Glas und prostete ihm zu.

»Ich finde es schön, dass du nicht mehr so geknickt bist, Peter.«

»Danke, Carina. Ich finde es schön, dass wir uns durch dieses ganze Schlamassel kennenlernen konnten.«

Weil er Oberflächlichkeit hasste und ihm ihre vorübergehende Reserviertheit keine Ruhe ließ, hakte er nach.

»Ich weiß ja nicht, wie du zu diesem alten Herrn Schiller stehst. Aber wenn ich da bei dir in ein Fettnäpfchen getreten sein sollte, kannst du es mir ruhig sagen.«

Sie lachte und setzte das Glas ab.

»Du bist ja wirklich supersensibel, Peter! Also gut, ich verrate dir das Geheimnis: Ich bin in meiner Freizeit Schauspielerin, und wir vom Kulturverein Südlich vom Ochsen proben gerade für ein Stück.«

»Lass mich raten«, nahm Struve den Ball auf. »Ihr führt Schillers ›Jungfrau von Orléans‹ auf, und du spielst die Hauptrolle.«

»Knapp daneben, mein Lieber. Die Jungfrau wäre auch ein tolles Stück, aber wir proben für unsere Aufführung ›Kabale und Liebe‹.«

Peter Struve versuchte, sich an das Drama zu erinnern, das er in der Schule gelesen hatte.

»Du wärst auch zu schade für den Scheiterhaufen«, überbrückte er lächelnd seine Wissenslücke, dann fiel ihm der Schluss des Stückes ein, und er beeilte sich hinzuzufügen, »aber den Gifttod hast du auch nicht verdient.«

Carina spielte in der Tat die Müllerstochter Luise, die

am Ende den Intrigen des Präsidenten und seiner Chargen ebenso zum Opfer fällt wie ihr Geliebter Ferdinand, der als Adeliger mit ihr, der Bürgerlichen, den Ausbruch aus der Ständegesellschaft wagen wollte.

»Du siehst, ich scheue vor nichts zurück, um im Rampenlicht zu stehen«, sagte sie und breitete ihre Arme aus, um imaginären Applaus entgegenzunehmen. Ihre Augen funkelten, und Struve fühlte einen warmen Strom in seinem Herzen.

»Ist es nicht schwierig, mit dem alten Stoff eine zeitgemäße Inszenierung hinzubekommen?« Ihn beschäftigte diese Frage, denn er hielt die strikte Klassentrennung zwischen Adel und Bürgertum, gegen die Schiller seinerzeit anschrieb, für überwunden. Der Dichter mochte ja hochmotiviert gewesen sein, weil er selbst mithilfe seiner Frau Charlotte von Lengefeld den Aufstieg in den Adel geschafft und damit – auch mit Goethes Hilfe – einen Job als Geschichtsprofessor an der Uni in Jena ergattern konnte. Vielleicht hatte er deshalb sogar ein schlechtes Gewissen und schrieb das Stück, um die Sache für sich klarzukriegen, erklärte er Carina.

»Ich glaube, du unterschätzt die Aktualität des Stückes, Peter.« Carina blickte ihn ernst an. Struve, der an dem angeregten Gespräch über das Potenzial des Dramas Gefallen gefunden hatte und Carinas juvenile Freudigkeit genoss, spürte, dass sie etwas beschäftigte, über das sie möglicherweise mit ihm nicht reden konnte.

»Mag sein«, bemerkte er ausweichend. »Wann habt ihr Premiere?«

»In acht Wochen, nach den Weihnachtsferien. Es gibt leider noch viel zu verbessern.« Sie zwinkerte ihm zu.

Struve nickte. »Ich habe nicht viel Ahnung vom Theater, aber wenn ich dir helfen kann, musst du es mir nur sagen.«

»Du könntest im Zentrum für mich Bücher verkaufen«, kam es von ihr wie aus der Pistole geschossen, »dann hätte ich Zeit, meine Rolle gründlich einzuüben.«

Struve lächelte gequält. »Vielleicht läuft es ja darauf hinaus, wenn sie mir im Sicherheitsdienst den Stuhl vor die Tür setzen.«

»Jemand wie du wird überall unterkommen«, hörte er sie sagen.

»Dream on«, antwortete er, »wer mit Mitte 50 auf Jobsuche geschickt wird, hat nichts zu lachen.«

»Aber das sind doch Klischees. Du hast Erfahrung, eine coole Art – außerdem, du hast dich wirklich gut gehalten und wirkst auf mich wie ein 40-Jähriger.«

Struve lachte so laut, dass andere Gäste aufmerkten, und sie errötete.

»Die wenigsten 40-Jährigen haben aber schon graue Haare. Oder ist das heutzutage besonders cool?«, flüchtete er sich in Sarkasmus.

»Ja, ich finde es cool, und es steht dir gut.« Carina dehnte das Wort »cool« und lächelte. Sie machte nicht den Anschein, es unehrlich zu meinen.

Struve spürte, dass sie ihm voller Wohlwollen begegnete, allein das zählte. Ihm war zumute, als ob sie sich schon lange kannten. Dabei hatten sie erst vor wenigen Stunden erstmals miteinander gesprochen. Das schien ihm verrückt, aber er wollte verrückt sein. Jedoch sperrte sich auch etwas in ihm. Sein Instinkt riet ihm zur Vorsicht. Er konnte noch nicht einordnen, was es war, aber er befürchtete wohl, tief abstürzen zu können, wenn er sich auf ein Abenteuer einließ.

*

Izmir, 3.4.1986

Lieber Peter, alles Gute zum Geburtstag! Ich habe einen Kuchen gebacken. Für dich. S.

*

Tagebuch Peter Struve
12.4.1986

Krank macht mich
Dein Kuchen
Keinen Bissen
Nehme ich
Ersticke
An der Süße
Deines Kuchens
Von dem ich naschte
Und seitdem
Weiterexistiere
Vegetiere
Ach Sengül,
Andere essen
Von meinem Kuchen
Andere blasen Kerzen aus
Andere freuen sich mit dir
Und du?
Wo, verdammt noch mal, steckst du?
Warum rufst du nicht an?
Warum nennst du keine Adresse?
Wahnsinnig werde ich
Postkarten,

Alle Jahre wieder
Zerreiße ich sie nicht
Zerreißen sie mich
Glück wünschst du mir
Unglück führst du
Mir vor Augen
Jahre vergehen
Und du
Schweigst mit Postkarten

6

Verstört wachte Peter Struve an diesem Sonntagmorgen auf. Das Kissen lag auf seinem Kopf, mit der rechten Hand tastete er nach dem Wecker, der unerreichbar fern schien. Immer noch lag Dunkelheit über Ludwigsburg. Es war etwa 8.15 Uhr, und aus seinen schmalen Augenschlitzen heraus erschlossen sich ihm allenfalls die Quadrate anderer Häuser, die in der Ferne leuchteten. Er stöhnte, denn er hatte unruhig geschlafen, und konnte sich beim besten Willen noch nicht vorstellen, seinen bleiernen Körper zu erheben. Die Kaffeemaschine versprach Linderung, sie stand in der Küche seines Appartements, das im 17. Stock des Marstall-Centers einen grandiosen Blick auf die Gärten des Residenzschlosses bot. Daran konnte sich der immer noch benommene Struve jedoch an diesem Morgen nicht freuen. Er erinnerte sich daran, geträumt zu haben und begann, die Fragmente seiner Erinnerung mühsam zusammenzusetzen. Carina und er bewegten sich Hand in Hand auf ein riesiges Schloss zu. Die Parkanlage, die sie in historischen Kostümen des 18. Jahrhunderts durchschritten, erschien geometrisch streng gefasst und erinnerte stark an die Südseite des Ludwigsburger Schlosses. Strahlender Sonnenschein begleitete ihren Spaziergang, er konnte seinen Blick kaum von Carina abwenden. Ihre braunen Augen leuchteten, er fühlte den warmen Strom, der sein Herz schon bei ihrem realen Treffen im Bistro umflossen hatte.

Ein Rätsel gab ihm die weniger harmonische Fortsetzung des Traums auf, die nicht mit seinen Gefühlen für Carina harmonierte. Es lag an der Treppe zum Eingang des Schlosses, die sich jedes Mal bewegte, wenn er die erste Stufe betreten wollte. Als er endlich neben ihr zum Stehen kam, bewegte sich seine Stufe wie in einem Paternoster nach unten, während Carina in die entgegengesetzte Richtung nach oben fuhr. Dabei wuchs sie selbst zu einer Riesin, während er zu einem Zwerg schrumpfte, bis er sie wie die übergroße Silhouette der US-amerikanischen Freiheitsstatue vor sich das leuchtende Blau des Himmels versperren sah, während er im kalten Schatten wie in einer übergroßen Baugrube festsaß. An den erdigen Wänden seiner Mulde rann Blut herunter, das sich um seine Füße sammelte und seine Schuhe verschmutzte. Verzweifelt streckte er seine Hände nach Carina aus und bat sie um Hilfe. Sie aber konnte ihn aus der Höhe nicht erkennen. Fast hätte sie ihn sogar zertreten, doch dann bewegte sich das Paternoster wieder, und als ihre Stufen auf gleicher Höhe standen und sie ihre wirklichen Größen angenommen hatten, fielen sie sich vor Freude in die Arme, stiegen Hand in Hand aus und setzten als verliebtes Paar ihren Spaziergang durch den Park fort.

Aufgewühlt durch das surreale Geschehen stand Peter Struve auf. Er briet sich ein Spiegelei, kochte sich Kaffee, den er schwarz und ohne Zucker zu sich nahm, und überlegte, wie er den Tag gestalten würde. Seit seiner Suspendierung vor etwa einem halben Jahr hatte er Zeit, sich verstärkt Gedanken zu machen. Dass er dabei mental weitergekommen wäre, konnte er von sich nicht sagen, entscheidende Schritte in Richtung Karma-Optimierung waren ausgeblieben, auch weil er nicht wusste, wie es weitergehen könnte. Zumindest hatte er »das Stadium der ersten Empörung«, wie er die erste Zeit nach dem Aus selbst nannte, verlassen. Wenn er ehrlich war, hatte er die Zeit bei der Polizei abgehakt und wollte ganz einfach leben, und zwar so, dass er seine Existenz »goetheartig« durchdringen konnte. Er dachte nicht primär an Frauengeschichten, doch fiel ihm wieder Carina ein, die ihn durchaus zu beeindrucken vermochte. Er goss sich einen zweiten Kaffee ein, stellte den Teller mit dem Spiegelei auf die Seite und schickte sich an, seine Büchersammlung zu durchstöbern, die mehrere Regale seines Wohnzimmers ausfüllte.

»Da ist es ja«, brummte er leise vor sich hin. Er hielt eine Ausgabe von Friedrich Schillers »Kabale und Liebe« in der Hand. Er hatte das Buch vor vielen Jahren gelesen, seitdem hatte sich das Papier bräunlich verfärbt und sich eine dicke Patina gebildet, die er wegblasen wollte. Er fing sich dabei aber so viel Staub in die Nase, dass er mehrfach heftig niesen musste. Struves Interesse an dem Drama war indes größer als der Ekel vor den störenden Äußerlichkeiten.

»Der Geist formt die Materie«, murmelte er bedächtig wie ein mittelalterlicher Druide. Er öffnete das Fenster, durch das eiskalte winterliche Luft in den Raum drang. Ihn fröstelte, er schloss das Fenster schnell wieder und nahm einen Schluck des heißen Kaffees, um sich aufzuwärmen. »Ein bisschen formt die Materie auch den Geist«, gestand er sich ein und blickte in den Wandspiegel, das einen verlebten Kerl im Bademantel zeigte, der sich an diesem Morgen kaum um die Materie seines Erscheinungsbildes gekümmert hatte.

Struve fläzte sich in seinen Ohrensessel, den er nur selten für Lektüren nutzte. Er blätterte in den ersten Seiten des Schiller-Stücks. Als er die Auflistung aller Figuren las, erinnerte er sich schneller als vermutet an den groben Verlauf der Handlung. Daran, dass die jungen Leute sich liebten, aber als Adeliger und Bürgerliche gegen gemeine Intrigen ankämpfen mussten. Struve las sich fest, und als er das Buch zum ersten Mal beiseite legen wollte, weil sich das Knurren seines Magens nicht länger ignorieren ließ, stellte er fest, dass es schon 15 Uhr war.

Er briet sich noch ein Spiegelei, schnitt sich etwas Brot ab und verarbeitete die Reste des Feldsalates, den er sich vor einigen Tagen vom Wochenmarkt geholt hatte. Er fand auch noch etwas Joghurtsauce, die er für ereignislose Sonntage im Kühlschrank eingelagert hatte. Die Einsamkeit beim Essen ertrug er klaglos, er legte die CD mit Melodien des Jazz-Gitarristen Django Reinhardt auf und fühlte sich gleich ganz bei sich. Er vermisste nichts und niemanden, es schien ihm allerdings an der Zeit, das Haus zu verlassen und sich ein bisschen die Füße zu vertreten. Da er gerne im Wald joggte, setzte er sich in Sportkluft in seinen alten bordeauxroten Ford Focus und fuhr zum Bietigheimer Forst. Er bewegte sich etwa eine Stunde im gemächlichen Dauerlauf, um sich hinterher für die Plackerei zu belohnen, indem er sich im geräumigen Becken des Hallenbades im Ellental entspannte. Erschöpft und erfrischt gleichermaßen näherte er sich dem Ausgang des Bades, dabei fiel sein Blick auf ein Plakat, das auffällig an einer der Glaswände hing. »Statisten für Theater gesucht«, lautete die Überschrift. Struve steuerte auf den Aushang zu und las die kleiner gedruckten Sätze. Offenbar suchte die Theatergruppe des Marbacher Kulturvereins Südlich vom Ochsen für die Aufführungen von »Kabale und Liebe« in der Marbacher Stadthalle und im Ludwigsburger Forum noch Darsteller für kleinere Rollen und Massenszenen. »Näheres wird bei einem Treffen am Sonntagabend, 4. Dezember, um 20 Uhr in der Karlskaserne in Ludwigsburg besprochen.«

Er schaute auf die Uhr und stellte fest, dass ihm noch einige Stunden blieben, wenn er dorthin ginge. Carina hatte ihm nichts davon erzählt, er wertete es aber als gutes Zeichen, dass sie ihn nicht hatte vereinnahmen wollen und davon abgesehen hatte, ihn aus Nützlichkeitserwägungen in die Reihe der Komparsen einordnen zu wollen. Überhaupt beschloss er, positiv zu denken. Vielleicht würde sie überrascht sein, ihn heute Abend anzutreffen. Möglicherweise könnte sie annehmen, er mache das alles nur wegen ihr. Aber dann hätte er zumindest etwas riskiert. Er beschloss, nicht weiter zu grübeln und das jetzt einfach durchzuziehen.

Als Peter Struve mit seinem Wagen über die B 27 von Bietigheim nach Ludwigsburg fuhr, tanzten die Schneeflocken und zerplatzten nass auf der Windschutzscheibe. Die Wischer verrichteten Schwerstarbeit. Ihm fiel auf, dass für einen Sonntagabend unglaublich viel Verkehr floss. Eine Erklärung dafür hatte er nicht, außer dass es sowieso immer mehr Menschen im Stuttgarter Speckgürtel gab und die meisten meinten, motorisiert lebe es sich besser. Er parkte seinen Wagen in der Nähe der Karlskaserne und stapfte durch die unangenehme, feuchte Kälte. Er dachte an Carina und fragte sich, wie sie sein Erscheinen auffassen würde. Er spürte Herzklopfen, und er war sich nicht sicher, ob er das Richtige tat. Hatte er sich etwa verliebt? Er war doch ein alter Narr und glaubte, dass er sowohl auf der Bühne der Liebe als auch im Theater eine unglückliche Figur abgeben würde. Von Zweifeln geplagt, erreichte er den Eingang der Karlskaserne und wollte schon umdrehen, als er unversehens eine vertraute Stimme vernahm.

»Kommissar Struve? Sind Sie es?«

Er drehte sich um und erkannte Luca Santos, einen Journalisten, den er kennengelernt hatte, als er für das Stuttgarter Morddezernat vor Jahren in Marbach ermittelt hatte. Der etwa 40-jährige Santos, dünn, schwarze lange Haare und Vollbart, blickte ihn freudig an. Er trug einen dunkelblauen, ungefütterten Anorak, Jeans mit Sneakers und wirkte auf Struve bei dem widerlichen Winterwetter unfassbar dünn angezogen. Sie begrüßten sich freundlich per Handschlag, Santos hatte es eilig, dem Schneetreiben zu entfliehen. Unter der Überdachung des Eingangsbereichs fanden sie vorläufig Schutz. Struve fand es erleichternd, in dieser unübersichtlichen Situation eine ihm einigermaßen vertraute Person anzutreffen.

»Werden Sie etwa über die Theaterprobe berichten?«, fragte er Santos, der nickte und erzählte, er arbeite als Redakteur immer noch beim Marbacher Kurier, und es gehöre zu seinen Aufgaben, über die Aktivität des Kulturvereins Südlich vom Ochsen zu schreiben. Heute Abend würde er allerdings nur kurz bleiben können, da er noch privat etwas unternähme. Er weihte Struve ein, er bereitete sich mit seiner Freundin Julia in einer Tanzschule auf ihre Hochzeitsfeier vor, die sie für den Mai des nächsten Jahres planten.

»Aber das ist ja ganz wunderbar, ich wünsche Ihnen alles Gute«, antwortete Peter Struve, der nur kurz daran dachte, mit wie vielen guten Vorsätzen er in seine Ehe mit Marie gestartet war und wie das Unstete seines Berufs ihr Zusammenleben in einem Maße unterminierte, dass sie am Ende die Reißleine ziehen mussten.

Santos bedankte sich. »Und warum sind Sie heute Abend hier? Ich hoffe, es ist nichts Dienstliches?«

»Nein, keine Sorge, ich bin privat hier«, versicherte Struve, der bisher niemandem erzählt hatte, dass er nicht mehr bei der Polizei arbeitete.

»Spielen Sie vielleicht sogar mit? Dieses Bürgertheater in der Stadt hat ja Tradition und ist eine ganz großartige Sache.«

»Nun, ich bin mir da, ehrlich gesagt, nicht ganz sicher. Ich wollte mir heute Abend erst einmal alles anschauen.«

»Ja, natürlich. Warum nicht?« Santos deutete auf das Gebäude, das wenige Schritte vor ihnen hell erleuchtet in der Dunkelheit strahlte.

Peter Struve nahm sein Gegenüber zur Seite und bat ihn hinter vorgehaltener Hand, ihn im Bericht nicht zu erwähnen und ihn auch nicht auf einem Bild in der Zeitung zu bringen. »Sie wissen ja, ich möchte weiterhin anonym ermitteln können.«

»Keine Sorge, Herr Struve, da können Sie ganz sicher sein. Wir kennen uns lange genug.«

Gemeinsam betraten sie den großen Saal der Karlskaserne. Ein diffuses Licht beleuchtete den Raum spärlich. Das Geschehen konzentrierte sich auf den Bereich vor der Bühne. Stühle waren in loser Anordnung hingestellt worden, Rucksäcke und Taschen lagen auf ihnen, teilweise flankierten sie auch nur die Sitzgelegenheiten, während die mutmaßlichen Akteure in kleinen Gruppen beisammenstanden und munter miteinander plauderten. Instinktiv schloss sich Struve Santos an, als der Journalist auf eine der Gruppen zusteuerte. Dabei durchkämmte der Exkommissar mit seinen Augen den Saal, er konnte Carina aber nirgendwo erkennen. Das senkte seine Nervosität etwas, zugleich begann sich Enttäuschung in ihm breitzumachen.

Santos fand in Wiebke Salinger, einer bekannten Marbacher Regisseurin, die schon mehrfach Dokumentarfilme über markante Themen der Schillerstadt veröffentlicht hatte, eine Gesprächspartnerin. Sie umarmte Luca Santos zur Begrüßung innig, offenbar kannten sich die beiden schon länger. Santos beeilte sich, ihn vorzustellen, leider habe er heute wenig Zeit, Struve hingegen würde dazu beitragen, dass dieses Theaterstück aus schauspielerischer Sicht ein Erfolg würde, fügte der wortgewandte Zeitungsmann mit einem wohlwollenden Lächeln hinzu.

Etwas verlegen ob des nett gemeinten Komplimentes erwähnte Struve, er habe sich heute spontan entschlossen, der Probe beizuwohnen, um – »ganz wie unser junger Kollege von der Zeitung« – zunächst vor allem beobachtend seine Solidarität mit dem Projekt zu bekunden. Er sei neugierig, wie man mit Schiller heutzutage dramaturgisch umgehe.

»Zuschauen ist aber nicht dasselbe wie mitmachen«, stellte Wiebke Salinger klar. Die kleine resolute Frau stach mit ihren knallroten aufgetürmten Locken und ihrem scharf geschnittenen Gesicht voller Sommersprossen sowie einem selbst genähten Rock, der aus lauter alten Stoffresten bestand, hervor. Herausfordernd blickte sie den Theaterneuling an, als ob sie ahnte, dass es ihm nicht primär darum ging, seine schauspielerischen Talente zu entwickeln.

»Ich stehe zu Ihrer Verfügung, Mylady«, erwiderte Struve mit einer weit ausholenden Armbewegung und einem Knicks, wie ihn die Hofdamen zur Zeit Schillers vollführten.

»So ist's recht«, antwortete die Salinger gespielt gönnerhaft und bot ihm ihren ausgestreckten Arm zum Handkuss. Struve ging formvollendet darauf ein, was das Regie-Team mit frechem Gefeixe quittierte, improvisierte Rollenspiele standen hoch im Kurs.

Wie sich herausstellte, lief das Theaterprojekt schon seit Oktober. Die Plakate jetzt richteten sich nur an Interessierte, die eine Statistenrolle annehmen wollten.

»Für dich habe ich nur noch den Lakaien am Königshof«, erklärte Wiebke Salinger dem Neuen. Sie duzte alle Mitwirkenden ohne Ausnahme. »Du brauchst keinen Text lernen, bist aber auf der Bühne öfter mal vertreten, weil der Präsident oder diese Lady Milford auf irgendwelchen Empfängen herumstolzieren.«

»Das passt schon«, fand Peter Struve, der sich nebenher umblickte und an der Bühne viele Ausländer, darunter wenige Frauen, erblickte. Von Carina fehlte immer noch jede Spur.

Mit einem Mal öffnete sich eine Seitentür, und Carina hetzte atemlos in den Saal. »Sorry, der viele Schnee hat den Verkehr lahmgelegt«, rief sie und beeilte sich, allen in der Gruppe die Hände zu schütteln.

»Dachte schon, du lässt uns hängen«, sagte Wiebke Salinger, die auf ihre dünne silberne Armbanduhr schaute und kurze Zeit später dreimal in die Hände klatschte, um die Leute zusammenzutrommeln.

»Mensch Peter, du hier? Das nenn' ich eine Überraschung! Wie kommt's?« Carina nutzte die Aufbruchsphase, um ihn anzusprechen.

»Du hast mich neugierig gemacht, und dann war da heute so ein Aushang.« Er gab sich Mühe, dass seine Erklärung nicht wie eine Rechtfertigung klang, und erzählte ihr von seiner Lakaienrolle.

»Schön. Auf uns wartet aber echt viel Arbeit. Bist du schon über alles im Bilde?«

Die laute Stimme von Wiebke Salinger unterbrach ihr Gespräch. »So, jetzt rollen wir die ganze Chose noch mal von Beginn an auf. Erste Szene, erster Akt, bei Millers daheim«.

Struve saß, flankiert von Carina und Luca Santos, auf einem der Stühle vor der Bühne. Der Auftritt bestand aus dem Dialog des Ehepaars Miller, deren Tochter Luise von einem Adeligen, der als Major diente, umworben wurde.

»Dem Kerl geht es doch nur um Sex. Was will der sonst? Und hinterher lässt er unser Kind sitzen«, schimpfte der argwöhnische alte Herr.

Verwundert rieb sich Peter Struve die Augen. Nicht etwa ein älterer Schauspieler bewegte sich da mit einem Gehstock hinkend, sondern ein junger Mann mit Migrationshintergrund und türkischem Akzent. Aber auch sein Gegenüber, die Frau Miller, würde er nicht unbedingt als »typisch deutsch« einordnen. Sie trug ein Kopftuch, und Struve fragte sich, ob es zur Kostümierung gehörte.

»Sei nicht so voreingenommen«, hörte er sie rufen, »schau nur, mit welch rührenden Worten er unserer Tochter schreibt. Steckt da nicht wahre, lautere Liebe hinter?«

»Ja, ja, das mag ja alles toll klingen, aber der Bursche verfolgt doch mit seinen Nebelkerzen nur ein Ziel: Der will unsere Luise ins Bett zerren. Alles Liebestrug, du wirst es schon noch merken.«

Immer noch irritiert von der Exotik der beiden Akteure, blickte Peter Struve sich um. Wenn er sich nicht täuschte, sahen fast alle Mitspieler irgendwie türkisch, syrisch oder sonst wie orientalisch aus.

»Sag mal, ist das eine Studentenbühne, oder so etwas?«, fragte er Carina flüsternd.

»Nein.« Sie kicherte. »Wir sind alle nur ein bisschen international, weißt du?« Carina, die begeistert das Geschehen auf der Bühne verfolgte, schaute ihn prüfend an, während er versuchte, sich auf ihre Antwort einen Reim zu machen. Das Ehepaar Miller setzte indes sein Streitgespräch fort.

»Er gebraucht doch aber so feinfühlige Worte für die Liebe, und schau nur, was für Geschenke er ihr schon gemacht hat!«, rief Frau Miller und hob eine Perlenkette hoch, die sie sich tänzelnd aufs Dekolleté legte. »Da fehlt es nicht am Kleingeld, bestimmt wird es unserer Familie an nichts mehr mangeln.«

Das junge Mädchen mit dem Kopftuch – woher auch immer sie stammte – wirkt selbst wie eine junge Braut, die sich den Wohlstand herbeiwünscht, dachte Struve und ertappte sich dabei, wie er sich fragte, ob die geflüchteten Menschen hier im Land nicht viel zu viel erwarteten.

Der alte Miller reagierte immer ärgerlicher. »Diese Schnösel meinen, sich alles kaufen zu können. Wir sind doch nur Spielzeug in ihren Händen.« Er schlug mit der Faust auf den Tisch und schrie: »Ich will mich nicht kaufen lassen.«

Struve gefiel der Seitenhieb auf den globalen Raubtierkapitalismus, er spürte ein Unbehagen in sich aufsteigen und dachte an das Einkaufszentrum. Die Ladenzeilen, der Dieb, die Massen, die sich auch an diesem Abend durch die Geschäfte quälten, »alles ein einziger Wahnsinn«, fluchte er leise, während er gedankenverloren auf die Bühne starrte.

Struve spürte die Hand Carinas an seiner Schulter. »Hast du etwas zu mir gesagt?«

»Ach nein, ich rede nur manchmal zu mir selbst, entschuldige!«

Miller drehte auf der Bühne weiter auf. »Ich werde morgen zum Vater dieses Don Juans gehen und ihm von diesen Anmachversuchen seines Früchtchens von Sohn erzählen!«, schimpfte der junge Mann, der sich in der Rolle sichtlich wohlzufühlen schien.

Wiebke Salinger hatte wenig zu beanstanden. Sie rief zum zweiten Akt auf. Struve, dem das Stück irgendwie unter die Haut ging, rutschte nervös auf dem Stuhl hin und her. Er fühlte, dass ihn das Thema stärker bewegte, als er sich eingestehen wollte. War es die Bemerkung, der junge Adelige gebrauche so feinfühlige Worte für die Liebe, war es die

Nähe zu Carina, die er sich mehr oder weniger durch sein Erscheinen erschlichen hatte? Er spürte in sich eine unbestimmte Unruhe, und so verstrich die zweite Szene vor seinen Augen. Er nahm noch wahr, wie der biedere Beamte Wurm den alten Miller darum bat, ein gutes Wort für ihn bei Luise einzulegen, und wie der empörte Vater ihn fortschickte, da er diesen Vorschlag für jämmerlich hielt.

Struve entschuldigte sich bei Carina, beeilte sich, an die frische Luft zu kommen, um seine Gedanken zu ordnen. Schneeflocken umschwirrten ihn, er wäre am liebsten gleich wieder hineingegangen. Er lief auf und ab, um sich aufzuwärmen. Hinsichtlich Carina verfolgte er keinen Plan, aber er hatte sich auf das Theater eingelassen, sodass es keinen Weg mehr zurück gab. Ihm war eine Statistenrolle zugewiesen worden, Carina war der Star des Ensembles. Größer konnte das Gefälle nicht sein, vermutlich hatte er die völlig falsche Strategie gewählt. Immerhin erlebte er Carina bei dem, was ihr am meisten bedeutete, und auch wenn er sich wie ein Fremdling unter Fremden fühlte, lernte er doch viel über das Schiller-Stück und sich selbst, tröstete er sich. Er wollte schon wieder hineingehen, als sich eine andere Tür in etwa 30 Meter Entfernung öffnete und sich zwei Silhouetten kurz vom Innenlicht abhoben. Struve konnte in der Dunkelheit wenig erkennen, er hörte aber Carinas Stimme deutlich heraus.

»Ich sage es dir zum letzten Mal, Mustafa: Ich will nicht, dass du mich anfasst, weder da drinnen noch hier draußen. Ist das klar?«

»Aber wir sind doch zusammen, Carina!«, rief der junge Mann mit weinerlicher Stimme.

»Nein, das sind wir nicht!«, rief sie in energischem Ton und stieß ihn von sich. »Nur weil ich mich mit dir getroffen habe, heißt das noch lange nicht, dass wir ein Paar sind.«

»Fuck«, fluchte Mustafa, »ich lass mich nicht verleugnen. Du hast seit Tagen keine Zeit. Und du kümmerst dich einen Dreck um mich.«

»Das stimmt nicht. Ich habe mir bei den Ämtern den Arsch für dich aufgerissen, aber ich kann nicht ständig nach dir schauen. Du musst selbst sehen, wie du klarkommst. Ich bin nicht dein Kindermädchen und schon gar nicht deine Geliebte.«

Sie schubste Mustafa weg und ließ ihn stehen. Struve beobachtete, wie sie wieder ins Innere ging, um die Theaterprobe fortzusetzen. Sie konnte ihn, der im Schatten der Pergola ausgeharrt hatte, unmöglich bemerkt haben. Die unfreiwillige Zusatzvorstellung verunsicherte ihn noch mehr. Was hatte Carina mit dem Jüngling, dessen Alter er eher auf 20 Jahre schätzte, zu tun? Warum hegte er einen gewissen Anspruch auf Carinas Zuwendung? War es nur ein Missverständnis oder lief da mehr? Struve beschloss, sich nichts anmerken zu lassen. Er setzte sich wieder auf seinen alten Platz und hoffte, Carina würde sich erneut zu ihm gesellen, aber sie erschien nicht.

Wenig später lieferte der Fortgang der Proben die Erklärung. Carinas erster Auftritt führte sie mit ihrem Vater, dem alten Miller, zusammen. Struve beeindruckte, wie geschickt sie ihr Temperament in die richtigen Bahnen lenken konnte, nachdem sie ihm wenige Minuten zuvor noch extrem aufgewühlt vorgekommen war.

»Ich kann mich schon gar nicht mehr auf die heilige Messe konzentrieren, so sehr muss ich immer an Ferdinand denken«, gestand sie dem mehr als skeptischen Miller, wieder verkörpert durch den jungen Türken.

»Du und dein Adeliger«, raunzte der Vater, »diese Eingebildeten aus den oberen Zehntausend nutzen andere nur aus.«

»Ja, er ist adelig, und ich bin dankbar für seine Gefühle, die er mir entgegenbringt – schon als ich ihn das erste Mal sah, stieg mir das Blut in die Wangen, und mein Puls war auf 180. Und mein Herz wusste sofort: Er ist's und kein anderer«, entgegnete Luise alias Carina.

»Schwärmerei – nicht lebbare Liebelei«, knurrte Miller und baute sich hemdsärmelig vor ihr auf. »Du ahnst gar nicht, in welche Schwierigkeiten du uns bringst! Ich wünschte, ihr hättet euch nie kennengelernt.«

»Aber Vater, das kannst du doch unmöglich so meinen, wie du es sagst. Welche Schwierigkeiten du auch siehst, sie sind ein Windhauch gegen das, was Ferdinand und ich füreinander empfinden. Alle Liebe entspringt aus Gott, und er als Vater aller Liebenden hat Ferdinand für mich geschaffen und mich für ihn.«

»Hör auf, die Realität zu verleugnen«, entgegnete der Vater, »die Grenzen in unserer Gesellschaft sind so gesetzt. Gegen sie anzukämpfen, schafft nur Unfrieden und setzt uns dem Verdacht aus, Umstürzler zu sein. Ich kann dir diesen Ferdinand definitiv nicht zum Mann geben.«

»Ja, ja – die Schranken des Unterschieds. Beuge dich nur vor ihnen, mein lieber Vater. Ich werde warten, bis die verhassten Hülsen des Standes von uns abspringen und wir Menschen nur noch Menschen sind. Was sind dann noch alle Titel wert, wenn die Herzen im Preise steigen? Ich werde warten – und wenn es sein muss, bis an den Sankt-Nimmerleins-Tag, aber Ferdinand und ich werden niemals voneinander lassen. Für uns kann es keine anderen Lieben mehr geben.«

Struve hatte sich immer gefragt, wie Carina auf der Bühne wirken würde. Ihm war ihre starke Präsenz schon bei den Begegnungen im Einkaufszentrum aufgefallen. Aber der

Auftritt jetzt beeindruckte ihn. Er fragte sich, wer die Rolle des Geliebten spielen und ob der Akteur Carina das Wasser reichen konnte. Die Antwort ließ nicht lange auf sich warten, denn Wiebke Salinger winkte die Beteiligten zur vierten Szene durch. Ferdinand und Luise treffen in deren elterlichem Hause aufeinander. Offenbar hatte Luise nach der Gehirnwäsche durch den Vater ihren Optimismus verloren. Struve erinnerte sich, dass Ferdinand alles geben musste, um die Flamme der Liebe vor dem Erlöschen zu bewahren. Leidenschaft und Kraft musste ein Darsteller mitbringen, da war sich Struve sicher. Und er kam aus dem Staunen gar nicht mehr heraus, als er einen groß gewachsenen Schwarzafrikaner sah, der mit Rastamähne und bunt gestreiftem Wollpullover auf der Bühne Carina gleich in den Arm nahm.

»Was bläst du Trübsal, Kleines?«

»Ach, nichts!«

»Aber du hast doch was, stimmt was mit uns nicht? Komme extra hierhin, bin high vor Liebe – und du wirkst down. Willst du Schluss machen?«

»Quatsch …«

»Warum bist du dann traurig?«

»Ich sehe die Schranken, man will uns auseinanderreißen. Und uns trennt doch auch viel: Adel und Bürgertum, das geht auch so nicht. Dein Vater hat bestimmt viel vor mit dir – und ich bin doch in euren Augen ein Nichts.«

»Was redest du da von Trennung? Ist mein Adelsbrief älter als die Handschrift des Himmels in deinen Augen? Hey, begreif doch: Du bist alles für mich, daran ändert auch nichts, dass ich des Präsidenten Sohn bin.«

»Ich hab trotzdem Angst, vor allem vor deinem Vater!«

»Der soll nur etwas sagen. Ich selbst werde über dich wachen, du brauchst keinen Schutzengel mehr. Ich will mich zwischen dich und das Schicksal werfen, empfangen für dich jede Wunde, auffangen jeden Tropfen aus dem Becher der Freude und dir ihn bringen in der Schale der Liebe.« Er reichte ihr zärtlich den Arm.

»Luise, an dieser Hand sollst du mit mir durchs Leben gehen – schöner, als er dich mir gab, soll der Himmel dich dann wieder haben und mit Verwunderung eingestehen, dass nur die Liebe die letzte Hand an die Seelen legte.«

Doch Luise, die steif in der Mitte der Bühne verharrte, wandte sich ab.

»Ach Ferdinand, mein Geliebter, du bist wundervoll, und ich würde so gerne glücklich werden mit dir, aber die anderen sind stärker. Sie sind laut, sie sind mächtig, sie pöbeln und hetzen – und wir haben gegen die öffentliche Meinung null Chance, wir werden scheitern. Das möchte ich uns ersparen.« Sie stürzte weinend nach vorne an die Bühne zurück.

»Aber nein, Luise«, rief er ihr zu. »Die Liebe ist stärker als aller Hass. Vertraue mir, und alles wird gut. Ich werde bis ans Ende aller Tage mit dir zusammen sein, und wir werden glücklich miteinander.« Er näherte sich ihr wieder.

Der Zauber dieser Worte verzückte sogar den sonst eher hartgesottenen Struve. Er sah, wie die Augen Luises kurz aufleuchteten und sie sich zum Geliebten umdrehen wollte, doch dann senkte sie den Blick wieder, entzog sich seiner Umarmung und sprach direkt zum Publikum:

»Es ist hoffnungslos – ich kann es nicht mehr hören, wenn er Dinge verspricht, die er nicht halten kann.«

Luise drehte sich um und rief Ferdinand zu: »Schweig, mein Lieber, schweig! Du weißt nicht, dass deine Hoffnungen mein Herz wie Furien anfallen.«

Das Bühnenlicht erlosch, sodass beide Darsteller nur noch als Schatten erkennbar waren.

Aus dem Hintergrund spielte jemand das Geräusch paradierender Soldaten ein. Marschmusik setzte ein. An dieser Stelle würde der Vorhang fallen, dachte Peter Struve. Er sah, wie Luca Santos auf die Armbanduhr blickte und sich anschickte, den Saal zu verlassen.

»Die Probe ging schneller vorüber, als ich dachte. Haben Sie das veranlasst?«, sagte Struve zu seinem Nachbarn.

»Klar – Anweisung vom Tanzlehrer«, antwortete Santos schlagfertig, »aber im Ernst, ich hätte wenigstens gedacht, dass sie den ersten Akt komplett schaffen.«

»Sie meinen, diese ganze Sache mit dem Präsidenten, der die Romanze eher als Hurerei einschätzt und seinen Ferdinand standesgemäß mit dieser Lady Milford unter die Haube bringen will?«

»Ja, genau – aber wahrscheinlich muss man das Stück mit den Refugees in kleinen Schritten erarbeiten. Ich hoffe nur, dass sie es bis zur Aufführung packen.«

Struve stutzte. Das war es also. Ein Theaterstück mit lauter Geflüchteten, und dann noch ein deutscher Klassiker aus der Feder Schillers. Er musste mehr darüber erfahren, er wollte aber den aufbrechenden Santos nicht aufhalten.

»Das hoffe ich auch«, bemerkte er. »Vermutlich sind die Proben relativ eng getaktet?« Struve wollte den eigenen zeitlichen Aufwand abschätzen können.

»Das müssten Sie mit Frau Salinger besprechen. Ich denke, die Termine werden relativ spontan vereinbart.«

Sie verabschiedeten sich. Struve versuchte, Carina zu entdecken, um noch einige Worte mit ihr zu wechseln, aber er fand sie nicht mehr. Wenig später trat Wiebke Salinger auf die Bühne und kündigte kurz die nächste Probe an.

»Leute, wir müssen da mehr Dampf in unseren Zeitplan reinbekommen. Morgen Abend geht's weiter – wäre schön, wenn ihr alle da wäret, zumindest die von euch, die im ersten Akt auftreten.«

*

Izmir, 1.5.1989

Lieber Peter, wie geht es dir? Ich höre unser Lied. Lass uns leben. Lass uns lieben. S.

*

Tagebuch Peter Struve
12.5.1989

Liebe Sengül,
Wie gerne würde ich dir schreiben
Deine Familie ist weggezogen
Ich lebe in einer anderen Stadt
Die Spuren verwischen sich
Und immer noch nicht
Habe ich dich gefunden
Wann werde ich dich
Wieder in den Armen halten?
Du singst unser Lied
Auch ich singe es
Ich warte
Gegen alle Vernunft
Singe ich
Lass uns leben
Lass uns lieben
Es stimmt

Ich habe mein Herz
An dich verloren
In dem Moment
Als wir uns fanden
Und schon lange vorher
Glaubst du an Bestimmung?
Ich komme nicht los von dir
Ich sehe dich
In einem anderen Land
Und auch wenn du
Das hier nicht lesen kannst
Bitte ich dich
Aus den Tiefen meines Innersten
Und aus den Weiten des Kosmos
Komm!

7

Verliebte man sich nur einmal richtig? Diese Frage beschäftigte Struve, als er allein durch die Ludwigsburger Innenstadt schlenderte und die Geschehnisse der vergangenen Stunden Revue passieren ließ. Wieder erschien ihm das liebreizende Lächeln Sengüls. Ihre glücklichen schwarzbraunen Augen, als sie sich im Gartenhaus vereinigten. Er vermisste sie. Damals wie heute. Wo lebte sie? Izmir, ja. Die Stempel auf den Postkarten verrieten den Ort, aber wo sollte er sie unter 4,3 Millionen Einwohnern finden? Er hatte früh aufgegeben. Zu früh? Erst viel zu spät bekam er ihre Adresse heraus. Er hätte um sie kämpfen müssen. Aber die Zeit verstrich. Er lebte, sie lebte. Getrennte Welten. Und doch wollte er sie nicht verlieren. In seinen Sehnsüchten nicht, in seinen Träumen nicht. Jetzt blickte er wieder in Augen, die ihn verzauberten. Anders verzauberten. Und wieder stellten sich Hindernisse in den Weg. Welche Rolle spielte dieser Flüchtling Mustafa in Carinas Leben? Die schroffe Distanzierung in der Pause passte nicht zu einer Liebesbeziehung. Sie hatte ihm klipp und klar zu verstehen gegeben, dass er sie in Ruhe lassen soll. Carina interessierte sich für Ausländer. Aber nur, um ihnen bei der Integration zu helfen, beruhigte er sich. Da brauchte er sich keine Sorgen zu machen. Oder etwa doch? Der junge Kerl war doch noch fast ein Kind.

Struve erreichte das Marstall-Center. Wenig später betrat er seine Wohnung im 17. Stock. Er öffnete die Balkontür, ging hinaus und atmete die frische Luft ein, die der Schneefall gereinigt hatte. Wie war das, wenn es einen packte? Auch er hatte es erlebt, und wieder blickten ihn ihre Augen an, die er nicht vergessen konnte. Sengül. Er verlor sich im Sog des Abwärtigen. Ihn riss es zu oft dorthin, wohin er nicht wollte, aber er konnte die Jahrzehnte, in denen er immer wieder an sie denken musste, nicht so einfach abschütteln. Ihre Augen, ihr Mund, ihre Gestalt im Frühling seines Lebens verschmolzen im harten Hier und Jetzt zu etwas Ungeklärtem.

Wie sehr bestimmten die Gefühle der einen wahren Liebe alle weiteren Beziehungen? Struve kannte die Antwort nicht, aber er wusste, er war gescheitert. Sengül, die lachende Rose. Ihre Augen erschienen ihm, wann sie wollten. Wenn er morgens sein Brötchen in den Kaffee tunkte und wenn er in der Straßenbahn die jungen türkischen Mädchen betrachtete. Wenn er im Wald eine Lichtung betrat, auf der sich die Sonnenstrahlen brachen. Wenn es regnete und er gedankenverloren in eine Pfütze schaute. Sengül, die lachende Rose. Das glückliche Leuchten dieser Augen vermochte seinen Schmerz zu stillen, und doch war ihm bewusst: Sie hinterließ eine Lücke, die nicht zu schließen war.

Vermutlich hätte er noch lange auf diesem Balkon verharren können. Aber er bemerkte, wie die Kälte an ihm hochkroch, und begab sich ins Wohnzimmer. Er ließ das Licht aus und starrte in den vom Stadtlicht verschmutzten Nachthimmel.

Was hätte aus ihnen werden können? Er war sich sicher, dass ihre Liebe die Kraft gehabt hätte, ein ganzes Leben auszufüllen. Er kramte sein Smartphone hervor und drückte die Tastenkombination, mit der er wichtige Dokumente, die er im Laufe der Zeit mit einer Spezialapp gesichert hatte, aufrufen konnte. Ein Gedicht erschien.

Struve holte sich ein Glas Obstbrand aus seiner spärlich bestückten Hausbar, kippte den im Hals kratzenden Fusel in einem Zug hinunter und las mit feuchten Augen die vertrauten Zeilen vor.

Sengül
Du lachende Rose
Blütenweich
Deine Haut
Meiner Wange
Lieblich Duft
Lachende Rose
DU
Tiefrotes Versprechen
Immer nur DU
Dein ich bin
Du lachende Rose

Was für ein Armutszeugnis einer vermeintlich großen Liebe. Kaum zu glauben, dass er selbst einmal so einen sentimentalen Müll geschrieben hatte. Er erschrak über die eigene Empfindung und über die Stümperhaftigkeit seines Ausdrucks. Und doch waren diese Worte wie eine Brücke zu einer Wirklichkeit, die er immer noch suchte und die auf bessere Weise niemals zu erreichen war. Sengül, die Liebe seines Lebens. Sie hatte ihn beflügelt. So sehr, dass er allen Schwerkräften entfloh. Genau 36 Jahre waren vergangen. Durch diese Worte erschien ihm ihr Antlitz. Immer noch. Der erste Kuss, die ersten zärtlichen Berührungen. Die Blütenblätter am Bach im Wald. Das erste Mal, dass er in einer Frau war.

Er hatte es damals nicht glauben können, als sie von heute auf morgen weg war. Weggesperrt, dachte er und wartete. Nahm er doch an, dass jeder Hausarrest einmal ein Ende fände, wenn jugendlicher Trotz und elterlicher Erziehungsehrgeiz abgeklungen waren. Er wartete jedoch zu lange. Erfasste nicht den Ernst der Lage. Vertraute insgeheim darauf, die Eltern würden einen augenscheinlichen Flirt ihrer Tochter als Etappe im Reifungsprozess akzeptieren. Verletzte Familienehre hatte er in seiner jugendlichen Unerfahrenheit einfach nicht auf der Rechnung. So verlor er wertvolle Zeit. Tage, in denen Sengül bei Verwandten in Frankfurt festsaß. Der Flug in das Land ihrer Ahnen war schon gebucht. Hätte er sie zurückhalten können? Peter Struve hatte es nie erfahren. So verschwand die Geliebte aus seinen Augen – und das riss ein Loch in seine Seele.

Sengül, die lachende Rose. Was mochte aus ihr geworden sein? Warum hatte sie sich nur immer schriftlich aus der Anonymität gemeldet? Gewiss, ihre Wege hatten sich getrennt. Die Zeitspanne ihres Zusammenseins erschien ihm, gemessen an dem, was sich danach ereignet hatte, gering. Nie wieder jedoch nahm eine Frau seine Seele so gefangen. Nie wieder sollte er die Kraft seiner Gefühle so unmittelbar erleben. War das damals vielleicht nur deswegen so, wie es war, weil sie jung waren? Und jetzt? Er war fast Mitte 50. Hatte vieles erlebt, auch in der Liebe. Ob er gereift war, zweifelte er bisweilen stark an. Da war Carina. Sie entfachte vieles von Neuem, was ihn einerseits aufleben ließ, andererseits zum Trottel machen könnte. Suchte er wirklich Carina oder doch immer nur Sengül? Er mochte es sich nicht eingestehen, aber er litt unter einem Trauma. Egal, was es war, er würde kämpfen. Diesmal würde er keine Zeit verlieren. So wie damals, als er Sengül aus der Hand gegeben hatte. Es kam ihm seltsam vor, dass er mit seiner Jugendliebe nicht abschließen konnte. Er hatte in den vergangenen Jahren verstärkt an sie gedacht und sich vorstellen können, mit ihr über alles zu reden. Aber das wäre mit einem enormen Aufwand verbunden gewesen. Wenn er ehrlich war, musste er sich eingestehen, dass er Angst davor hatte, sie um Jahrzehnte gealtert in einem Leben anzutreffen, das den Zauber der Erinnerung verdrängen könnte. Neue Bilder würden sich einbrennen, die ihn noch mehr schmerzten als all die bereits verblassten seiner Jugend. Doch war er nicht auch ein Gefangener seiner Vergangenheit? Ein Süchtiger, der gelegentlich das Opium seiner als Traumfrau empfundenen Jugendliebe inhalierte? Natürlich, die Ehe mit Marie, einige halbherzige Beziehungskisten. Das alles hatte sich ereignet, doch er gestand sich ein, dafür einen hohen Preis gezahlt zu haben. Die Momente häuften sich, in denen er sich vorwarf, gegen seine Überzeugungen zu handeln. Lebte er an seiner Berufung vorbei, um sich an Sicherheiten zu klammern? Er wollte nicht am Ende seines Lebens zu dieser traurigen Erkenntnis kommen.

Mit seinen Eltern hatte er nach dem Verschwinden Sengüls gebrochen. Was willst du mit dem Türkenmädchen? Such dir ein deutsches! Es sind schon genug von denen hier! Sätze wie diese hatten ihm gezeigt, wie wenig ihn mit seinen Eltern verband. In diesem Punkt erlebte er sich wahrhaftig, und er bereute nicht, damals weggegangen zu sein. Aber vielleicht war er auch selbst zu verbissen gewesen und würde heute das Gespräch nicht mehr aus Frustration abbrechen. Aber für eine nachträgliche Klärung war es nach dem Tod der Eltern zu spät. Damit musste er leben.

Bei der Polizei hatte er zwar zielstrebig seine Ziele verfolgt, doch auf eine Karriere hatte er es nicht abgesehen.

Wem wollte er auch etwas beweisen? Er war dazu bestimmt, mehr oder weniger einfach gestrickte Fälle zu lösen. Und doch beschlich ihn immer wieder der leise Zweifel. Eine Stimme des Vermissens, die lauter wurde und die er nicht länger zu ignorieren imstande war. Eine Stimme mit der Kraft, sein Leben einstürzen zu lassen. Sengül, Carina? Er wusste es nicht.

*

Izmir, Januar 1991

Lieber Peter,

ich besuche einen Deutschkurs und lese viel auf Deutsch. Eines Tages werden wir reden. Und uns verstehen. Endlich verstehen. S.

*

Tagebuch Peter Struve
Kein Eintrag

8

Mit reservierter Miene saß Cornelia Mörbelbauer hinter ihrem Schreibtisch und fixierte ihr Gegenüber. Peter Struve hatte Platz genommen und wartete auf sein Personalgespräch. Sie würden ihn zu zweit oder dritt in die Mangel nehmen, er kannte das. Die Vernehmungstechniken der freien Wirtschaft unterschieden sich nur unwesentlich von denen der Polizei.

Schwungvoll trat Dietram Seeberger ein und durchschnitt die milchige Tristesse ihrer stummen Koexistenz. Seeberger, ein untersetzter, aber wendiger Mann in grünlich-beigem Tweedjacket und passender hellbrauner Stoffhose, markanter Hornbrille und buschigen Augenbrauen trug seine mittelbraunen Haare in der Mitte gescheitelt.

»Wir brauchen nicht lange um den heißen Brei herumreden, Herr Struve, wir sind mit Ihren Leistungen unzufrieden.«

Seeberger legte eine kleine Pause ein, um Struves Reaktion abzuwarten. Der Zentrumsmanager blickte Cornelia Mörbelbauer an, die daraufhin die Verfehlungen des Ladendetektives benannte.

»Unpünktlichkeit, fehlender Respekt gegenüber Vorgesetzten und ausbleibende Erfolge im Kampf gegen die Ladendiebstähle.«

»Möchten Sie dazu etwas sagen?«, fragte Seeberger Struve, der sich zurückgelehnt hatte, um sich alles in Ruhe anhören zu können.

»Es gäbe einiges zu besprechen, aber ich befürchte, Sie haben sich bereits eine Meinung gebildet.«

»Wie sehen Sie denn den Vorfall vom Samstag?«, wollte Seeberger wissen.

»Manche Diebe sind bewaffnet – da ist es besser, nicht den Helden spielen zu wollen.«

»Sie hatten ihn doch schon im Griff«, wandte der Manager ein. »Leider konnte ihn die Polizei danach auch nicht fassen.«

Struve schwieg, um abzuwarten, worauf Seeberger hinauswollte.

»Es wäre für das Image unseres Hauses nicht förderlich, wenn sich solche Vorfälle häufen würden.«

»Wäre nicht so toll«, bestätigte Struve. »Ich habe aus dem Ding auch meine Lehren gezogen.«

»Und die wären?«, schaltete sich Cornelia Mörbelbauer ein, die unruhig auf ihrem Stuhl hin und her rochierte.

»Zum Beispiel Zwischenrufe wie den von Ihnen während einer Festnahme nicht zu beachten. Ich hätte nämlich den Täter gerne in Ruhe nach Waffen durchsucht.«

»Ach, jetzt wollen Sie Ihr Versagen auch noch mir in die Schuhe schieben? Das ist ja unerhört!«

Dietram Seeberger hob beide Arme, um die aufbrausenden Wogen zu glätten.

»Entschuldigen Sie, bitte, Frau Mörbelbauer, aber Sie müssen Herrn Struve schon Gelegenheit geben, mir seine Version darzulegen – Ihre kenne ich ja bereits.« Seeberger wandte sich wieder dem Detektiv zu.

»Wissen Sie, mein lieber Herr Struve, wir brauchen in erster Linie ein friedliches Ambiente, damit die Kunden weiter gerne einkaufen.«

Struve ahnte, dass Seebergers Freundlichkeit ihren Preis hatte.

»Wir würden Sie ganz gerne ein wenig aus der Schusslinie herausnehmen, weil wir denken, dass Sie in letzter Zeit etwas überfordert waren.«

Das Gesicht der Mörbelbauer hellte sich bei Seebergers Worten merklich auf.

»Was heißt das konkret?«, wollte Struve wissen.

»Wir denken, dass wir Sie in unserer Tiefgarage einsetzen«, erklärte der Zentrumsmanager mit unveränderter Mimik. »Wir brauchen da Männer mit einer gewissen Intelligenz wie Sie. Ich brauche Ihnen nicht zu erzählen, wie ärgerlich unsere Kunden sind, wenn sie an der Schranke lange warten müssen oder am Kassenautomaten verzweifeln. Sie werden im Support helfen und Parktickets notfalls von Hand abwickeln. Sie werden auch mit den Leuten reden, wenn es klemmt und so Frust abbauen helfen, bis der Wartungsdienst eintrifft.«

Peter Struve ließ sich nicht anmerken, dass ihn die bevorstehende Zwangsversetzung wurmte. Er hatte mit einer Zurechtweisung gerechnet, nicht aber mit einer derartigen Demütigung.

»Ich habe einen anderen Vorschlag«, konterte er.

»Und der wäre?«, fragte Seeberger überrascht.

»Wir gründen einen Gesamtbetriebsrat, und ich werde für die Wahlvorbereitung weitgehend freigestellt. Und weil die Tiefgarage und die Parkplätze nicht in meinen Arbeitsbereich fallen, da es dort keine Waren gibt, die geklaut werden können, vergessen Sie Ihre Idee besser gleich mal. Damit würden Sie vor jedem Arbeitsgericht auf Grund laufen, mein lieber Herr Seeberger.«

Struve wusste, dass er nicht klein beigeben durfte. Sie wollten ihn im Schnellverfahren entsorgen und mit der Einkellerung mobben. Solche Spielchen würde er nicht mit sich treiben lassen.

»Sie scheinen sich ja gut auszukennen«, bemerkte Dietram Seeberger, dessen Blick nach draußen auf die tanzenden Schneeflocken gerichtet war. »Es scheint stürmischer und frostiger zu werden«, bemerkte er, »auch bei uns im Haus.« Er beugte sich nach vorne und blickte Struve scharf an. »Wenn Sie wollen, können wir auch anders.«

Wie auf ein Zeichen schaltete sich Cornelia Mörbelbauer ins Gespräch ein. »Ihr Arbeitsvertrag bei uns ist auf ein Jahr befristet, Herr Struve. Sie werden verstehen, dass wir einen kooperativen Stil Ihrerseits für diese Zeit voraussetzen.«

»Das ist mir wurscht. Sie müssen mich halt mindestens noch ein Dreivierteljährchen ertragen, solange ich Ihnen keine silbernen Löffelchen klaue«, antwortete Struve. »Da bleibt auf jeden Fall Zeit genug, die Betriebsratswahl in Gang zu bringen.«

Dietram Seeberger begriff, dass er so nicht weiterkam. Er hatte den scheinbar ruhigen, unauffälligen Mitarbeiter ganz offensichtlich falsch eingeschätzt.

Wie er mit dem aufmüpfigen Struve umgehen würde, musste er im vertraulichen Rahmen mit dem Hausjustiziar besprechen. Ihm war nicht ganz klar, was der Ladendetektiv erreichen wollte, jedenfalls konnte man ihm nicht einfach kündigen. Eine Erkenntnis, die Seeberger umso mehr einleuchtete, nachdem Struve sein Büro verlassen hatte und der Zentrumsmanager seinen Mail-Account abrief. Er fand dort die Nachricht, der Detektiv habe eine Betriebsversammlung anberaumt, um einen Wahlvorstand zu bilden.

»Du gerissener Hund!«, fluchte Seeberger leise in sich hinein.

In der Buchhandlung erkundigte sich Peter Struve nach Carina, aber sie hatte sich krankgemeldet. Die angeforderte Quittung für die Kleidung konnte er also vorerst nicht bekommen. Er schaute auf die Uhr. Es war Zeit für einen Rundgang. Er würde erst nach dem Dienst versuchen, Carina zu erreichen. Ob sie sich ausgeklinkt hatte, um für das Schauspielprojekt zu üben? Sie hatten sich ihre Telefonnummern gegeben, er wollte aber nicht aufdringlich erscheinen.

Sein Handy klingelte, es war aber leider nicht Carina. Struve erkannte die altvertraute Nummer Littmanns.

»Was gibt's?«, fragte er wie früher, als ihn der Mitarbeiter aus der Zentrale mit wichtigen Informationen versorgt hatte.

»Mensch, Struve, immer noch der Alte, kein Wort zu viel.« Littmann trug sein Herz auf der Zunge. »Können Sie mich mit Ihrem Besuch beehren?«

Struve hatte damit gerechnet, dass noch etwas käme. Wahrscheinlich hatten sie ihn doch auf dem Kieker.

»Sie haben doch meine Aussage schon?«

»Wir müssen uns die Bildüberwachung unbedingt zusammen anschauen – Sie wissen ja, es ist praktisch wie eine Gegenüberstellung. Sie müssen bezeugen, dass der Kerl auf der Videoaufzeichnung der ist, der Sie später mit dem Messer bedrohte.«

»Wann brauchen Sie es? Sofort?« Struve verspürte nach dem unerfreulichen Personalgespräch sowieso keinen großen Arbeitseifer.

»Wäre mir recht, dann hab' ich's vom Tisch«, antwortete Littmann.

»Es gibt keine Probleme, wenn ich auftauche?«, fragte der langjährige Hauptkommissar.

»Wegen Ihrer Suspendierung? Machen Sie sich keine Sorgen. Wir Sachbearbeiter sitzen im hintersten Teil des Präsidiums. Außerdem kommen Sie ja aufgrund einer Vorladung.«

»Na, das machen Sie mal den Jungs an der Pforte klar.«

Struve, zur Persona non grata erklärt, hoffte, mit seinem Einwand unnötigem Ärger aus dem Weg zu gehen.

Eine halbe Stunde später saßen sie sich gegenüber. Littmann fingerte ungelenk an seiner PC-Tastatur herum und fluchte. Nach einer kleinen Ewigkeit betrachtete Struve die Bilder, die er kurz vor seinem Eingriff gesehen hatte. Littmann schaltete die Zeitlupe ein.

»Ich muss Ihnen etwas zeigen«, sagte der Polizist, »schauen Sie sich das Gesicht des Täters an.«

Struve kniff die Augen zusammen und neigte seinen Kopf noch stärker zum Bildschirm. Er erkannte das Gesicht nur teilweise.

»Es ist auf jeden Fall der Mann, der später flüchtete.«

Littmann zoomte den Bildausschnitt stärker heran. »Er ist Ausländer. Haben Sie eine Ahnung, welcher Nationalität er sein könnte, so von der Aussprache her?«

Struve rieb sich mit den Händen die Augen und das ganze Gesicht. Warum nur hatte ihm Littmann keinen Kaffee angeboten? »Ganz schwer«, antwortete er. »Er hat wenig gesprochen, nahezu akzentfrei, vielleicht irgendein Araber, Naher Osten, ansonsten sehe ich auch nur seine schwarzen Haare und seine dunkle Haut«, sagte er. »Haben Sie es schon mit den heißen Kandidaten aus dem Archiv abgeglichen?«

»Ja, natürlich. Negativ.«

Struve begriff, dass sein ehemaliger Kollege völlig im Dunkeln tappte. Vermutlich hatte er ihn nur ins Präsidium bestellt, damit er ein bisschen Abwechslung in seinen faden Alltag brachte.

Littmann gab zu, nicht vorwärtszukommen und lud ihn zum Mittagessen beim Italiener in der Seestraße ein. Struve lehnte dankend ab, als sich die Tür öffnete und der Polizeipräsident Hans Kottsieper vor ihm stand. Jemand musste ihn informiert haben, und Kottsieper hatte also nichts Besseres zu tun, als ihm wie ein Kettenhund entgegenzuspringen. Der Präsident machte trotz seiner bevorstehenden Pensionierung immer noch einen durchtrainierten Eindruck. Er stand in blauer Uniform mit zugeknöpftem Sakko vor ihm. An ihm hatte sich nichts verändert, seit sie sich vor einem halben Jahr zum letzten Mal gesehen hatten. Mit seiner anthrazit getönten Brille, die von dünnen Metallbügeln gehalten wurde, wirkte Kottsieper mit einer grauen stoppeligen Kurzhaarfrisur wie ein US-Cop aus dem amerikanischen Mittelwesten. Genau dorthin passte auch der autoritäre, wortkarge Führungsstil. Wie oft hatte sich Struve gewünscht, sein Chef würde in eine Kleinstadt irgendwo zwischen Memphis und Saint Louis auswandern.

»Na, wen haben wir denn da?«, fragte Kottsieper im überheblichen Ton. »Das ist doch unser Herr Struve – Mensch, Sie gibt es also noch. Was verschafft uns die Ehre?«

»Sie kennen ja die ewig junge Geschichte vom Täter, den es an den Tatort zurückzieht.«

Kottsieper und Struve machten keine Anstalten, sich die Hände zu schütteln. Struve spürte den Graben, der zwischen ihnen lag, und blieb hinter Littmanns Stuhl stehen.

»Wenn Sie selbst das so sehen, überrascht es mich umso mehr, Sie hier im Präsidium anzutreffen.«

Littmann schaltete sich ein und erzählte vom Ladendiebstahl im Einkaufszentrum.

»Hab schon gehört«, erklärte Kottsieper, »aber dass dieser tölpelhafte Detektiv ausgerechnet aus unserem Haus stammt, ist natürlich blamabel. Mensch, Struve, Sie scheinen noch nicht einmal als Wachmann zu taugen.« Kottsieper grinste, er warf sich einen Kaugummi ein, darauf lauernd, wie sein Gegenüber reagieren würde.

»Sie haben recht, es war blamabel. Sind Sie extra runtergekommen, um mir das zu sagen?« Struve legte seine Hände auf seinen Hosengürtel und bemühte sich um einen festen Stand.

»Nein«, sagte der Polizeipräsident, »ich gehe mal davon aus, dass ein Mensch mit einer durchschnittlichen Intelligenz wie Sie es einschätzen kann, wenn er Mist gebaut hat.«

Kottsieper beförderte seinen Kaugummi mit der Zunge aus dem Ober- in den Unterkiefer. Er schwieg eine Weile, um die Wirkung seiner Worte auszukosten.

Struve hielt es nicht für erforderlich, sich mehr als nötig zu wehren. Kottsieper, der ihn hatte degradieren und suspendieren lassen, war eigentlich schon Geschichte. Als Geschasster musste er nicht gegen etwas ankämpfen, an dem es nichts zu ändern gab. Dass sie sich jetzt gegenüberstanden, gab ihm Gelegenheit auszuteilen. Und er spürte, er hatte Lust darauf.

»Wissen Sie, Herr Kottsieper«, hob er an, »Menschen mit einer durchschnittlichen Intelligenz können es durchaus zu etwas bringen – manche dienen sich richtig hoch, man erkennt sie dann an ihrer Kacknase.«

»Schließen Sie die Zeugenvernehmung so bald wie möglich ab, Herr Littmann! Und dann wissen Sie ja, wo die Tür ist, Herr Struve. An ihr Hausverbot brauche ich Sie wohl nicht zu erinnern.«

Kottsieper knallte die Tür hinter sich zu, und seine Schritte verhallten im Gang. Littmann versuchte den Vorfall zu ignorieren. Er stand auf und führte seinen Besucher an einen Tisch.

»Lassen Sie uns noch einmal über den Ladendieb reden«, sagte er. »Wir wissen, er ist offenbar Ausländer oder zumindest hat er einen Migrationshintergrund, denn schwarze

Haare und dunkle Haut passen ins Schema. Der Mann trug ein Messer, er ist danach geflohen, wahrscheinlich stieg er in ein Auto ein und fuhr im üblichen Verkehr davon. Er könnte aber auch mit dem Fahrrad oder zu Fuß geflohen sein.«

»Mehr haben Sie nicht?«

»Doch es gibt Zeugen, die angeben, der Mann sei durch eine Unterführung auf die andere Seite des Bahndammes gelaufen. Dort könnte er geparkt und sich ideal aus dem Staub gemacht haben.«

»Wie sieht es mit der Gesichtserkennung aus?«, fragte Struve und zeigte auf den Computer. »Die Software des Bundesnachrichtendienstes in Verbindung mit Facebook wurde doch schon vor einem halben Jahr angepriesen wie Sauerbier.«

»Die Polizei darf das aber bisher in Deutschland nur bei Straftaten anwenden, die in Sachsen begangen wurden. Haben Sie das nicht mitbekommen, Struve?« Littmann schaute ihn verständnislos an. Der Exkommissar musste zugeben, dass sich sein Medienkonsum seit der Trennung von Marie auf ein Minimum konzentriert hatte. Auch die Suspendierung wirkte sich aus. Offiziell galt er noch als Beamter, aber als Staatsdiener fühlte er sich trotzdem nicht. Er machte sein Ding und verließ sich nicht mehr auf Fernsehsender, Radiostationen oder Zeitungen. Er lebte offline, so viel er nur konnte, und hörte sich um. Mit dem Nachteil, Kopfschütteln zu ernten, wenn er mal wieder eine dieser modernen Wissenslücken offenbarte.

»Sachsen ist verdammt weit weg«, sagte er, um möglichst unauffällig sein Informationsdefizit zu kaschieren.

»Aber das ist doch seit Wochen Thema, es wird unsere Arbeit nachhaltig prägen«, drehte Littmann auf. Vor zwei

Monaten sei in Sachsen die Partei der Nationalen, die PDN, stärkste Fraktion geworden. Sie habe in dem Bundesland die Polizeigesetze verschärft. »In Dresden hat es Demos gegeben, weil sich Bürger ihrer Freiheitsrechte beraubt sehen.« Der springende Punkt war laut Littmann, dass die Polizei Facebook-Accounts ohne richterliche Anordnung durchsuchen durfte. Das ebenfalls genehmigte Gesichtserkennungsprogramm bildete nur die Spitze des Eisbergs.

»Okay«, sagte Struve, »für uns heißt das Ganze aber nichts, oder?« Er zwinkerte Littmann zu.

»Ich habe die Software, wenn Sie das meinen.« Er senkte die Stimme. Sie hielten sich zwar allein im Büro auf, aber man konnte nie sicher sein, ob eine Tür offen stand.

»Haben Sie es schon da drin?« Struve bewegte den Kopf in Richtung Computer.

»Offiziell nicht.« Littmanns Stirn lag in Falten. Er schien mit sich zu ringen, aber Struve spürte, er könnte ihn auf seine Seite ziehen.

»Und?« Der Detektiv hob erwartungsvoll die Augenbrauen.

»Verpfeifen Sie mich auch nicht?« Littmann schaute so verbissen, als ob sie planten, die sächsische Landesregierung zu liquidieren.

»Quatsch! Ich bin übrigens der Peter.« Struve hätte es nie für möglich gehalten, Littmann jemals zu duzen, aber an seinem freudigen Gesichtsausdruck erkannte er, dass er einen offenbar lang gehegten Wunsch erfüllte.

»Und ich bin der Karl, kannst mich Charly nennen.«

Littmann konfigurierte die Videoaufzeichnung aus dem Einkaufszentrum. Wenige Mausklicks später sahen sie, wie der Drucker die Facebook-Accounts von etwa 20 Personen ausspuckte.

»Das wird sich weiter eingrenzen lassen«, war sich Karl Littmann sicher. Struve hatte sich vorsichtshalber auf einen der Besucherstühle gesetzt. Es war gut möglich, dass Kollegen das Büro betreten und ihn erkennen würden. Wieder hörte er das Surren des Druckers, sein Blick blieb magnetisch auf die Eingangstür geheftet, durch die vorhin Kottsieper gekommen war. Dann stand Littmann plötzlich wieder vor ihm und drückte ihm einen ganzen Ordner in die Hand.

»Schau sie dir in Ruhe an, Peter, und halte mich auf dem Laufenden.« Er gab ihm zum Abschied die Hand. »Wir haben gleich noch Dienstbesprechung – pass auf dich auf.«

Peter Struve lächelte ihm zu. »Ich melde mich, sobald ich mir sicher bin, dass wir den Richtigen gefunden haben.«

9

Endlich ein freier Tag, endlich Zeit für mich, dachte Luca Santos. Der Redakteur des Marbacher Kuriers genoss sein zweites Frühstück bei einem Bäcker in der Ludwigsburger Innenstadt. Der 40-Jährige liebte den Duft des Kaffees und die gepuderte Schaumkrone. Herzhaft biss er in das Schokocroissant, das nirgendwo so gut schmeckte wie in dieser Bäckerei in der Nähe des Marktplatzes. Er war an diesem Tag früher als sonst aufgestanden, war zum Monrepossee und zurück gejoggt und nun bereit, seinen Vorsätzen Taten folgen zu lassen. Nach fast zehn Jahren im Journalismus wollte er sein erstes Buch veröffentlichen. An Ideen mangelte es ihm nicht. Er konnte sich viele Themen vorstellen, über die zu schreiben es sich lohnen könnte. So hatte er den spektakulären Niedergang eines alteingesessenen Industrieunternehmens über lange Jahre journalistisch begleitet. Was die Arbeitnehmer als Spielball unternehmerischer Finesse im Laufe der Jahre alles erdulden mussten, hätte Hunderte von Seiten gefüllt und bestimmt viele Leser interessiert. Doch er wollte keine Dokumentation, es reizte ihn, eine Geschichte völlig frei zu erfinden. Vom Krimi hatte ihm ein Kollege allerdings abgeraten. Er habe schon mehrere Bände veröffentlicht. Da Regionalkrimis als Massenware galten und rezensierende Lokalredakteure wenig zimperlich darin waren, Literatur aus der Feder von Kollegen – noch dazu, wenn sie bei konkurrierenden Zeitungen arbeiteten – als minderwertig zu brandmarken, schied dieses Genre für Luca Santos ebenfalls aus. Was er bedauerte, denn es gab einige Krimiautoren, denen er höchsten Respekt zollte, weil sie soziale Milieus abbildeten, an denen eine Gesellschaft gerne vorbeischaute, die auf Konsum und Schmerzvermeidung ausgerichtet war.

Luca Santos ging es auch nicht darum, sich durch eine Buchveröffentlichung zu schmücken wie durch einen Doktortitel. Solches Statusdenken war ihm fremd, wenngleich ihm aufgefallen war, dass die Schriftstellerei ein ungleich größeres Ansehen besaß als der Journalismus, der als »Schriftstellerei in Eile«, wie es der englische Dichter Matthew Arnold ausdrückte, unter dem Diktat der begrenzten Zeit und der Pflicht des Zusammenfassens stand, was den Verdacht des Fehlerbehafteten und Oberflächlichen nach sich zog. Wie oft hatte er bei Führungen im Druckhaus den Lesern seiner Zeitung zu erklären versucht, dass eine einzige tägliche Ausgabe ungefähr so viele Buchstaben und Sätze enthielt wie ein Taschenbuch – mit dem Unterschied, dass die Zeitung, anders als das Buch, an einem einzigen Tag produziert wurde, was die durchaus bemerkbare Zahl der Schreibfehler, wie Santos fand, entschuldbar machte.

Nein, es zog ihn vor allem deshalb zum Buch hin, weil es ihm tatsächlich erlaubte, länger an einem Thema zu arbeiten und in die Tiefe zu gehen. Weil er diesen Tiefgang jedoch nicht unbedingt in einer Vielzahl von Meinungen suchte, sondern in dem, was er den Seelengrund nannte, wollte er weder wissenschaftlich noch journalistisch schreiben, sondern sich selbst Geschichten ausdenken. Er war sich dabei durchaus im Klaren darüber, dass er nicht zum Spaßvogel taugte, aber da er schon immer die Liebe als das Wichtigste in einer menschlichen Existenz ansah, war er bereit, seine Literatur in den Dienst der innersten aller Lebenskräfte zu stellen.

Wie also sollte er es anstellen, ein halbwegs gehaltvolles Buch zu schreiben, in der die Liebe die Hauptrolle übernimmt? Er hatte viel gelesen, zehrte von einem Philosophiestudium, war in den vergangenen Monaten immer wieder mit belesenen Freunden zusammen gewesen. Allmählich kristallisierte sich vor seinen Augen ein Bild heraus, dem er folgen wollte. Oder war es nicht viel mehr eine spannende These: Eros oder Agape? Sexualtrieb oder Nächstenliebe? Was war dem Menschen wirklich wichtig, auch bei der Partnerwahl? Dieser Unterscheidung wollte er auf den Grund gehen. Wenn wir Lebewesen sind, die alles zur Liebe zieht, wie müsste dann die Höchstform der Liebe aussehen? Und wer hätte sie überhaupt verdient? Luca notierte sich diese Sätze und unterstrich sie dreimal. Abwesend griff er zum Cappuccino, während eine kleine Schar hübscher Studentinnen den Tisch neben ihm besetzte und für kurze Zeit seine Aufmerksamkeit auf sich zog. Doch ihre Gespräche erreichten sein Ohr nicht mehr, längst hatte sich Luca auf seinen leeren Block fixiert, und er begann zu schreiben.

Viel Zeit würde ihm nicht mehr bleiben, nur noch das Kopfteil der Luftmatratze bot Halt. Weit und breit niemand zu sehen.

Hans rief laut nach Hilfe. Er wollte nicht sterben. Klammerte sich an das letzte Stück Luft, das ihn über Wasser hielt. Der starke Wellengang drückte ihn nach unten, er ruderte und schlug um sich. Plötzlich wurde er innerlich ganz ruhig. Er spürte, dass er nicht mehr lange durchhalten würde und bereitete sich auf sein Ende vor. Constanzes Gesicht tauchte vor ihm auf. Liebreizend, immer zum Lachen bereit. Ihr langes, braunes Haar und ihre warmen braunen Augen hatten ihn verzaubert damals, nach den Wochen des blinden, bildlosen Wartens, als sie im Internet nachts übereinander gestolpert waren.

»Lieben heißt immer auf Leben und Tod«, sagte sich Luca und betrachtete den Beginn seiner Geschichte. Wie war Hans nur in diese Lage geraten? Schwimmt mit der Luftmatratze auf den Bodensee hinaus und wundert sich, dass die Luft rausgeht. Eine vermaledeite Täuschung. Zu weit rausgewagt. Leichtsinn, vielleicht doch lebensmüde, und daran soll Constanze keine Mitschuld haben? Wo steckte sie überhaupt, wenn sie ihm so viel bedeutete? Luca beschloss, dem Leser die Antwort auf diese Fragen zunächst schuldig zu bleiben. Es genügte zu wissen, dass Hans und Constanze ineinander verliebt waren. Sehr verliebt. Und dieses Gefühl sollte die Hauptrolle spielen. Aber zunächst einmal galt es, diesen Hans vor dem Ersaufen zu retten. Wenn ihm das Wasser nicht mehr bis zum Hals stand, dann würde er sich um die übrigen Probleme kümmern. Luca biss in sein Schokocroissant, nahm noch einen Schluck Cappuccino und schrieb:

In der Ferne erblickte er ein kleines Segelboot. »Hiiiilfe«, schrie er so laut er nur konnte. Aber das Boot blieb auf Kurs und steuerte auf Konstanz zu. Hans setzte alles auf eine Karte: Er klappte die schlaffe Luftmatratze um und richtete sie mit der roten Seite auf. Das kostete ihm die letzte Kraft, aber vielleicht sah der Führer des Boots den leuchtenden Farbfleck in der Ferne.

Er sah ihn. Wenig später saß der schlotternde Schiffbrüchige in der kleinen Kabine des Kajütboots. Vor ihm dampfte eine Tasse Tee mit Rum. Der Bademantel des Kapitäns hielt ihn warm.

»Das hätte auch schiefgehen können«, sagte sein Gegenüber, ein etwa 60-jähriger kräftiger Typ mit Vollbart. Hans fühlte seinen bohrenden, strengen Blick fast körperlich, es war ihm unangenehm, einem Fremden zur Last zu fallen, doch überwog in ihm die Freude über die Rettung.

»Sie waren der richtige Mann an der richtigen Stelle«, antwortete er und lächelte verlegen über die Teetasse hinweg. Der Seebär musterte ihn stumm und sprach eine Weile nichts. Vielleicht erwartet er Dankesworte, dachte Hans und wollte dies schon nachholen, doch mit einem nüchternen »Schon gut« kam ihm der Kapitän zuvor, als ob er Gedanken lesen könnte. Dann schwiegen sie eine Weile, blickten sich stumm an, während der Seebär sich eine Pfeife stopfte und Hans in sich gekehrt seinen Tee schlürfte.

»Was haben Sie denn hier draußen mit ihrem Luftkissensteamer gesucht?«, schob der Seebär mit einem versöhnlichen Lächeln nach, bevor er begann, seine Pfeife anzuzünden. Hans nahm einen tiefen Schluck aus dem Teepott. Er spürte, wie sich eine wohlige Wärme in ihm ausbreitete und der Rum ihm die Zunge löste.

»Schwer zu sagen«, druckste Hans herum, um Zeit zu gewinnen. »Vielleicht wollte ich ins Guinness-Buch der Rekorde.« Er hoffte, durch den Scherz den Ernst, der zwischen ihnen lag, aufzulockern.

Der Bär verzog keine Miene. »Das ist keine Antwort auf meine Frage«, brummte er gereizt. »Sie waren wohl etwas leichtsinnig, das können Sie ruhig zugeben, bin ja schließlich kein Kommissar, der sie verhören oder gar einbuchten will.«

Hans bekam ein schlechtes Gewissen. Er spürte, dass der Bär sich ernsthaft für ihn interessierte. Während er darüber nachdachte, was er seinem Gegenüber anvertrauen könnte, streckte der Mann ihm seine rechte Hand entgegen. »Verzei-

hen Sie, aber ich glaube, wir haben uns noch gar nicht einander vorgestellt. Scharbeutz. Bruno Scharbeutz.« Dankbar für die nachlassende Strenge schlug Hans ein.

»Angenehm, Hans Wohlfahrt. Und im Übrigen haben Sie recht, Herr Scharbeutz, ich war einfach zu leichtsinnig. Der Bodensee ist schließlich keine Badewanne.«

Wie sich im weiteren Verlauf ihres Gesprächs herausstellte, leitete Bruno Scharbeutz eine Benediktinerabtei in Maria Laach. Als Abt war er für etwa 40 Mönche verantwortlich. Die einwöchige Bootstour auf dem Bodensee gönnte er sich einmal im Jahr, immer im August, eine Woche vor dem Hochfest Mariä Himmelfahrt, das im Kloster intensiv gefeiert wurde. Wegen seines Versprechens, das Kloster nur für besondere Zwecke zu verlassen, kam ein längerer Urlaub für ihn nicht in Frage, wohl aber ein mehrtägiger Trip.

Luca schaute auf die Uhr. Es war etwa eine Stunde vergangen. Er bekam langsam ein Gefühl dafür, welche Geschichte er erzählen würde. Hans, der die Liebe sucht. Sie aber bei den Frauen nicht finden kann. Bei den Männern aber auch nicht, dachte Luca und schmunzelte. Vielleicht eine Geschichte, wie Menschen bei Schiffbruch zusammenhalten. Eine Seerettung? Auf jeden Fall schwebte ihm eine Art spirituelle Rosskur für gescheiterte Exlover vor. Er war gespannt. Vorerst durfte seine Freundin Julia nichts davon erfahren.

Der Gedanke, sie müsse ertragen, dass er alte Liebschaften in einem Buch verarbeitete, gefiel ihm nicht. Julia würde es als zu intim einstufen und seine literarischen Versuche als stümperhaft ansehen. Mit ihr schon vorher darüber zu reden, würde ihre Beziehung belasten. Er konnte es sich nicht vorstellen, mit ihr ständig über seine weitere Arbeit am Roman zu diskutieren. Nein, er musste das alleine durchziehen und sie vor vollendete Tatsachen stellen. Die Zeit zu schreiben würde er sich in den späten Abendstunden absparen, wobei er hoffte, den Schlaf besiegen und später nachholen zu können.

Sollte sich ein Verlag finden, würde er Julia in der Buchhandlung am Tag des Erscheinens damit überraschen. Er winkte der Kellnerin, einer resoluten etwa 40-Jährigen, die ihr Pensum zügig, aber nicht unfreundlich abarbeitete. Er gab ihr 50 Cent Trinkgeld und fragte sie zerstreut, ob das okay für sie wäre.

»Solange Sie mich nicht Fräulein nennen, ist mir alles egal.« Sie nahm die Münze und wandte sich überlegen und falsch lächelnd von ihm ab. Er konnte machen, was er wollte, er fand keine Einstellung zum Trinkgeld. Zu läppisch, verglichen mit der Würde der Frauen, die bedienten. Zu fürstlich, verglichen mit den Almosen, die er regelmäßig bei sich behielt, wenn Bettler ihn ansprachen und das Geld vermutlich dringender brauchten als die meisten Kellner. Er beschloss, den Kurs minimalistischer Freigiebigkeit fortzusetzen und sich nicht mehr so viele Gedanken zu machen.

10

Ein Graupelschauer überzog Ludwigsburg mit einer klammen Schicht. Peter Struve steuerte seinen Wagen auf der Stuttgarter Straße dem Einkaufszentrum entgegen. Er würde sich beim Asiaten Hähnchenspieße in Erdnusssauce genehmigen. Wie so oft griff er auf das Fastfood des Zentrums zurück. Für langwierige Kochmanöver fehlten ihm Zeit und Geduld. Zudem hatte er dem Zentrumsmanagement eine Betriebsratswahl angekündigt. Er musste seine Rundgänge nutzen, um Mitarbeiter zu mobilisieren. Die zahlreichen kleinen Einzelläden waren unterschiedlich organisiert. Einige hatten einen Betriebsrat, der sich aber nur auf das Unternehmen bezog, dem der Laden angehörte. Und diese Firmen verhandelten auf Geschäftsführerebene mit dem Zentrumsmanagement. Logisch, dass die Interessen der Mitarbeiter in den Läden auf der Strecke blieben. Er war sich bewusst, dass viel Überzeugungsarbeit vor ihm lag. Er brauchte mindestens die Hälfte aller Kollegen für eine Betriebsversammlung und einen rechtskräftigen Beschluss. Bei seinen Rundgängen hatte er Verkäuferinnen in Textilläden über ihre Arbeitsbedingungen klagen hören. Es waren Hilfskräfte, die dem Willen der Geschäftsführer ausgeliefert waren. Sie standen mehr oder weniger auf Abruf bereit und wurden auf Stundenbasis schlecht bezahlt. Ohne festes Gehalt mussten sie sehen, wie sie Monat für Monat mit schwankenden Einkünften über die Runden kamen - auch in Zeiten, in denen wenige Kunden kamen und sie vorzeitig nach Hause geschickt wurden. Herrschte hingegen Andrang, so wie jetzt in der Adventszeit, brummten ihnen die Ladenbetreiber, wie es ihnen beliebte, unbezahlte Überstunden auf. Arm, am Rande ihrer Kräfte, aber täglich aufgehübscht mussten diese Frauen weiter funktionieren, um das gehobene Konsumpublikum in dieser künstlichen Glitzerwelt zu befriedigen. Wer nicht spurte, wurde einfach weggemobbt. Betriebsräte zu wählen, um sich zu wehren, war in diesen Läden nicht möglich, da die Firmen weniger als fünf Mitarbeiter fest beschäftigten. Ein zynisches Spiel, das Struve wenig Aussicht auf Erfolg bot, aber ihn umso mehr herausforderte.

Peter Struve stellte seinen Wagen in der Tiefgarage ab und begrüßte den Parkwächter im Aufsichtshäuschen. Er hieß Werner Becker und wäre nach den Plänen des Zentrumsmanagements einer von drei Kollegen, die ihn herumkommandieren könnten.

»Sie dürfen Ihren Wagen nicht mehr da vorne abstellen«, klärte ihn Becker gleich auf. Der Wärter mit grauer Pferdeschwanzfrisur und Hemingway-Bart blätterte in einem Schachmagazin und blickte nur kurz zu Struve auf.

»Anweisung der Hausleitung«, antwortete Becker lapidar auf den fragenden Blick des Hausdetektivs.

»Und wo soll ich die Kiste dann hinstellen?« Obwohl er mit solchen kleinen Gemeinheiten gerechnet hatte, ärgerte sich Struve. Der Parkplatz in der Nähe des Treppenaufgangs hatte seine Vorzüge.

»Ganz hinten, Nummer 783.« Becker hatte sich schon wieder in seine Lektüre vertieft.

Struve blieb nichts anderes übrig, als seinen Wagen auf den neuen Platz zu chauffieren und die etwa 100 Meter durch die übel riechende Garage zu Fuß zurückzulegen. Erneut passierte er das Wärterhäuschen. Becker schlürfte gerade aus einer Tasse, die vor einer hohen Thermoskanne stand, Kaffee, den er weder mit Milch noch mit Zucker abgemildert hatte. Struve hielt es nicht für den richtigen Moment, für den Gesamtbetriebsrat zu werben, doch er wusste, er hatte nichts zu verlieren.

»Kennen Sie die legendäre Partie, in der Kasparow die Berliner Mauer von Kramnik knackte?«, fragte er im Wissen, dass es eine solche Partie zwar tatsächlich gab, aber sie erst zustande kam, nachdem sich Kasparow im Duell um die Weltmeisterschaft mit Kramnik an dessen Variante der Spanischen Eröffnung die Zähne ausgebissen hatte. Vielleicht konnte er mit diesem kleinen Bonmot an Becker rankommen, den er schon öfter mit einem kleinen Figurensatz an seinem Tisch hantieren gesehen hatte.

»Nein, die kenne ich nicht«, antwortete der Parkwächter und blickte überrascht auf, »spielen Sie etwa Schach?«

»Gelegentlich. Momentan hält mich unsere Gesamtbetriebsratswahl mehr auf Trab. Kommen Sie zur Versammlung?«

»Eine Versammlung? Ach, wissen Sie, Herr Struve, ich arbeite seit fast 20 Jahren hier unten, und ich bin mit denen da oben immer gut ausgekommen. Da möchte ich keinen Ärger mehr riskieren.«

»Kann ich gut verstehen«, sagte Struve, der jedoch so leicht nicht aufgeben wollte. »Aber wenn Sie kommen, heißt das ja noch nicht, dass Sie für oder gegen den Gesamtbetriebsrat sind. Aus der reinen Teilnahme an der Betriebsversammlung kann Ihnen noch keiner einen Strick drehen.«

»Sie mögen ja recht haben – aber mein Name taucht doch trotzdem auf der Liste der Teilnehmer auf. Und Sie wissen ja, wie unsere Verträge hier unten gehalten sind: Mini-Job, jederzeit kündbar. Ich kann mir eine Kündigung nicht leisten. Meiner Frau und mir reicht die Rente sonst nicht.«

Peter Struve setzte sich auf den Stuhl neben Becker, der sein Heftchen weglegte.

»Wir müssen alle zusammenhalten, dann passiert uns nichts«, sagte der Detektiv. »Glauben Sie mir: Der Betriebsrat kann erreichen, dass Ihr Job künftig tariflich bezahlt wird – Ihre Kollegen werden Ihnen noch dankbar sein, wenn Sie die Sache mit mir in die Hand nehmen und wir uns organisieren.«

Struve blickte ihn fest an. Becker schwieg. Offenbar dachte er nach.

»Keine Schachpartie ist durch Aufgeben gewonnen worden, oder?«, fragte er den in sich versunkenen Parkwächter.

Becker glitt ein zaghaftes Lächeln über sein faltiges Gesicht, das die Jahre in der Tiefgarage ausgebleicht hatten.

»Ich glaube, Sie haben keinen Bock, hier unten bei uns zu malochen, aber ich kann Sie verstehen, wenn Sie sich wehren, Herr Struve. Also, ich bin dabei. Was die anderen sagen, weiß ich nicht. Ich bin da eher skeptisch.«

»Sagen Sie mir ruhig, wann Sie mit den anderen darüber reden wollen. Ich komme dann dazu«, schlug Peter Struve vor.

»Gute Idee, aber wir sind ständig in wechselnde Schichten eingeteilt und sind fast nie alle gleichzeitig da. Das mit den tageweise wechselnden Schichten ist für uns sowieso nicht leicht.« Becker stand auf und kippte den Rest seines Kaffees in ein Spülbecken.

»Würde mir auch stinken«, antwortete Struve. »Im Betriebsrat könnten wir für Sie einen wochenweise geregelten Einsatzplan aushandeln.«

»Das klingt nicht schlecht. Haben Sie noch mehr Munition?«, fragte Becker, dessen Gesicht sich aufhellte.

»Wie wäre es mit einer verstärkten Isolierung der Hütte gegen die Autoabgase?«

»Puh ja, ein Traum, schon seit ganz vielen Jahren.«

Peter Struve reichte dem Kollegen die Hand, in die er kräftig einschlug.

»Lassen Sie sich nicht weichklopfen, Herr Struve.«

»Denke gar nicht dran. Bleiben wir in Kontakt?«

»Ja. Ich bin mir nicht sicher, ob wir die da oben in Schach halten können, aber nur, wenn wir unsere Figuren ziehen, können wir Erfolg haben«, sagte Becker und zwinkerte ihm zum Abschied zu.

Beflügelt vom Gespräch, beeilte Struve sich, die Ladenzeile zu erreichen. Am frühen Montagnachmittag wirkten die üppig dekorierten Gänge eher mittelmäßig besucht. Überall leuchtete und flackerte es, aber Struve nervte das Kunstlicht ebenso wie die musikalische Endlosschleife, in der gerade George Michaels Klassiker »Last Christmas« eine ihm nur allzu bekannte, verbrauchte Melancholie verbreitete. Unauffällig, wie es auch sonst seine Art war, galt sein Blick den Regalfluchten, in denen sich kaum Käufer fanden. Das war ihm sehr recht, denn er suchte Mitarbeiter, die er auf seine Seite ziehen wollte.

In der Drogerie hörte er in der Nähe der Kasse eine Stimme neben sich.

»Sie sind doch der Detektiv, der einen Gesamtbetriebsrat gründen will?«

»Richtig.«

Eine resolut wirkende Mittfünfzigerin mit glattem gefärbten hellbraunen Haar und einer sich im Kittel nur angedeuteten schlanken Figur hatte sich ihm genähert.

»Ihre Rundmail hat schon für einigen Wirbel gesorgt«, erzählte ihm die Frau, »unsere Abteilungsleiterin hat uns gewarnt, bei der Aktion mitzumachen.«

»Alles ganz normale Reaktionen – ich hoffe, Sie lassen sich nicht einschüchtern.« Sie standen im hintersten Winkel zwischen Klopapier und Hundefutter.

»Den meisten ist überhaupt nicht klar, was ein Betriebsrat für das Zentrum bedeutet. Die Leitung stellt das dar, als ob Saboteure am Werk wären.«

»Wie sieht es mit Ihnen aus? Würden Sie einen kleinen Landesverrat befürworten, wenn der Fisch vom Kopf her stinkt?«

Die Verkäuferin, deren Händen anzusehen war, dass sie jahrzehntelang zugepackt hatten, nickte.

»Wissen Sie, mein Mann und ich haben drüben in Benningen den SPD-Ortsverein jahrelang praktisch im Alleingang betrieben – ich weiß, wann es an der Zeit ist, sich nicht mehr wegzuducken. Sonst wäre der Betriebsrat in unserer Drogeriefiliale hier nie gegründet worden.«

»Könnten Sie auf Ihre Kolleginnen einwirken und sich mit der Gewerkschaft in Verbindung setzen, damit wir eine Beratung bekommen?«

Struve war froh, dass er eine Verbündete gefunden hatte. Sie stellte sich ihm als Dorothee Heimaier vor. Er gab ihr seine Karte. Sie vereinbarten, die Betriebsversammlung gemeinsam in die Hand zu nehmen.

Am Nachmittag versuchte Peter Struve, in sein Büro zu gelangen. Vergeblich. Seine Chipkarte funktionierte nicht mehr. Er zog sie einige Male durch den Kartenleser, dann rief er in der Technikleitstelle an.

»Tut mir leid, Herr Struve. Ihre Karte ist gesperrt. Anweisung vom Zentrumsmanagement«, erklärte ihm ein Mitarbeiter im neutralen Ton.

Er begriff, bedankte sich und legte auf. Das Gespräch mit Seeberger und Mörbelbauer zog also erste Konsequenzen nach sich. Struve schaute auf sein Handy. Es war kurz nach 14 Uhr. Er wusste nicht so recht, was er tun sollte. Für einen empörten Rückruf bei Seeberger war er sich zu schade. Ihm war bewusst, dass man ihm kleine Nadelstiche verpasste, um ihn loszuwerden. Da er im Büro noch einige persönliche Gegenstände deponiert hatte, würden sie ihn über kurz oder lang reinlassen müssen. Er beschloss, sich krankzumelden, und verließ das Zentrum. Auf dem Weg zum unteren Parkdeck summte sein Handy. Die Regisseurin Wiebke Salinger lud die Akteure der Theatergruppe per WhatsApp erneut zu der bereits angekündigten Probe ein.

»Ich weiß, ihr habt noch viele andere Dinge um die Ohren, aber uns läuft die Zeit davon, und ich brauche heute Abend auch nur die, die bei Luises Eid mit von der Partie sind.«

Struve blickte auf die Namen, die aufgelistet waren, und entdeckte auch den Carinas. Das überraschte ihn nicht sonderlich, denn »Luises Eid« ließ sich natürlich schwerlich ohne eine Luise spielen.

Es dauerte etwas, bis er sich daran erinnerte, dass der Eid im Stück eine zentrale Rolle spielte. Hatte doch der Präsident die Eltern Luises festnehmen lassen, angeblich wegen Majestätsbeleidigung, um damit über seinen Beamten Wurm Luise zu erpressen. Das Mädchen sollte einen Liebesbrief an den Hofmarschall von Kalb unterschreiben, sodass es fortan als Flittchen erscheinen würde. Das wäre dann das Aus für eine Ehe mit dem Präsidentensohn Ferdinand gewesen. Eine hübsche, kleine Intrige mit fataler Wirkung.

Peter Struve dachte an die Begegnung Carinas mit dem Flüchtling Mustafa, der offenbar mehr von ihr wollte als sie von ihm. Was steckte bloß dahinter? Er hatte behauptet, mit ihr zusammen zu sein. Was war, wenn sie sich auf eine Affäre mit dem jungen Flüchtling eingelassen hatte? Natürlich war er eifersüchtig, das gestand er sich ein. Doch er musste seine Emotionen ausblenden. Struve fragte sich, warum Carina, die auf ihn einen reflektierten Eindruck machte, sich möglicherweise einer problematischen Beziehung aussetzte, die in den Augen der meisten Durchschnittsbürger Unbehagen auslösen dürfte. Ganz zu schweigen von dem Ungleichgewicht, das allein schon dadurch entstand, dass sich ein Mann aus einem patriarchalen Kulturkreis in Abhängigkeit von einer Frau wiederfand. Wenn es wenigstens ein Mann mit einer gewissen Erfahrung wäre, dachte Struve – und musste plötzlich laut loslachen.

»Zum Beispiel ich!«, rief er, und nahm sich vor, die Sache entspannter zu betrachten. Carina und er hatten schließlich bisher nur nette Momente gehabt. Warum also in Panik geraten? Liebe schloss aus, den anderen besitzen zu wollen.

Inzwischen hatte er seinen Ford aus der Tiefgarage des Zentrums geholt. Er fuhr auf der B 27 in Richtung Ludwigsburger Innenstadt. Seine Sturm- und Drangzeit konnte er als Mittfünfziger mit Fug und Recht als abgehakt ansehen. So glaubte er, Carina mit mehr Abstand betrachten zu können. Er müsste mit ihr reden. Ihm fiel ein, er hatte ihre Telefonnummer. Doch anstatt sie gleich anzurufen, rang er mit sich. Vielleicht war es besser, sie am Abend nach der Probe direkt anzusprechen. Aber sie war natürlich immer belagert. So wählte er ihre Nummer, aber sie nahm nicht ab. Er beschloss, zur Probe zu gehen. Er war zwar nicht auf der WhatsApp-Liste aufgeführt, doch da der Präsident am

Hofe die ein oder andere Order ausgab, konnte er damit rechnen, gebraucht zu werden. Und wenn nicht, erschien es ihm unproblematisch, denn er brauchte ja nur einen Vorwand, um mit Carina reden zu können. So wie er Wiebke Salinger einschätzte, würde sie schon etwas für ihn finden, damit ihm nicht langweilig würde.

Er betrat seine Wohnung, kochte sich einen französischen Kaffee. Dazu legte er eine Vinylschallplatte mit Hotclub-Jazz der 1950er-Jahre auf. Er mochte es in den eigenen vier Wänden leger. Lässigkeit statt Ordnungssinn, Freiheit statt Sklaventum, Lesen statt Kehrwoche – so umschrieb er seine ganz und gar nicht schwäbische Lebensweise, mit der er schon seit Jahren in einer auf Effizienz gebürsteten Gesellschaft gegen den Wind segelte.

Er legte sich auf sein jeansfarbenes Sofa, das er sich in einem Stuttgarter Second-Hand-Laden besorgt hatte. Er schlief ein und wachte drei Stunden später auf. Benommen registrierte er, wie viel Zeit vergangen war. Der Kaffee hatte seine Wirkung gänzlich verfehlt. Das führte Struve auf seinen anhaltend hohen Koffeinpegel zurück. Er duschte sich, wärmte Pasta mit Tomatensauce auf, die er irgendwann einmal eingefroren hatte. Draußen war es dunkel geworden. Dem Dezember waren einfach keine Vorteile abzugewinnen. Von seinem Balkon aus erschienen die Menschen in der Innenstadt ganz klein. Unten auf dem Marktplatz tummelten sich die Massen auf dem Weihnachtsmarkt, den er stets mied, weil er weder Glühwein noch Gedrängel mochte.

Er beeilte sich, durch die Stadt zur Karlskaserne zu laufen, in der er die Probe wähnte. Es fand dort aber nur ein Zeichenkurs statt. Offenbar hatte es ähnliche Irrtümer schon öfter gegeben. Er müsse nach Marbach fahren, denn an Montagen probte die Gruppe immer dort im Schlosskeller.

Ärgerlich lief Struve wieder zurück. Ein kalter Regenguss setzte ihm zu. Er hasste Regenschirme. Durchnässt erreichte er seinen Wagen. Er schaute auf sein Handy. Carina hatte versucht, ihn anzurufen. Sein Herz schlug schneller, und er beeilte sich, die rund zehn Kilometer in die Nachbarstadt möglichst schnell zurückzulegen. Er kam im Schlosskeller mit einer halben Stunde Verspätung an. Die Proben hatten schon begonnen.

»So geht das nicht«, hörte er schon auf den Stufen, die nach unten führten. Wiebke Salinger gab mit Kommandostimme den Ton an. Unauffällig trat er ein, um die Situation zu erfassen. Zu seiner Überraschung stand Carina überhaupt nicht auf der Bühne, sondern nur zwei Flüchtlinge.

»Du musst mehr den Machthaber rauskehren, Shakrim.« Wiebke Salinger stand nah bei einem der beiden und schritt wie Napoleon mit nach hinten verschränkten Armen kerzengerade auf und ab. Dabei hielt sie die Nase hoch und stierte unnahbar in den Raum. Der junge Mann, dessen Hautfarbe eine Herkunft aus dem Mittleren Osten vermuten ließ, wirkte bemüht und ahmte ihren Gang gleich nach.

»Ja, das machst du gut«, lobte die Salinger. »Deine Stimme muss aber noch fester und klarer rüberkommen. Denk dran, dein Gegenüber ist nur ein Wurm.«

Sie spielte auf den Namen des Hofschreibers an. Er heckte mit dem Präsidenten den teuflischen Plan aus, Luise den gefälschten Liebesbrief an Hofmarschall von Kalb schreiben zu lassen, damit die inhaftierten Eltern wieder freikommen.

Peter Struve setzte sich auf einen Stuhl im hinteren Bereich. Er durchstreifte mit seinen Blicken den Raum. Wo steckte Carina?

»Ah, hallo Peter!« Wiebke Salinger hatte ihn entdeckt.

»Schön, dass du reinschaust. Hab' gar nicht mit dir gerechnet. Möchtest du mitspielen?« Sie hatte die Bühne verlassen und schüttelte ihm die Hand.

»Um ehrlich zu sein, brauche ich noch etwas Zeit für meine Entscheidung«, druckste Struve herum. »Ich wollte mir euer Projekt heute Abend noch einmal anschauen. Wenn es etwas ohne Text gibt, weise mich kurz ein. Ich will euch aber nicht groß aufhalten.«

»Sei mal nicht so bescheiden. Ich glaube, ich habe da etwas für dich.« Wiebke Salinger schaute auf ihre Armbanduhr. »In einer Viertelstunde kommt Carina für ihre Szene mit Lady Milford. Du weißt schon, die Milford will den Ferdinand für sich, sie wäre dann gesellschaftlich anerkannt, und der Lustmolch von Herzog könnte sie als Mätresse weiter vögeln.«

Peter Struve erinnerte sich. »Und die Milford glaubt, das kleine, bürgerliche Mädchen schon irgendwie rumzukriegen, damit sie auf Ferdinand verzichtet.«

»Genau. Du bist ja bestens im Bilde«, bemerkte die Salinger vergnügt.

»Aber die Szene ist eine reine Frauengeschichte. Da habe ich als Kerl doch überhaupt nichts verloren«, wandte Struve ein.

»Wir müssen ständig improvisieren, weil uns die Leute fehlen, Peter.« Sie erklärte ihm, dass es vor allem an Frauen mangelte, da die meisten Flüchtlinge junge Männer seien und viele weibliche Rollen damit nicht besetzt werden könnten.

»Und da soll ich etwa in Frauenkleider schlüpfen?« Struves Unwohlsein verstärkte sich.

»Richtig. Aber ich kann dich beruhigen. Die Kammerzofe Sophie hat nicht viel Text.« Wiebke Salinger zwinkerte ihm erwartungsvoll zu.

»Ich bin mir nicht sicher, ob ich das bringe, Wiebke.«

»Klar bringst du das, hey!« Die Stimme Carinas schallte mit dem angenehmen Tonfall durch den Raum, der ihm bereits bei ihrer ersten Begegnung im Zentrum so sehr gefallen hatte. Sie lächelte ihn an, sodass seine Zweifel wie mit einem Federwisch beseitigt waren. »Du solltest dich dann aber vor der Premiere rasieren«, ergänzte sie in sein sekundenlanges Erstaunen hinein. Langsam gewann er die Kontrolle über seine Emotionen.

»Das wäre machbar. Aber warum ist es für euch so schwer, an Frauen aus den Flüchtlingsheimen zu kommen?«, fragte er, um die Ursache des Problems zu fokussieren.

»Ganz einfach«, antwortete Wiebke Salinger. »Weil die meisten das nicht dürfen – oder nicht wollen.« Sie blickte ihn immer noch erwartungsvoll an, weil er sich nicht erklärt hatte.

»Also gut. Wenn ihr unbedingt wollt. Aber eure Maskenbildnerin wird es bei mir nicht leicht haben.«

»Mach dir keine Sorgen, Peter«, rief Carina, »sie malt dich so an, dass dich kein Schwein erkennt. Dann hast du so oder so Narrenfreiheit.«

Die Proben verliefen schleppend. Peter Struve wartete um 22.30 Uhr immer noch auf seinen ersten Auftritt. Er blieb jedoch locker und lauerte auf den Moment, in dem er mit Carina alleine sprechen konnte. Er studierte seinen Text. Endlich erhielt er ein Zeichen mitzuwirken.

Die Rolle der Sophie verlangte ihm nicht viel ab. Es tat ihm sogar gut, nicht mehr im Status des reinen Beobachters verharren zu müssen. Und er genoss es sehr, mit Carina auf der Bühne zu stehen. Ohne Vorwissen gelang es ihm zu improvisieren. Genau dieses Konzept verfolgte Wiebke

Salinger, die jeden Schauspieler anwies, mit dem Smartphone den Wortlaut des eigenen Auftritts festzuhalten, um damit zu Hause weiterarbeiten zu können.

»Hört es euch an, lest euren Schiller und seid ihr selbst – dann läuft es für euch auf der Bühne«, gab die Regisseurin beim Abschlussgespräch des Abends vor. Irgendwann fand sich Peter Struve mit Carina alleine vor dem Eingang des Schlosskellers wieder. Sie hatten sich von allen anderen verabschiedet und waren übrig geblieben, was Struves Hoffnung auf ein vertieftes Kennenlernen nährte.

»Geht ihr nach den Proben keinen mehr trinken?«, fragte er sie. Da fiel ihm ein, dass es schon halb zwölf war und die Auswahl an Gaststätten in einem Ort wie Marbach um diese Zeit bestimmt sehr begrenzt war.

»Die meisten können es sich nicht leisten, Peter.« Carina lächelte, um ihre sicherlich zutreffende Aussage nicht so klingen zu lassen, dass er sich zurückgewiesen fühlen müsste.

»Darf ich dich noch auf einen Absacker einladen?« Er fühlte sich, als ob er gerade 1.000 Euro auf Rot gesetzt hätte. Alles in ihm hoffte auf ein Ja.

Carina blickte auf ihre Uhr und überlegte einen kleinen Moment. Struve ahnte, dass es sie schon deshalb Überwindung kosten mochte, weil sie nicht arbeiten gegangen war.

»Also gut. Auf ein Glas Wein im Café Provinz«, sagte sie. »Schließlich müssen wir deinen Einstieg ins Ensemble feiern.«

Wenig später saßen sie in dem Lokal, das sich ihnen recht leer präsentierte. Struve wusste, ihm blieb nicht viel Zeit, um das herauszufinden, was er von ihr wissen wollte. Natürlich sollte Carina nicht denken, er wolle sie ausfragen.

»Dein Theaterprojekt mit den Flüchtlingen bedeutet dir viel, stimmt's?«, fragte er sie.

»Woran du das nur gemerkt hast?«, antwortete sie und grinste ihn keck an.

»Sagen wir mal so: Du warst heute nicht im Einkaufszentrum, aber schlägst hier auf. Daran lässt sich schon mal einiges ablesen.«

Carina machte keine Anstalten, sich zu verteidigen. Ihre Blicke schweiften kurz die umliegenden Tische, als ob sie sichergehen wollte, dass dort keine Vorgesetzten oder Kollegen saßen.

»Kultur bedeutet mir alles, Peter. Die Arbeit ist nur dazu da, dies zu unterstützen. Ich lebe nicht, um zu arbeiten.«

Er nickte und prostete ihr mit dem inzwischen servierten Lemberger zu. »Gesunde Ansichten – lass uns auf die Kultur anstoßen.«

Sie unterhielten sich über das Theaterprojekt.

»Warum machst du das eigentlich für die Flüchtlinge?«, fragte er sie.

»Ich will sie in meine bunte Welt mitnehmen. Und die anderen Leute in der Stadt auch. Wir leben wie unter einem grauen Schleier. Unser Projekt steht für Freundlichkeit und Toleranz. Ist es denn so wichtig, woher Menschen kommen und welche Hautfarbe oder Religion sie haben?«

Struve schlug die Beine übereinander und lehnte sich zurück. »Es sind natürlich ein bisschen viel gekommen, und nicht alle sind unsere Freunde«, hob er an, »aber ich gebe dir recht: Solche Kulturprojekte sind wunderbar. Sie verbinden die Leute – und das zieht Kreise.«

Sie lächelte. Und er freute sich über ihre Übereinstimmung. Jetzt war der richtige Zeitpunkt gekommen.

Er lehnte sich nach vorne.

»Carina, ich muss dich etwas fragen. Sei bitte nicht sauer, aber etwas beschäftigt mich, seitdem wir uns kennen.«

»Was brennt dir denn unter den Fingernägeln, Peter?«

Sie wirkte entspannt und nahm einen großen Schluck aus dem Weinglas.

»Ich habe neulich bei der Probe in Ludwigsburg mitbekommen, wie dich dieser Mustafa angequatscht hat. Seid ihr zusammen?«

Carinas entspannte Mimik verschwand von einem Augenblick auf den anderen. Argwöhnisch runzelte sie ihre Stirn.

»Ich wüsste nicht, was dich das angeht«, antwortete sie kurz und schaute ihn irritiert an.

»Natürlich nichts«, beeilte er sich ihr mitzuteilen. »Ich frage auch nur, weil ich vermute, du könntest in Schwierigkeiten sein. Wenn du Hilfe brauchst, lass es mich wissen.«

Carina schien nicht gewillt, sein Angebot annehmen zu wollen. »Entschuldige mich bitte«, sagte sie und zog ihren Mantel an. »Das ist ein bisschen viel für mich.«

»Aber, bleib doch! Bitte!« Struve war aufgestanden. Er hatte nicht damit gerechnet, dass sie derart heftig reagieren würde. »Wir kennen uns kaum, und vielleicht wirke ich aufdringlich, aber glaube mir, Carina, ich möchte dich nur besser verstehen lernen.«

Carina standen die Tränen in den Augen. »Du wirst es nicht glauben, Peter. Aber ich weiß, dass du es gut meinst – aber bitte gib mir etwas Zeit.«

»Bedrängt er dich, brauchst du Schutz?« Struve ahnte, es ging nicht um ihn.

»Nein«, sagte sie und knöpfte ihren Mantel zu.

Peter Struve zog sich ebenfalls an und drückte der Bedienung einen Zehneuroschein in die Hand.

»Lass mich dich nach Hause bringen!«

Wortlos ging sie zur Tür, während er hinter ihr her trottete. Ein eisiger Wind schlug ihnen entgegen. Sie hüllten sich in ihre Mäntel und schritten die Niklastorstraße hoch an Schillers Geburtshaus vorbei.

»Hör zu, Carina. Ich weiß nicht, was los ist, aber wenn du dichtmachst, hab ich keine Chance, dich zu verstehen. Das fände ich sehr schade.«

»Ich sagte dir schon, dass ich Zeit brauche, Peter. Wenn du mich bedrängst, schnürt sich mir alles zu.«

»Mustafa hat gesagt, er sei mit dir zusammen«, entgegnete Struve. »Er ist noch ein halbes Kind. Du hast ihn abgewiesen. Wenn ich weiter bei eurem Theaterprojekt mitmachen soll, muss ich wissen, was das alles bedeutet.«

Er hatte sich ihr in den Weg gestellt. Carina blickte zu Boden. Schämte sie sich? Tränen rannen an ihren Wangen herab. Sie kramte in ihrer Handtasche und zupfte ein Papiertaschentuch hervor.

»Ich kann es dir nicht sagen.«

Mittlerweile standen sie in einer der Holdergassen. Der kalte Wind pfiff ihnen um ihre Ohren. Er konnte nicht anders, als sie in den Arm zu nehmen. Sie blickte zu ihm auf. Er versuchte sie zu küssen. Struve fühlte ihre weichen Lippen, die sie ihm im letzten Moment entzog. Er roch ihr Parfüm, und er war sich überhaupt nicht sicher, ob das, was er da getan hatte, das Richtige war. Carina stand unter Druck. Das wollte er nicht ausnutzen, aber der Wunsch, ihr nahe zu sein, trieb ihn voran.

»Ich möchte dich jetzt nicht allein lassen«

»Nein, es geht schon. Lass nur.«

Befangen schauten sie sich an. Struves Herz hämmerte. Er hatte keinen Plan, aber er fühlte sich für sie verantwortlich. Er nahm sie noch mal in den Arm, doch er spürte, dass sie sich aus seiner Umarmung zu befreien suchte. So ließ er sie los, und sie lief davon, sie musste dort irgendwo wohnen.

Struve starrte noch minutenlang in die Flucht der Mittleren Holdergasse, in der Carinas Silhouette immer kleiner geworden war, bevor sie ganz verschwand. Ihm wurde bewusst, er hatte eine Grenze überschritten. Weder aus einer Laune heraus noch aus Kalkül. Er hatte sich in Carina verliebt, aber er wollte nicht blind bleiben, und es war sein gutes Recht, ihr die Fragen zu stellen, deren Beantwortung sie ihm schuldig blieb. Auch auf der Fahrt nach Ludwigsburg dachte er noch lange darüber nach, was Carinas Weglaufen bedeuten mochte. Hatte er sie für immer verloren? Oder brauchte sie tatsächlich etwas Zeit, um sich über ihre Gefühle ihm gegenüber im Klaren zu sein? Was aber war mit Mustafa? Welche Rolle spielte er in ihrem Leben? Und wie sah ihr Leben wirklich aus? Wenn sie ihm mit einer Scheinehe geholfen hat, saß sie in der Patsche, wenn Mustafa wirklich Gefühle für sie entwickelte – oder, was nicht auszuschließen war, aus purem Sexualdrang oder orientalischem Männlichkeitswahn zum Herrscher über ihr Leben werden wollte. Struve deklinierte das alles durch. Es erschreckte ihn zu erkennen, dass sein eigener Beschützerinstinkt sein Denken einschränkte. Um nicht zu sagen: sehr stark einschränkte. Hatte er sich nicht vor wenigen Stunden noch gerühmt, er sei gelassen und reif? Nichts von diesen erhabenen Vorsätzen hatte er, der alte Narr, in die Tat umgesetzt. Er fühlte sich dumm und verwirrt.

Hundemüde schleppte er sich in seine Wohnung. Er warf sich auf sein Sofa, las noch ein wenig in einer Romanbiografie über Vincent van Gogh – und schlief ein. »Merde, merde, merde, merde.« Das waren seine letzten Worte, bevor das Farbenspiel des Tages in dunkler, traumloser Nacht erlosch.

*

Mersin, 10.7.1994

Lieber Peter,

mein Sohn wird heute zehn Jahre alt. Mach dir keine Sorgen. Es ist alles gut. Ich liebe dich. S.

*

Tagebuch Peter Struve
25.7.1994

Sie hat Familie
Einen Sohn
Schön zu erfahren
Wenigstens geht es
Ihr gut
Es geht
Mich ja
Auch nichts an

11

Der Summton des Smartphones riss Peter Struve aus dem Schlaf. Verwirrt grub er seinen Kopf aus dem Kissen. Zu spät. Der Ton war ebenso schnell verebbt, wie er aufgebrandet war. Ein jäher Schmerz durchzuckte sein Gehirn. Wieder die Migräne? Er zwang sich aufzustehen, goss sich ein großes Glas Mineralwasser ein und leerte es in einem Zug. Die Telefonnummer des Einkaufszentrums prangte auf seinem Handy. Es war 10.30 Uhr.

»Verdammt«, murmelte er, kroch aus den Federn, brühte sich noch im Pyjama einen doppelten Espresso macchiato auf, den er mit reichlich Zucker der Genießbarkeit entgegenführte und stürzte ebenso rasch wie zuvor ein zweites Glas Wasser hinunter. Er duschte kürzer als sonst, zog sich an, ohne allzu viel Energie auf die Auswahl seiner Kleidung zu verschwenden, und wählte die Nummer des Zentrums.

»Die Mörbelbauer war da und hat gefragt, warum Sie nicht hier sind.« Es war Werner Becker, der Parkwächter.

»Und was haben Sie ihr erzählt?«

»Natürlich, dass Sie für den Spätdienst vorgesehen sind, der ab 14 Uhr beginnt.« Becker grinste. Sein ironischer Unterton behagte Struve. »Falls es Sie interessiert: Sie ist wortlos wieder abgezogen – dabei hatte ich keinen Knoblauch gegessen, ich schwör's!«

Struve lachte trocken auf. »Sollten Sie aber. Sie wissen ja, wie Vampire nach Sonnenuntergang so drauf sind.«

»Das dürfte zumindest heute Abend Ihr Problem sein. Sie wissen ja, es geht bis 22 Uhr.«

»Schon klar. Woher haben Sie eigentlich meine mobile Nummer?«, wollte der Detektiv wissen.

»Die am Info-Punkt hat sie rausgerückt. Stört Sie's?«

»Diesmal nicht. Danke, dass Sie mir den kleinen Blutsauger vom Hals gehalten haben.«

»Sie wissen ja, Struve: Wer einmal den Chefs in den Arsch kriecht, gehört zum Establishment.«

»Immerhin scheint man meine Arbeitskraft wieder mehr zu schätzen, sodass man sich vergewissert.«

»Think positive«, kommentierte Becker. »Und? Werden Sie Ihren Dienst hier antreten?« Er klang nicht unbedingt so, als ob er ein Ja erwartete.

»Was sonst?« Struve goss sich nebenbei ein weiteres Glas Wasser ein. »Ist doch klar, dass die mich wegmobben wollen. Da heißt es standhalten und erst mal mitschwimmen.«

Pünktlich um 13.55 Uhr parkte Peter Struve seinen Ford Focus auf genau dem hintersten Platz des Parkdecks, der ihm zugewiesen worden war.

Die ersten zwei Stunden seines neuen Dienstbereichs vergingen schnell. Er ließ sich von Becker einweisen. Probleme mit dem Parkscheinautomaten gab es keine. Gegen 16 Uhr durfte er für eine Viertelstunde den Platz verlassen, um Pause zu machen. Er holte sich beim Bäcker wie gewohnt eine Tasse Kaffee und eine Butterbrezel. Er beschloss, noch schnell in Carinas Buchladen reinzuschauen. Ihr gehe es nicht gut, sie habe früher Feierabend gemacht, hörte er von einer Kollegin, als er sich nach ihr erkundigte.

»Wir haben gehört, Sie wollen im Zentrum einen Betriebsrat gründen.« Die Kollegin, die Struve bereits von mehreren netten Gesprächen an der Kasse kannte, nahm ihn zur Seite.

»Das ist noch ein weiter Weg, aber wir sind froh über jede helfende Hand.« Er hoffte, sie mit dem etwas willkürlich gewählten »Wir« motivieren zu können.

»Wissen Sie eigentlich, dass es schon einmal einen Versuch gab?«

»Sie meinen: für einen Gesamtbetriebsrat?« Struve blickte sie aus ehrlicher Überraschung heraus an.

»Ja, ja.« Sie stockte, ihr Gesicht verfinsterte sich. »Das Ganze endete etwas tragisch.«

Sie standen zwischen den großformatigen Kalendern für das neue Jahr. Die Buchhändlerin blickte sich aus der halbwegs sicheren Deckung um. Sie legte keinen Wert auf Zuhörer.

»Ich dachte, Sie sollten es erfahren. Es ist noch nicht so lange her. Sie werden bei einigen Kollegen auf Ressentiments stoßen.«

»Ja, was ist denn Schlimmes passiert?«

»Wir hatten einen Kollegen, er hieß Berthold Schröder. Er war im Sex-Shop angestellt.«

»Wie das Leben so spielt«, flachste Struve.

»Ja, das wirkt auf den ersten Blick komisch – aber passen Sie auf: Die Sache ist blutiger Ernst. Es passte Schröder nicht, dass wir alle nur das Spielzeug des Zentrumsmanagements waren. Sie kennen das ja: Vordergründig ein Prachtbau, hinter den Kulissen Lohndumping, fehlende Sozialleistungen, ungeregelte Überstunden, später kaum Rente – das ganze neoliberale Programm eben.«

»Und da wollte er den Betriebsrat gründen, um mehr zu erreichen?«

»Na klar. Aber er hat es nicht überlebt.«

»Wie bitte?«

»Berthold Schröder ist ermordet worden.«

»Okay. Aber von wem, bitte?« Als er die Frage stellte, erinnerte er sich plötzlich an einen Fall, der noch nicht so lange zurücklag. Er hatte davon nur am Rande erfahren. Es war die heiße Phase, als Kottsieper das Verfahren gegen ihn betrieb und ihn fertigmachen wollte. Der Alte hatte ihn ständig schikaniert, bis er seinen Chef im Affekt »Arschloch« genannt hatte. Dummerweise hörten das einige Kollegen, die lieber den bequemen Weg einschlugen und gegen ihn aussagten.

Der Mord im Einkaufszentrum sei schnell geklärt worden, hörte er damals. Ein Asylbewerber habe einen Verkäufer auf der Toilette erstochen. Wenig später brachte sich der mutmaßliche Täter in der Zelle um. Schlecht für die Gefängnisleitung, gut für die Polizei. Der Selbstmord galt als Schuldeingeständnis. Die Arbeit der Mordkommission wurde damit als abgeschlossen erklärt. War da nicht auch Littmann mit dran gewesen? Er würde ihn fragen.

Carinas Kollegin erzählte ihm die Geschichte ausführlich. »Wir waren alle bestürzt, auch weil wir in unserem Laden kaum glauben konnten, dass Dschamil jemanden berauben, geschweige denn umbringen würde. Und dann noch ausgerechnet Berthold Schröder, der sich für uns alle einsetzte.«

»Warum hielten Sie es für ausgeschlossen, dass Dschamil es war?« Struve hakte immer dann nach, wenn Antworten auf der Hand lagen. Er nahm emotional begründete Einwände, wie den dieser Frau, immer sehr ernst.

»Er hatte keinen Grund, auf das Geld aus zu sein. Er hatte Carina. Die beiden waren glücklich, sie brauchten nicht viel zum Leben. Er war freundlich, gebildet. Es passte nicht zu ihm, jemanden aus Besitzgier zu überfallen, auszurauben und zu töten.«

»Aber es muss doch stichhaltige Beweise gegeben haben, wenn die Polizei ihn für den Schuldigen hielt.« Struve wusste natürlich, dass auch Kriminalbeamte schlampig arbeiten konnten, aber ihn interessierte tatsächlich die Beweisführung.

»Man fand die Geldbörse bei ihm im Spind.«

»Das will nichts heißen. Solche Schränke sind mehr oder weniger leicht zu öffnen. Die Börse kann ihm untergejubelt worden sein.«

»Das haben wir auch gesagt. Aber die Polizei hat auf diesen Einwand irgendwie nicht reagiert. Und dann ging alles sehr schnell. Wir konnten es nicht glauben, dass Dschamil sich selbst das Leben genommen haben soll.«

»Er stand sicher stark unter Druck«, vermutete Struve. »Wahrscheinlich drohte ihm die Abschiebung.«

»Ja. Das war allen Beteiligten klar. Und Dschamil wäre als Christ im Iran sicherlich nicht willkommen gewesen.«

»Wie hat Carina das Ganze verkraftet?«

»Viele wären unter der Last zusammengebrochen. Sie war aber sehr tapfer. Trotzdem, etwas ist geblieben. Sie ist nicht mehr dieselbe. Etwas von ihrer Lebensfreude ist auf der Strecke geblieben.«

Peter Struve bedankte sich für das Vertrauen, das ihm Carinas Kollegin entgegengebracht hatte. Gerne hätte er das alles von ihr selbst erfahren. Doch er konnte nachvollziehen, dass über solche Schicksalsschläge nicht leicht zu reden war. Im Nachhinein kam er sich wie ein Trampeltier vor. Er war mit der Tür ins Haus gefallen. Jetzt aber wusste er, dass Carina im Innern nicht frei war. Der Tod Dschamils lastete noch immer auf ihr. Fragen waren offen geblieben. Das belastete sie mit großer Wahrscheinlichkeit zusätzlich.

»Da sind Sie ja, Herr Struve – wir wollten schon eine Vermisstenanzeige aufgeben.« Cornelia Mörbelbauer tauchte hinter dem Regal auf, in dem Bücher zur allgemeinen Daseinsbewältigung vom Typ »Sorge dich nicht, lebe« ausgestellt waren.

»Nett, dass Sie an mich denken, aber meine Pause dauert noch fünf Minütchen – und Sie wollen doch sicher nicht, dass die Berufsgenossenschaft ärgerlich wird?«, konterte er frech.

»Nein, das wollen wir sicher nicht.« Cornelia Mörbelbauers Lächeln war so falsch wie das eines in die Enge getriebenen Krokodils. »Uns reicht schon der Ärger, den wir mit Ihnen haben. Warum verbringen Sie Ihre Pause nicht unten, wo Sie hingehören?«

»Dort hält sich niemand länger auf als nötig. Das sollten Sie als Personalverantwortliche wissen. Immerhin geht es um die Gesundheit der Mitarbeiter. Und die hätten meiner Meinung nach einen besseren Schutz gegen Abgase verdient.«

Cornelia Mörbelbauer lachte laut auf. »Herr Struve, der Weltverbesserer.« Ihre Gesichtszüge verhärteten sich schlagartig wieder. »Leider sind wir nicht auf der Insel der Glückseligen, mein Bester. Als Teil der weltweiten Zentrums-Franchisingkette sind wir nur ein ganz kleines Rad im Getriebe. Wenn wir eine verstärkte Abgasanlage beantragen, wollen alle anderen Häuser in Deutschland auch so etwas haben. Das können wir uns beim besten Willen nicht leisten.«

Struve genoss es, sie in die Defensive gedrängt zu haben. »Na, da hätte man beim Bau der Zentren mal besser nicht so geknausert. Die Gewerbeaufsicht dürfte sich für Ihre Fehlkonstruktion interessieren.«

»Das lassen Sie mal schön unsere Sorge sein, Herr Struve. Was machen denn Ihre Bestrebungen, einen Gesamtbetriebsrat zu gründen? Ich will Sie ja nicht entmutigen, aber einem Parkwächter dürften die vielen hochqualifizierten Mitarbeiter in unseren Zentrums-Shops wohl kaum eine derart verantwortungsvolle Position anvertrauen – wenn das Ganze überhaupt etwas werden sollte, was ich nicht glaube.«

»Warum sind Sie denn so negativ, Frau Mörbelbauer?«, fragte Struve provokativ. »Ihr Motto als Personalchefin lautet doch sonst auch immer ›Bleibt positiv, believe in the Centerfuture‹.«

»Im Gegensatz zu Ihnen, mein lieber Herr Struve, lebe ich mein Motto«, presste die Mörbelbauer ärgerlich hervor. »Es lautet übrigens nicht, ›believe in the Centerfuture‹, wie Sie mit Ihrem Pidginenglisch behaupten, sondern ›Nur gemeinsam sind wir stark‹. Was ich von Ihnen allerdings bisher gehört habe, läuft bei mir unter ›Misstrauen und Zwietracht säen‹.«

»Wie kommen Sie denn darauf, werte Frau Mörbelbauer? Ich bin doch ein Musterbeispiel für Corporate Identity. Schauen Sie nur die Betriebsratswahl an. Da geht's um Mitbestimmung. Wie ich hörte, hat es ein ähnliches Vorhaben schon einmal gegeben. Das haben Sie doch bestimmt auch unterstützt, Frau Mörbelbauer?«

Ihr ärgerlicher Blick zur Buchhändlerin und ihr knurriges Schweigen verrieten dem Detektiv mehr als genug.

»Sie sollten nicht so eine dicke Lippe riskieren, Herr Struve. Sie gelten ebenso wenig als Zentrumsangestellter wie all die anderen Mitarbeiter der einzelnen Läden. Sie können gemeinsam gar keinen Betriebsrat bilden.«

Struve ahnte, dass er sich auf juristisch dünnem Eis bewegte, doch er hatte sich schon vor Monaten erkundigt, weil ihn der Sachverhalt interessierte. Offenbar hatte die Bundesregierung auf Druck von Gewerkschaften ein neues

Gesetz vorgelegt. Dieses Wissen half ihm, nicht einzuknicken.

»Vielen Dank für die Rechtsbelehrung. Aber ich kann da mit einem kleinen Winkelparagrafen mithalten«, entgegnete er. »Da geht es um Einzelbetriebe in räumlich zugeordneten Verhältnissen. Auch da haben nach neuester Rechtsprechung Arbeitnehmer Anspruch auf eine gemeinsame Interessenvertretung gegenüber dem Pächter oder Eigentümer. Jetzt sagen Sie nicht, dass das Neuland für Sie ist.«

»Schluss mit diesem Geplänkel!«, herrschte die Mörbelbauer ihn an. »Gehen Sie gefälligst an Ihren Arbeitsplatz, sonst gibt es eine Abmahnung!«

»Ganz ruhig. Arbeitsrechtlich ist erst eine Ermahnung dran – die dann aber bitte schriftlich und mit Begründung vorzutragen ist. Sie wissen ja: damit der Gewerkschaftsanwalt g'scheid damit arbeiten kann.« Struve zwinkerte ihr familiärer zu, als ihr recht sein konnte. Die Personalchefin hatte genug. Sie stampfte durch den Laden, knallte die Glastür so fest zu, dass sie fast zerbarst und verschwand in der lang gezogenen Tiefe der Verwaltungsetage.

»Wusste gar nicht, dass Sie so schlagfertig sein können. Mein lieber Mann!« Die Kollegin aus dem Buchladen blickte ihn anerkennend von der Seite an.

»Ich habe nur noch meine Stelle als Parkwächter zu verlieren. Insofern genieße ich Narrenfreiheit.«

Peter Struve dachte gar nicht daran, den Rest seiner Arbeitszeit in der Tiefgarage zu verbringen. Er gab Magenschmerzen vor und meldete sich ab. Sollte die Mörbelbauer denken, was sie wollte. Die Fronten waren geklärt. Er rief Littmann an, der im Revier hockte, und lud ihn auf ein Feierabendbier im »Rossknecht«, einer Braugaststätte in der Stadtmitte, ein.

»Wie war das mit dem Toten im Einkaufszentrum damals?« Struve wollte keine Zeit verlieren. Carina steckte in Schwierigkeiten, er brauchte schnelle Ergebnisse.

»Oh, Mann. Ich dachte, wir wollten beim Bier mal abschalten. Warum fragst du?«

»Bullenscheiß.« Struve prostete ihm zu. Er sah ein, dass er ihn überfallen hatte, und wollte Zeit gewinnen. Durstig stürzten sie das Bier in einem Zug halb hinunter. Struve entfuhr ein Rülpser. Beide lachten.

»Sorry«, entschuldigte sich der Detektiv, »aber mich interessiert es einfach, weil ich da arbeite und die Leute darüber reden.«

»Verstehe.« Littmann wischte sich den Bierschaum von den Lippen. Er machte immer noch nicht den Eindruck, als ob er über die Sache plaudern wollte.

»Also?« Struve wartete mit hochgezogenen Augenbrauen auf eine Antwort.

»Ich erzähle dir ja gerne immer mal etwas, aber ausgerechnet in diesem Fall haben sie uns zu absolutem Stillschweigen verdonnert. Du weißt, was das bedeutet?«

»Nein, das weiß ich nicht. Aber unter uns: Wer macht Druck?«

»Kottsieper. Er hat auch damals darauf gedrängt, dass wir die Sache schnell zum Abschluss bringen.«

Stuve nickte. »Der Flüchtling musste herhalten, stimmt's?«

Littmann lehnte sich zurück und fingerte unsicher am Stiel des Bierglases herum. »Was weißt du?«

»Das, was ich damals mitbekam, als ich noch in eurem Verein Mitglied war.«

»Du warst damals nicht mehr in unserer Mordkommission«, erinnerte sich Littmann. Er dachte kurz nach. »Es war vielleicht auch besser so.«

»Kottsieper hatte mich kurz vorher rausgenommen«, ergänzte Struve.

»Ich glaube, du hättest sogar noch mitmischen können, aber du hattest noch Resturlaub.«

»Nee. Ich hab mich freistellen lassen. Es war nicht mehr auszuhalten.« Struve nahm einen zweiten tiefen Schluck.

»Komm, du hast dich wacker gehalten. Aber es war Kottsieper nicht unrecht, dass du nicht mehr mitermittelt hast.«

»Wie kommst du darauf?«

»Du hättest die Sache mit dem Flüchtling nicht mitgemacht. Da bin ich mir ganz sicher. Sogar ich habe mein Maul aufgerissen. Daran kannst du sehen, dass …«

»Du hast wirklich rebelliert? Kaum zu glauben.«

»Das wäre übertrieben. Aber ich habe meine Einschätzung des Falles vorgebracht.«

»Und?«

»Das Ergebnis siehst du. Ich bin ganz unten.«

»Strafversetzt?«

»Gewissermaßen strafversetzt, auch wenn offiziell andere Gründe vorgeschoben wurden.«

»Und was in Gottes Namen hast du nur für eine abwegige These vertreten, dass du jetzt draußen bist?«

»Das willst du nicht wissen.«

»Doch. Sag's mir bitte, sonst kann ich heute Nacht nicht schlafen.« Struve bestellte noch zwei Bier.

Karl Littmann rutschte auf seinem Stuhl unruhig hin und her. Dann gab er sich einen Ruck.

»Ich fand es ein bisschen dünn, dass es der Flüchtling, in dessen Spind die Geldbörse des Ermordeten gefunden wurde, unbedingt gewesen sein musste.«

»Für eine Handvoll Dollar bringt man heutzutage niemanden so leicht um«, bestätigte Struve.

»Na ja. Im Portemonnaie Schröders waren die Tageseinnahmen des Sex-Shops, immerhin 1.500 Euro.« Die Bedienung brachte die beiden Biere.

Struve rieb sich angestrengt das Kinn. Dschamil war gut beleumundet. Das wusste er. Könnte er bei einer solchen Summe schwach geworden sein? Vielleicht wollte er seiner deutschen Freundin mal etwas bieten. Dieses Tatmotiv war nicht so leicht zu leugnen.

»Er war im unteren Schuhladen geringfügig beschäftigt, oder?«, fragte er Littmann.

»Ja. Er hatte einen 450-Euro-Job. Damit kommst du nicht weit.«

»Wie ist die Geldbörse in den Spind gekommen?«

»Der Untersuchungsrichter ging davon aus, dass der Flüchtling sie selbst dort abgelegt hat. Es wurden keine anderen Fingerabdrücke gefunden.«

Struve lachte trocken. »Natürlich. Wer ihm das Ei ins Nest gelegt hat, wird auch noch seine Visitenkarte danebenlegen.«

Littmann tastete versonnen am Bauch des Bierglases herum. »Es war ein Spiel mit vielen kleinen Puzzleteilen. Ich habe ihn bis zum Schluss für unschuldig gehalten. Aber bevor es zum Prozess kam, hatte sich die Sache schon von selbst erledigt.«

Struve, der die Geschichte bis hierhin kannte, musste herausfinden, warum Kottsieper Littmann an die Leine gelegt hatte. »Was glaubst du, Charly, warum wollte Kottsieper den Flüchtling als Täter?«

»Er brauchte den schnellen Erfolg.« Littmanns Antwort kam wie aus der Pistole geschossen. »Du weißt ja, wie schnell die Presse bei der Sache ist, wenn Asylbewerber dringend tatverdächtig sind und sie nicht festgenommen werden. Da kann schnell ein Flächenbrand entstehen.«

Struve gab sich verständig. Kottsieper konnte eine Nervensäge sein. Dass er Kollegen abservierte, weil sie nicht spurten, war jedoch neu. Was steckte hinter dieser Masche? In ihm sträubte sich etwas, Littmann einzuweihen. Aber welche Wahl hatte er schon? Er war draußen, und er brauchte Informationen aus erster Hand.

»Aber ich kapier' immer noch nicht, warum der Alte dich runtergestuft hat.«

Littmann lachte bitter auf. »Tja, das wüsstest du gerne.« Er hob das zweite Bier und prostete seinem Gegenüber zu. »Betriebsgeheimnis – ich erzähle es dir, wenn ich so weit bin.«

Schon wieder jemand, der Zeit brauchte und ihn hinhielt. Peter Struve fand das überhaupt nicht lustig, aber der Psychologe in ihm riet ihm, diesmal nicht nachzusetzen, sondern abzuwarten.

»Vielleicht kannst du ja eine Nacht darüber schlafen, und wir kommen dann noch mal zusammen.« Struve blickte ihn fest an. »Ich glaube, es nutzt niemand, wenn der wahre Täter noch frei herumläuft.«

»Ach, Peter, lass stecken. Ich hab Familie, und ich möchte in solchen alten Sachen nicht wühlen.«

»Kann ich verstehen, Charly.« Struves Blick glitt kurz in die Ferne. Dann wandte er sich Littmann zu.

»Sag mal, wen hattest du denn im Visier, der es außer dem Flüchtling gewesen sein könnte?« Er wusste, dass er mit dieser zentralen Frage den Rubikon überschritt, der zwischen ihm und Littmann floss. Er rechnete nicht damit, dass er sein Schweigen aufweichen konnte, aber er erhoffte sich von seiner Penetranz Wirkung.

»Peter, ich weiß es nicht mehr so genau. Sei mir bitte nicht böse, aber ich bin inzwischen in einem Alter, in dem mich mein Erinnerungsvermögen immer öfter im Stich lässt.«

»Kein Problem«, antwortete Struve, »wir haben alle viel zu verarbeiten und sind keine Computer.«

Sie nahmen beide noch einem Schluck aus ihren Gläsern. Struve hoffte, dass der Alkohol die Zunge Littmanns vielleicht doch noch löste.

»Was macht die Sache mit dem Facebook-Account und dem Gesichtserkennungsprogramm?«

»Ich hab da nicht mehr weitergemacht. Kann mir nicht leisten, im Büro bei privaten Recherchen erwischt zu werden.«

»Und wenn du zu Hause mal nachschaust?«

»Homeoffice? Das ist nur was für Yuppies aus dem Mediengeschäft, aber nichts für einen zweifachen Familienvater, dem die Frau ständig Arbeitsaufträge erteilt.«

»Ach komm schon – du als IT-Experte hast dir doch alle Anwendungen auf deinen PC gezogen.«

Littmann nippte nachdenklich an seinem Bierglas. »Sag mal, Peter, ich hatte dir doch die Burschen aus dem Facebook-Erkennungsprogramm gezogen. War da keiner dabei, der dich näher interessieren könnte?«

»Bisher Fehlanzeige.«

Littmann versank in ein nachdenkliches Schweigen. Struve orderte Bier nach.

»Ich hab' den Eindruck, du möchtest mir was sagen, Charly!«

Struves Gegenüber drehte an seinem Bierglas, das er noch nicht ganz leer getrunken hatte. Er schaute sich um, als ob er das Lokal nach alten Bekannten absuchen würde.

»Du hast mich ja gefragt, warum mich Kottsieper durchgereicht hat – ich vermute, der hat einfach Schiss vor mir.«

»Warum sollte er? Du hast keiner Fliege etwas zuleide getan, Charly.«

»Sieht so aus. Ich glaube aber, er denkt, ich weiß von einigen Sachen, die besser nur er selbst wissen sollte.«

»Was hat er denn auf dem Kerbholz? Los, sag schon.« Struve rüttelte am Arm seines neuen Freundes.

»Ich kann es dir nicht sagen, Peter.« Struve bemerkte große Panik in Littmanns Augen.

»Wovor hast du Angst? Da stimmt doch was nicht. Rück raus damit!«

»Gib mir noch etwas Zeit, Peter. Ich möchte mir erst darüber im Klaren werden, ob ich meine Familie zerstöre, wenn ich zu viel preisgebe.«

»Gut. Aber morgen sagst du es mir, Charly. Okay?«

»Ich entscheide, ob ich dir morgen etwas erzähle.«

Sie stießen an.

Am Ende des Abends fühlte sich Peter Struve leicht beschwipst. Nachdem er sich von Karl Littmann verabschiedet hatte, näherte er sich seinem Ford in der Tiefgarage. Plötzlich riss ihn das Aufheulen eines Motors aus seinen Gedanken. Welcher Idiot macht hier auf halbstark? Er blinzelte in die grellen, aufgeblendeten Lichter eines Wagens. Dann registrierte er, dass diese Lichter immer größer wurden und auf ihn zuschossen. Instinktiv hechtete er zwischen zwei abgestellte Autos. Ein höllischer Schmerz durchfuhr ihn, als er dabei mit dem rechten Ellbogen gegen einen Kotflügel krachte. Er rollte unter einen der Wagen und wartete ab. Es gab Momente, in denen er bereute, keine Waffe zu tragen. Er rechnete nicht ernsthaft damit, dass Kriminelle sich an ihm rächen wollten. Eine langjährige Haft läuterte. Was nutzten ihm solche Sozialarbeiterweisheiten aber jetzt? Er stierte aus seiner Deckung heraus in die matt erleuchtete Tiefgarage. Würden sie noch einmal zurückkommen, um ihn aufzustöbern? Er schaute sich um. Bis zum Treppenaufgang waren es ungefähr 100 Meter.

Immer noch hörte er keinen Mucks. Er fasste sich ein Herz und rannte los. Atemlos erreichte er die Tür. Was wäre, wenn sie ihm dort auflauerten? Er überlegte nicht lange und öffnete die schwere Stahltür. Niemand war da. Schweiß rann ihm von der Stirn und tropfte auf den Boden. Er musste die zweite Stahltür weiter oben öffnen. Dann hatte er es wohl überstanden. 20 Stufen trennten ihn von seinem Ziel. Er hörte Schritte hinter sich. Die untere Stahltür öffnete sich langsam. Er zitterte, als er an seinem Schlüsselbund fingerte. Er drehte sich um und glaubte sich verloren. Da blickte er in das Gesicht einer älteren Frau, die mit einem kleinen weißen Pudel den Zwischenraum des Treppenhauses betrat.

»Ist Ihnen nicht wohl? Sie schauen ein bisschen blass aus, junger Mann.«

»Mir geht es so gut wie lange nicht mehr«, antwortete Struve und passierte die Tür.

Wer auch immer es auf ihn abgesehen hatte, er hatte alles andere als ganze Arbeit geleistet, dachte Peter Struve, als er es sich auf seinem Sofa gemütlich gemacht hatte. Ein Denkzettel? Der Beginn eines Nervenkrieges? Diese Vermutung lag nahe, wenn er an die Konflikte im Einkaufszentrum dachte. Natürlich, eine Altlast war nicht auszuschließen. Er glaubte nicht an Zufälle. Er brauchte auf jeden Fall einen besseren Schutz. Er würde sich eine Waffe besorgen.

Sein Telefon klingelte. Es war 23.30 Uhr. Wer mochte ihn um diese Zeit sprechen? Die Nummer war unterdrückt.

»Sind Sie der Kaufhausdetektiv?« Eine ältere Frau fragte ihn das.

»Woher haben Sie meine Nummer?«, fragte er zurück.

»Das tut nichts zur Sache. Ich habe gehört, Sie wollen einen Gesamtbetriebsrat gründen.«

»Hm … sieht so aus.«

»Sie wissen von der Vorgeschichte?«

»Das ein oder andere ist zu mir durchgedrungen.«

»Hören Sie mir gut zu! Sie waren ja mal bei der Polente, aber das sind alles Weicheier. Bevor Sie noch lange rumirren und Zeit verplempern: Halten Sie sich an die Exfrau vom Zentrumsmanager. Bei ihr werden Sie fündig.«

»Was hat die Gute denn auf Lager, um ihm eins auszuwischen?«

»Es ist nicht das, was Sie denken«, sagte die Frau. »Fragen Sie sie, warum ihr die Ermordung von Berthold Schröder besonders wehgetan hat. Viel können Sie dann nicht mehr falsch machen.«

Es klickte. Sie hatte aufgelegt.

Berthold Schröder. Den Namen hörte Struve nicht zum ersten Mal. Die Buchhändlerin hatte ihn erwähnt, als sie von dem Mann erzählte, der den Betriebsrat gründen wollte. Offenbar hatte er ein Verhältnis mit der Frau des Zentrumsmanagers, wenn er der ominösen Anruferin Glauben schenken sollte. Das klang plausibel, aber musste das nicht auch der Polizei bekannt gewesen sein? Wenn nicht, warum spielte es bei den Ermittlungen keine Rolle oder kam nicht zur Sprache? Und vor allem: Wer hatte ihn angerufen, und was nutzte es der Anruferin, wenn er mit der Information arbeitete? Ihm wurde bewusst, er brauchte Littmann. Er war seine einzige Brücke zu den Ermittlungen damals.

12

Es kostete Luca Santos Überwindung, Julia alleine ins Bett zu schicken. Gerne schlief er mit ihr ein und wärmte seinen notorisch unterkühlten Körper an ihrem. Sie war nach einem langen Tag im Verlag hundemüde eingeschlafen, er hatte noch Reserven. Er durfte auch jetzt nicht locker lassen, denn sein Buch schrieb sich nicht von alleine. Zu gespannt war er selbst, wie die Geschichte von Hans und seiner Constanze weitergehen würde. Wenn er ehrlich war, schrieb er nicht ganz uneigennützig. Vielleicht war diese Geschichte sein Weg, schreibend das zu verarbeiten, worunter er immer noch litt.

Während er über sein Projekt nachdachte, öffnete sich die Tür. Julia stand mit verschlafenem Gesicht vor ihm.

»Du kommst ja gar nicht. Was machst du hier so spät noch?«

»Ich muss noch einen wichtigen Artikel vorbereiten«, log er. »Geh ruhig schlafen, ich brauche noch etwas.«

Er stand auf und küsste sie auf den Mund.

»Du solltest auch schlafen kommen. So spät, das bringt doch nichts mehr«, murmelte Julia und verließ das Zimmer ohne weiteren Widerstand.

Luca schämte sich, sie belogen zu haben. Er mochte keine Unehrlichkeit, in ihrer Beziehung hatte er immer mit offenen Karten gespielt. Sein Alleingang verstieß gegen dieses Prinzip. Das störte ihn, aber er beruhigte sich damit, dass schon alles gutgehen werde. Er dachte an seine Erlebnisse mit der Frau, die er im Roman Constanze nannte. Diese Geschichte hatte es verdient, erzählt zu werden. Und war es nicht auch aufregend zu beobachten, wie seine Umgebung darauf reagieren würde? Gewiss, er riskierte, Julia zumindest zu verärgern. Aber wenn sie ihn wirklich liebte, musste sie das verstehen. Er wandte sich erneut dem Manuskript zu und schrieb weiter.

Als Hans seinen kleinen Peugeot mit 120 Sachen über die Autobahn in Richtung Süden quälte, spürte er Herzklopfen. Immer noch hatten sie sich keine Bilder zugesandt, wie es bei intensiveren Internetbekanntschaften üblich war. Die Augenfarbe, die Haarfarbe, die hatten sie sich verraten, aber was sagte das schon? Bei einigen Blinddates hatte er meistens ästhetische Enttäuschungen erlebt. Auch diesmal mischte sich in seine Euphorie eine gehörige Portion Skepsis. Er rechnete mit einer faltigen, gereiften Erscheinung, wollte sich dies aber nicht eingestehen. Er drückte das Gaspedal zum Anschlag durch.

Constanze saß an einem der letzten Tage eines viel zu kalten Märzes des Jahres 2000 zur vereinbarten Zeit um 15 Uhr in dem altmodischen Café, dessen Adresse Hans kurzerhand im Anhang eines Straßenatlanten gefunden und zum Treffpunkt erklärt hatte. Der Kellner mit goldbestickter Weste und weißem Hemd kam ihm vor wie ein Bote aus einem anderen Land, und er führte Hans zum Tisch, an dem offenbar eine Frau saß und auf ihn wartete. Langsam tastete er sich durch den taghellen Raum, dann standen er und der Kellner vor ihr. »Constanze?« Sie schaute ihn an. Staunend, lange. Wie ihr Blick auf ihm ruhte, das würde Hans niemals vergessen. Wie in Zeitlupe hatte Constanze ihre Augen aufgeschlagen, sie erhob sich langsam. Hans spürte sein Herz klopfen, selbst wenn er die Stille hätte aufheben wollen, hätte er es nicht vermocht. In ihre Sprachlosigkeit hinein, als es ihm vorkam, als ob ihr Blick ihn minutenlang betastete, schmiegte sie sich an ihn. Ihre Hand berührte seine Brust, ruhte auf ihr und streichelte sie sanft. Hans zitterte. Wie stumpf er sich vorkam und wie wenig er von einem Rendezvous verstand. Immer noch wartete der Ober neben ihnen, als ob er eine Bestellung aufnehmen sollte oder nur halbwegs taktvoll seiner Aufgabe nachkommen wollte, Zeuge dieser Begegnung zu sein. Schließlich bestellten sie schwarzen Tee, er fühlte sich unbeholfen. Es fiel ihm schwer, Worte zu finden. »Wollen wir hinausgehen?«, fragte er später und bediente sich damit des Rats eines Freundes. »Auf keinen Fall am Tisch bleiben, viel zu statisch«, hatte ihn sein Examenskumpel Michael, den er bei ihren gelegentlichen Treffen scherzhaft seinen »Erotikberater« nannte, mit auf den Weg gegeben. Tatsächlich wirkte die zwei Meter breite Tischplatte in dem Café wie eine kaum überwindbare Barriere, um die sie, mit dem Tee beschäftigt, verlegen und wortarm herumlavierten.

Am Ufer des Sees spürten sie die nasskalte Witterung. Dichte Wolken hüllten die nahen Berge ein. Der Spaziergang kam nur schleppend in Gang. Constanze fragte Hans nach seinen Eltern. Er erzählte von der Kiesgrube. Davon, dass sie immer hart gearbeitet hätten und auf vieles verzichten mussten. Seine Rede kam ihm stumpf vor, und er fürchtete schon, sie würden sich die ganze Zeit ihr Leben erzählen. Hans wollte die trennende Kluft überwinden. Er streckte seinen rechten Arm aus und versuchte, ihn freundschaftlich auf ihre Schulter zu legen. Die Geste verkehrte sich aber in das, was beide suchten: Constanze drehte sich heftig in seinen Arm hinein und schmiegte ihren Körper an den seinen. Als ob sie auf diese Gelegenheit gewartet hätte, presste sie ihre Lippen fest auf seine – mit einer Leidenschaftlichkeit, die Hans überraschte. Er erwiderte ihren Kuss, hielt sie fest und spürte, wie sie am ganzen Leib erbebte. Die Minuten verrannen, und auch als heftiger Schneefall einsetzte, war ihnen das völlig egal. Er hob sie, trug sie zur nächsten Bank, und sie küssten sich in einem fort. Der dickflockige Schnee durchnässte die beiden völlig, aber sie ließen nicht voneinander. Eine Stunde verging wie im Nu.

Dann schlenderten sie zurück ins Café. Vorbei der trennende Graben, passé der Einfluss der sie umgebenden Spießigkeit. Der Raum füllte sich mit Leben, und auch Hans spürte, dass das Blut in seinen Adern schneller floss. Er lächelte Constanze fortwährend an, sie ihn auch. Wie zwei Teenager, die zum ersten Mal in einem Lokal saßen, kicherten sie über den Kellner, der sich in ihrer Nähe verdächtig lange Zeit nahm, um an den leeren Tischen Bestecke zu verteilen, und immer wieder beugten sie sich über die viel zu breite Tischplatte, um sich zu küssen. Die Liebenden wärmten sich unter dem Tisch mit den Händen, der Tee schmeckte, viel intensiver natürlich als zu Beginn, und sie stillten beide ihren Hunger mit einem prächtigen Stück Schwarzwälderkirsch-Torte. Nach einem weiteren Spaziergang und einem langen Abschied am Auto trennten sie sich. Es war sechs Uhr abends geworden. Und die Zukunft schien Hans so offen wie die Schleusenkammern des Himmels, die sich während der nächtlichen Heimfahrt hemmungslos über der Autobahn öffneten.

Luca nahm ein Schluck aus dem Wasserglas, das vor ihm stand.

Warum hatte er die Szene so detailliert beschrieben? Offenbar bedeutete sie ihm viel. Er gestand sich ein, eine derart schöne Begegnung selten erlebt zu haben. Tatsächlich mied er Schnee, so oft er nur konnte. Kalt, nass, eklig, ja. Und vielleicht gerade deshalb hatte sich ihre Umarmung im Schnee bei ihm eingebrannt. Er versuchte davon wegzukommen, denn es ging ja nicht um ihn, sondern um die Geschichte, die er schreiben wollte. Hans alias Luca hatte Feuer gefangen. Alles, was sein Held im weiteren Verlauf erleiden sollte, lag in dieser verrückten Begegnung begründet. Eine Art magischer Käfig hielt seine Seele von da an gefangen. Liebe macht blind, dachte Luca und arbeitete an seinem Manuskript weiter. Zu seiner Überraschung fand er ein Gedicht, das er alias Hans Constanze am Tag nach ihrer Begegnung gemailt hatte.

Constanze,

deine worte
gierig verschlang ich sie
kenne da kein maß
wie auch
nach kosmischer begegnung
im »szenelokal am see«
wo alliterationen sprudelten
und teesiebe wackelten
dein lachen
verzauberte mich
entrinnen unmöglich
warum auch
mona lisa
sprang aus dem rahmen
in neue jahrhunderte

deine küsse
wühlten mich auf

in deinem duft
atmete ich leben
stunden später noch
schlug dein herz
an meinem
umfing mich
dein odem
wenn du heute gehst
lasse ich dich los
für eine woche
für ein leben
schlimmstenfalls

Luca las das Gedicht, und es wurde ihm dabei sehr warm ums Herz. Eros oder Agape, so ein Quatsch, dachte er. Wenn es dich umhaut, dann hörst du auf zu philosophieren. Sirenen bezirzten Odysseus. Hätten sie Hans doch an den Mast gebunden! Er hatte keine Zeit, sich selbst zu betrauern. Je ne regrette rien, ich bedauere nichts. Und für alle weitere Konsequenzen ist bitte schön mein Romanheld zuständig, dachte er, stellte den Laptop aus und legte sich zu Julia ins Bett, um mithilfe ihrer Wärme nach diesem aufwühlenden Abend gut einzuschlafen.

*

Mersin, 23.1.1994

Bitte schreib mir nicht mehr. Es ist gefährlich für mich. S.

*

Stuttgart, 3.2.1994

Liebe Sengül,

mein Brief hat dich also erreicht
das freut mich über alles
verzeih, wenn ich dich
in Bedrängnis gebracht habe
meine Gefühle für dich
sind immer noch so stark
auch nach Jahren noch
kannst du das verstehen?
Ich verstehe mich selbst nicht
bin inzwischen
kein Mönch mehr
schlief mit Frauen
und doch sagt mir
mein Herz
ich versündigte mich
gegen die Reinheit
unserer Liebe
deshalb ruhte ich nicht
darum suchte ich weiter
nach dir
und fand dich
endlich
frag nicht wie
viel zu spät

Dein Peter

13

Der Morgen fühlte sich gut an. Struve stärkte sich mit zwei Spiegeleiern, einem Café au lait und einem Orangensaft, den er aus Früchten frisch presste, die er massenhaft hortete, um sich an trübseligen Wintermorgen ein wenig fleischgewordene Sonne einzuverleiben. Er beschloss, den Anschein zu erwecken, als ob er heute wieder einer geregelten Arbeit nachginge. Die Kollegen in der Tiefgarage brauchten ihn nicht wirklich. Sie waren gewohnt, ihre Probleme selbst zu lösen. Im Wissen darum, dass der Neuling von der verhassten Zentrumsleitung strafversetzt worden war, weil er sich für die Belegschaft eingesetzt hatte, waren sie vorerst bereit, ihm den Rücken freizuhalten. Peter Struve blieb eine Stunde dort. Er passte Cornelia Mörbelbauer ab, von der er wusste, dass sie ihren schwarzen VW Passat jeden Morgen um 8.45 Uhr am selben Platz abstellte. Mit kaltem Blick und kurzem Nicken passierte sie die Parkaufsicht. Struve ließ einige Minuten verstreichen, dann beschloss er, Kathrin in der Buchhandlung zu besuchen. Aus der Ferne beobachtete er, wie sie einige großformatige Bücher in einer Auslage so platzierte, dass Passanten in der Ladenzeile neugierig werden mussten. Noch umlagerten sie keine Kunden. Er erzählte ihr von dem seltsamen Anruf und hoffte, sie könne ihm weiterhelfen. Sie legte die Bücher beiseite und wies ihn mit einer Kopfbewegung an, ihr in einen hinteren Bereich zu folgen.

»Die Sache mit der Seeberger und dem Schröder machte

auch hier die Runde«, erzählte sie. »Es fiel auf, dass er sie manchmal abholte. Und ehrlich gesagt, sie legte es darauf an, dass ihr Mann das sah oder davon erfahren musste.«

Struve konnte sich vorstellen, dass das offene Warenhaus mit seiner geschwätzigen Binnenwelt als Waffe in einem Rosenkrieg durchaus taugte.

»Was steckte hinter diesem Spielchen?«

»Reiner Nervenkrieg. Du kannst dir vorstellen, dass ein Pfennigfuchs im feinen Tuch wie Seeberger ganz schön sauer werden kann, wenn es ihm ans Sparbuch geht.«

»Scheidungen sind teuer«, wusste Struve aus eigener Erfahrung.

»Genau. Die Seeberger hatte offenbar einen guten Anwalt. Jedenfalls mangelte es ihr im ehemals gemeinsamen Haus an nichts.«

»Schon klar. Aber ihm kann es trotzdem nicht schlecht gehen, wenn er diesen Riesenladen hier managt.«

»Alles eine Frage des Kleingelds, Peter. Aber du siehst, da war Feuer im Spiel.«

Struve blickte sich um. Niemand im Gang. Sie standen vor den Kapitalratgebern, er mochte diese Art Bücher nicht. Er mochte auch Seeberger nicht, so wie er allen Menschen in Leitungsfunktionen misstraute, mochte dies auch nicht immer angemessen sein.

»Hast du die Kontaktdaten der Seeberger? Googeln hat nichts gebracht.«

»Kein Problem. Sie ist Kundin hier. Wir haben ihre Adresse und ihre Telefonnummer.«

»Gut.«

Kathrin Tränkle zog die Daten aus dem Computer und schrieb sie ihm auf einen Zettel.

»Wir haben nie über sie gesprochen, klar?«

»Über wen?« Struve zwinkerte ihr zu. Er beeilte sich, seinen Ford Focus zu erreichen.

Beatrix Seebergers Haus lag versteckt in einer kleinen Gasse neben dem Favoritepark. Er rief sie aus dem Wagen heraus an und erklärte ihr sein Anliegen.

»Kommen Sie am besten gleich«, hörte er sie mit fester Stimme sagen. Es überraschte ihn nicht, dass sie ihn sofort zu sich bat. Und es verwunderte ihn auch nicht, dass ihr Tonfall dem der Anruferin vom Vortag stark ähnelte.

Ohne zu zögern, betrat er das weitläufige Grundstück, dessen zahlreiche Sträucher noch im Winterschlaf lagen. Er erreichte die Tür der kleinen freistehenden Villa, deren Vorderfront einem klassizistischen italienischen Herrenhaus nachempfunden war. Die Türklingel gab einen dunklen, vollen Gongton von sich. Es verstrich etwa eine halbe Minute, dann öffnete sich die massive Holztür, die keine Einblicke freigab.

»Da sind Sie ja endlich. Ich habe schon gedacht, Sie kommen gar nicht mehr.«

Er schätzte die elegant wirkende Frau auf etwa Mitte 40. Sie trug ihre glatten dunkelbraunen Haare im Pagenschnitt. Ihr dunkelblauer Anzug wirkte bürotauglich und strahlte businessgeschulte Distanziertheit aus.

Warum diese Ungeduld?, fragte sich Struve und überlegte, wie er den Beginn ihrer Begegnung freundlich gestalten konnte.

»Wir haben doch erst vor wenigen Minuten telefoniert«, wandte er ein und wollte schon auf die Weitläufigkeit des Grundstücks zu sprechen kommen, als sie ihm ins Wort fiel.

»Sie haben ein schlechtes Gedächtnis, Herr Detektiv.« Sie schenkte ihm ein Lächeln, das die letzten Zweifel beseitigte.

»Sie waren das gestern Abend, stimmt's?« Er legte auf ihre Bitten seinen Mantel ab und trat in ein mehr als geräumiges Wohnzimmer, in dem ein Zentrumsmanager gut und gerne eine Stehparty für seine halbe Belegschaft hätte steigen lassen können.

Sie antwortete nicht, sondern bot ihm einen Kaffee an, den er dankend ablehnte. »Warum haben Sie beim ersten Mal nicht gleich gesagt, dass Sie es sind?«

»Ist so meine Art.« Sie ließ ihn auf dem Sofa Platz nehmen und schenkte sich an der Mini-Bar einen Scotch ein. »Auch einen?«

»Nein danke. Nicht vor Sonnenuntergang.«

»Ich wollte erst mal sehen, was Sie so drauf haben. Wenn Sie es erst morgen geschafft hätten, würde ich Sie für einen Stümper halten.«

»Komplimente können Sie sich sparen. Raus mit der Sprache: Wer hat Ihnen meine Nummer gegeben?«

Sie lachte und stürzte den Scotch in einem Zug herunter. »In dem Ton erreichen Sie bei mir gar nichts, Herr Struve. Aber damit Sie nicht heulen: Manche Buchhändlerinnen sind nicht immer so diskret, wie sie vorgeben.«

Kathrin hatte ihre Stammkundin also ähnlich versorgt wie ihn. »Sieht so aus, als ob wir quitt wären.« Struve bemühte sich, freundlicher zu wirken, und bat sie um ein Glas Wasser. Sie kam seinem Wunsch nach, er bedankte sich, trank, dann schwiegen beide, als ob sie abschätzten, was der eine vom anderen halten sollte.

»Also, was wollen Sie von mir?«, fragte Struve.

»Diese Frage könnte ich auch Ihnen stellen.« Sie goss sich noch einen Scotch nach. »Was ist Ihr Plan? Und warum legen Sie sich überhaupt mit dem Zentrumsmanagement an?«

Einen Plan hatte Struve nicht, und er überlegte, wie er das so ausdrücken könnte, dass sie ihr Interesse an ihm nicht verlöre.

»Momentan reagiere ich nur. Der Laden stinkt ja nun mal vom Kopf her.«

»Sie wissen, dass ich mit dem stinkenden Kopf 20 Jahre lang verheiratet war?«

»Daran wird Ihnen nicht alles gestunken haben.«

Sie lachte bitter. »Nein, weiß Gott nicht. Aber die Jahre fliegen ins Land. Und ihr Kerle seid wählerisch und gemein.«

Er wusste, was sie meinte. »Ging Ihr Mann fremd?«

Sie stierte in das leere Glas. »Am Anfang dachte ich, es wäre eine Art Betriebsunfall. Aber er legte nach und machte daraus überhaupt keinen Hehl.«

»Das hat Sie sicher sehr verletzt.«

»Verletzt ist gar kein Ausdruck. Ich habe ihn gehasst dafür, dass er keine Gelegenheit ausließ, um mich zu demütigen. Ich erspare Ihnen besser die Einzelheiten.«

Struve besaß genügend Fantasie, um sich Seeberger beim Abbruch diverser diplomatischer Beziehungen vorzustellen.

»Und jetzt wollen Sie sich rächen, und ich soll Ihnen dabei helfen?«, fragte er provokativ.

»Es ist nicht das, was Sie denken, Herr Struve. Es geht nicht um mich und meine verletzten Gefühle.«

»Worum geht es dann?«

»Es geht um Gerechtigkeit und um die Ehre von Berthold Schröder.«

»Der Mann, der Sie liebte?«

Sie stand auf und wandte sich zu den Balkontüren, die den Blick auf den Hohenasperg freigaben.

»Berthold war für mich weit mehr als ein Geliebter. Er hat mir die innere Freiheit wiedergeschenkt.«

Struve rieb sich das Kinn. »Wie meinen Sie das genau?«

»Er konnte denken, und er konnte kämpfen – er kannte sich aus, hatte ein juristisches Staatsexamen. Das hat er nie an die große Glocke gehängt, aber er hat versucht, meinem Mann und dem Zentrumsmanagement gewisse Grenzen aufzuzeigen.«

»Damit wird er sich nicht nur Freunde geschaffen haben.« Struve bat um ein zweites Glas Wasser. »Wer waren seine Gegner?«

»Dass er meinen Mann schon allein dadurch aufs Blut reizte, dass er mit mir zusammen war, versteht sich von selbst.« Sie goss ihm aus einer Wasserflasche ein und verursachte dabei auf dem Glastisch eine Pfütze, die sie nicht wegwischen konnte, da ihr ein Lappen fehlte.

»Lassen Sie! Das ist jetzt nicht wichtig«, bemerkte Struve, als sie in die Küche eilen wollte. »Wie hat Ihr Mann reagiert?«

»Er wollte sich nichts anmerken lassen, aber es gab den einen oder anderen Übergriff durch Mitarbeiter.«

»Erzählen Sie!«

Beatrix Seebergers Blicke waren an der Wasserpfütze haften geblieben. Sie entschuldigte sich und stand auf, um den Lappen zu holen. Struve schaute sich im Wohnzimmer um. An den Wänden hingen einige Gemälde, die von einem Kunstgeschmack zeugten, den Struve nicht teilte. Er mochte keine repräsentativen Exponate in Privaträumen und verspielte Miró-Motive erst recht nicht. Sie hielt ihre Einrichtung weitgehend in Weiß, und er fragte sich, ob sie etwas mit Krankenhäusern zu tun hatte. Beatrix Seeberger kam mit einem Lappen aus der Küche zurück und beseitigte den störenden Wasserfleck.

»Wir waren bei den Übergriffen stehen geblieben«, erinnerte Struve sie.

»Es fing ganz harmlos an. Mein Mann bot ihm irgendwelche VIP-Karten für Fußballspiele an. Als er die nicht mochte, probierte er es mit Karten für irgendwelche Konzerte oder andere Top-Events.«

»Klingt nach normaler Kleinkorruption«, bemerkte Struve und nahm einen Schluck aus dem Wasserglas. Sie hatte ihm ein Edelwasser gebracht, für das er niemals so viel Geld ausgeben würde.

»Das Traurige ist, dass Anzugträger wie mein Mann denken, sie könnten alles und jeden kaufen. Sie können sich vorstellen, wie das bei Berthold ankam.«

»Ich hörte, er wollte einen Betriebsrat gründen.«

»Nicht sofort. Es ging ihm erst einmal darum, dass einzelne Läden eine Interessenvertretung bekommen. Der große Kleidershop, aber auch die Elektronik-Firma. Natürlich wollte er Präzedenzfälle schaffen, sodass alle Läden eine Mitarbeitervertretung hätten erreichen können und das Ganze dann auf einen Gesamtbetriebsrat hinausgelaufen wäre.«

»Wie fand Ihr Mann das?«

»Ha, ich denke, er musste es als Bedrohung seiner Macht ansehen. Stellen Sie sich vor, wenn Sie alles Mögliche erst einmal mit irgendwelchen niederen Chargen besprechen müssen, bevor es genehmigt werden kann. Da stehen die Leute nicht mehr so stramm vor Ihnen wie vorher.«

»Dann hat er den Einsatz gegenüber Berthold Schröder erhöht?« Struve nahm einen größeren Schluck. Das Wasser schmeckte zwar nicht so gut, wie er aufgrund des Preises vermutet hätte, doch stimmte der Kohlensäureanteil an dem ansonsten recht salzhaltigen Getränk.

»Er probierte es mit einer Flugreise nach Namibia. Die hatte er wohl selbst von einem Reisebüro bekommen, das sich im Einkaufszentrum einen Laden in einer besseren Lage erhoffte.«

»Und den Gutschein hat er nicht mit Ihnen verjubelt, sondern Berthold Schröder angeboten.«

»Das wäre im Grunde auf dasselbe hinausgelaufen, denn es waren zwei Tickets, und Berthold und ich waren damals schon zusammen.«

»Dann wollte Ihr Exmann womöglich Ihnen auch etwas Gutes tun.« Struve schmunzelte herausfordernd.

Sie tat so, als ob sie ihn nicht gehört hätte. »Dietram wollte mir vorschreiben, dass ich mich mit Berthold nicht im Einkaufszentrum zeigen dürfte. Das haben wir uns selbstverständlich nicht bieten lassen. Wir haben uns sogar extra oft ins Hauptcafé gesetzt. Alle sollten sehen, dass wir ein Paar sind und uns nicht einschüchtern lassen.«

»Warum glauben Sie, dass Ihr Mann etwas mit der Ermordung Ihres Freundes zu tun hat?« Die Seeberger nahm sich einen dritten Scotch und leerte ihn in einem Zug.

»Das liegt doch auf der Hand. Da kommt einer und droht damit, das Imperium zum Einstürzen zu bringen – und dann flaniert der noch mit deiner Frau umher. Einer wie Dietram lässt sich so etwas nicht bieten.«

Struve wunderte sich, wie viel sie vertrug. Es war nicht sein Ding, andere am Alkohol zu hindern. »Erzählen Sie mir von dem Tag der Ermordung. Was lief da alles ab?«

»Ich weiß noch, dass Berthold den Laden länger als sonst offen hielt. Das war an einem Donnerstag, an dem sowieso länger gearbeitet wird.«

»Der lange Donnerstag.«

»Ja. Den gab es damals noch. Er wollte nach Feierabend zu mir. Ich rechnete gegen halb elf mit ihm, aber er kam und kam nicht.«

»Was haben Sie getan?«

»Versucht, ihn anzurufen. Mehrfach. Aber er nahm nicht ab. Das fand ich ab 23 Uhr dann nicht mehr lustig.«

»Und dann?«

»Ich hab' die Polizei gerufen. Aber die Schlafsäcke haben mich vertrösten wollen: Der sei bestimmt noch einen trinken gegangen. Ich sollte mich später noch mal melden.«

»Es ließ Ihnen aber keine Ruhe.«

»Ja, verdammt noch mal. Es mag sich komisch anhören, aber ich spürte, dass ihm etwas zugestoßen sein musste.«

»Wann ist Ihr Freund entdeckt worden?«

»Irgendwann nach Mitternacht, auf dem Herrenklo. Jemand hatte ihm ein halbes Dutzend Messerstiche von hinten verpasst, das hat er nicht überlebt.«

»Wie ist man überhaupt darauf gekommen, dass der Geflüchtete Dschamil es getan haben könnte?«

»Sie haben alles durchsucht. Bertholds Geldbörse fehlte ja. Ein Polizeihund schlug wohl an, als sie die Personalräume und die Spinde abklapperten.«

»Sie glauben nicht, dass Dschamil es war.«

»Nein. Warum sollte er jemanden umbringen, um sich geringfügig zu bereichern? Er hatte zwar im Schuhgeschäft einen mies bezahlten Job, doch wie ich hörte, war er zufrieden und eifrig bei der Sache. Eifriger als manch deutscher Kollege.«

Struve nickte. Er dachte an Carina und daran, dass sie Dschamil in ihr Herz geschlossen hatte. Eine solche Frau liebte keinen Kriminellen. Jedenfalls sprach viel dafür, dass ihm jemand die Geldbörse als Kuckucksei ins Nest gelegt hatte.

»Er hätte die Geldbörse auch auf einem anderen Weg verschwinden lassen können«, dachte Struve laut nach.

»Natürlich. Aber die Polizei ging wohl davon aus, dass er einfach dumm war.« Wieder griff sie zur Flasche, überlegte es sich aber und stellte sie zurück aufs Tablett.

»Und was ist mit der Tatwaffe?«

»Ist nie gefunden worden.«

»Dschamil hatte kein Alibi?«

»Er war allein, als er an dem Abend im Schuhlager Neuware sortierte und alte Sachen ausrangierte.«

»Machte er das an jedem Donnerstag?«

»Ja, das war sein Hauptjob – er blieb wohl immer länger als nötig.«

Struve überlegte. Wer die Tat dem Geflüchteten in die Schuhe schieben wollte, konnte sich darauf verlassen, dass er noch lange nach dem Verbrechen in der Nähe sein würde.

»Sind Spuren von Dschamil am Tatort gefunden worden?«

»Sie stellen die richtigen Fragen, Herr Exkommissar. Wie ich hörte, sind Sie auch ein wenig aufmüpfig gewesen und rausgeflogen. Ich denke, Sie sollten den Fall übernehmen.«

»Was bieten Sie?«

»1.000 Euro Vorschuss und 5.000 Euro bei Erfolg. Spesen rechnen Sie bitte gesondert ab. Ich gebe Ihnen drei Wochen.«

»Geben Sie mir jetzt 2.000 und am Ende die 5.000, wenn es klappt. Dann sind wir uns einig.« Struve dachte an die offene Heizrechnung.

Beatrix Seeberger lachte. »Sie sind wohl knapp bei Kasse, aber es ist okay.« Sie wankte etwas, als sie zum Wandsafe hinter dem Miró ging. Sie fuhr sich mit der Hand durchs Haar, bevor sie ihm das Geld in 50-Euro-Scheinen überreichte. Auch wenn sie an den Hüften schon etwas angesetzt hatte, gefiel sie ihm. Es gab unangenehmere Auftraggeber, und irgendwann würde er den Scotch mit ihr gemeinsam trinken, nahm er sich vor. Vorausgesetzt, er würde den Fall lösen und dann noch leben.

»In einigen Tagen sind wir schlauer«, sagte er, als er in der Tür stand. Sie gaben sich die Hände. Sie lächelte ihn an. Er deutete dies als Zeichen, dass er ihr nicht mehr ganz so fremd war, aber er hatte wenig Hoffnung, von ihr wirklich akzeptiert zu werden. Frauen wie diese waren es gewohnt, die Männer, die für sie arbeiteten, zu benutzen.

Er schaute auf die Uhr seines Wagens. Kurz vor zwölf. Wollte er halbwegs pünktlich in die Tiefgarage des Zentrums kommen, musste er bald losfahren.

*

Mersin, 1.12.1995

Lieber Peter,

ich bat dich, nicht mehr zu schreiben. Du bringst mich in große Not. Das Leben ist schwer. Ich denke viel an dich. Sehr viel. Immer denke ich an dich. S.

*

Stuttgart, 20.12.1995

Liebe Sengül,

es bedrückt mich
mit dir nicht verbunden zu sein
wenigstens im Wort
hoffe ich auf Trost
bitte ich dich

da ich dir täglich schrieb
im Tagebuch
da ich mich nach dir verzehrte
im Tagesgeschäft
da ich dich küsste
auf den Lippen
anderer Frauen
bitte ich dich
Sengül, bist du glücklich?
Bist du bereit,
deine Fesseln zu sprengen
die dich vielleicht hindern
frei zu sein
frei mit mir
frei, da sie dich
uns entrissen
unserem Glück
das wir nicht lebten
aber von jetzt an leben könnten?

In tiefer Liebe Peter

14

Mit seinem Ford Focus steuerte Peter Struve den Stellplatz im hintersten Eck des Parkhauses an. Der Anblick eines Absperrbandes überraschte ihn. Er vermutete Bauarbeiten und stellte seinen Wagen auf einen freien Kundenparkplatz. Struve betrat den Schalterraum und nahm sich einen Kaffee aus der großen Thermoskanne, die für alle bereitstand. Werner Becker, einer seiner Kollegen, saß nach vorne gebeugt vor seinem Laptop und erledigte irgendeine Arbeit.

»Die wollen, dass du draußen parkst.«

Struve rührte zwei Stücke Zucker in den Kaffee, nahm ruhig die Milchpackung aus dem Kühlschrank und setzte sich zum Kollegen.

»Deshalb die Absperrbänder?«

Sein Gegenüber nickte. In seinem Gesicht spiegelte sich aufrichtiges Bedauern. Struve mochte den wortkargen Mann, der meistens in dunkelblauen Marinepullovern zum Dienst erschien.

»Die scheinen es aber nicht nur auf mich abgesehen zu haben.« Fünf Stellplätze waren abgesperrt worden, Struve fragte sich, ob sie ihm gleich sämtliche Alternativen nehmen wollten.

»Da kam eine Anweisung an uns alle hier unten.« Beckers Blick verriet nicht, wie er darüber dachte, dass er den Verlust möglicherweise Struve zu verdanken habe.

»Was habt ihr denn verbrochen, dass man euch die Parkplätze wegnimmt?«

Becker zuckte nur mit den Schultern. »Wollen dich halt nerven, wollen uns nerven. Keine Ahnung.«

Auch Struve vermutete eine Art Sippenhaft. Bisher hatten die Kollegen seine Degradierung noch mit dem Galgenhumor mitgetragen, den eine Gruppe entwickelt, wenn die Situation noch als beherrschbar angesehen wurde. Die kollektive Verbannung auf die etwa 300 Meter entfernten Außenparkplätze taugte jedoch nicht als Running Gag, um einen langweiligen Arbeitstag zu retten.

»Hat bestimmt nix mit mir zu tun«, scherzte Struve.

»Bestimmt nicht.« Werner Beckers Gesichtszüge entspannten sich leicht, er lachte trocken auf. Struve war sich nicht sicher, ob der andere seinen Humor teilte.

»Ist sonst noch was nicht in Ordnung?«

»Kann man wohl sagen.«

»Lass mich raten: Sie haben den Abriss des Parkhauses beschlossen.«

»So weit kommt's noch.« Becker verdrehte die Augen und polierte sich einen Apfel, den er aus seinem olivgrünen gescheckten Army-Rucksack gezogen hatte. Er schien Hunger zu haben und kaute, während er weitersprach: »Die haben die Öffnungszeiten verlängert. Es geht ab dem Ersten bis 24 Uhr, und das die ganze Woche durch.«

Von 20 auf 24 Uhr, vier Stunden täglich mehr. Das klang nach einer einschneidenden Veränderung.

»Normalerweise stellt eine Firma neue Leute ein, wenn es mehr zu arbeiten gibt. Hat man mit euch geredet?« Der Kaffee schmeckte scheußlich, aber Struve leerte ihn, lauwarm wie er war, in einem Zug.

»Mit uns redet man nicht, man ordnet an.« Werner warf einige faule Stellen, die er mit einem Taschenmesser vom Apfel abgeschnitten hatte, in den Abfallkorb.

»Seit wann wisst ihr es?«

»Die Mail kam vor zwei Stunden.«

Struve schaute sich den Wortlaut auf dem Computerbildschirm des Schalters an. In wenigen kargen Sätzen erklärte Dietram Seeberger, dass die Umsätze in den letzten Monaten durch die starke Konkurrenz der Online-Versandhäuser in den Keller gerutscht seien. Die Mitarbeiter des Einkaufszentrums sollten sich solidarisch zeigen und gegen eine geringfügige Entschädigung täglich mehr arbeiten, da neues Personal nur schwer zu finden sei und die finanzielle Lage des Zentrums keine Spielräume lasse.

»Ich finde es merkwürdig, dass Seeberger die Oberhoheit über alle Einzelläden übernimmt – aber sonst so tut, als sei er nur der Gebäudeverwalter.« Struve holte sich eine Flasche Mineralwasser aus der Sprudelkiste und goss sich ein.

»Ja, das ist seine Masche. Er wechselt seine Farbe wie ein Chamäleon, je nach Anlass.« Werner kannte den Geschäftsführer und dessen Methoden schon länger. »Bei Dumpinglöhnen und Arbeitszeitausbeutung ist er gleich dabei.«

Die Tür ging auf. Manfred Zoller und Wolfgang Münker traten ein, um ihre Spätschicht zu beginnen.

»Habt ihr diesen Bullshit mit den Parkplätzen mitbekommen?« Werners eh schon gerötete Gesichtsfarbe hatte noch mal zugelegt.

»Haben wir«, antwortete Manfred, ein hagerer Mittvierziger mit wenig Haaren. In seinem grünen grob karierten Flanellhemd ähnelte er einem Förster, der in den Fluchten seines Waldes außer Atem gekommen war. »Musste draußen parken, ein paar Hundert Meter weiter. Verfluchter Mist!«

Auch Wolfgang Münker war offensichtlich längere Spaziergänge nicht gewohnt. Der etwas ältere Kollege atmete ebenfalls schwer. »Also, ich werde bestimmt nicht bis Mitternacht hier hocken, eher kündige ich.«

»Mir stinkt das auch.« Teamleiter Werner stimmte in den Chor der Unzufriedenen ein. »Wie oft habe ich schon gehört, dass der Schichtdienst ohne diese ständigen Wechsel in der Woche organisiert werden soll. Und was ist passiert? Nichts! Da wird sich auch nichts mehr ändern. Könnte ja Aufwand machen.«

»Wie wäre es mit einem kleinen Warnstreik?« Peter Struve lächelte und blickte verschmitzt in die Runde. Niemand sagte etwas. Die drei anderen schauten sich an. Unsicher, als ob jemand ihre Entlassung vorgeschlagen hätte.

Werner war der Erste, der sich wieder fing. »Du, Peter, nimm's mir nicht übel, aber ich hab' zu Hause Frau und Kinder.«

»Die schießen uns ab«, rief Wolfgang Münker. »Eigentlich können wir froh sein, dass wir diesen Job noch haben und kein Computerchip ihn für uns erledigt.«

»Seitdem du bei uns bist, hat der ganze Ärger eigentlich erst angefangen«, schimpfte Manfred Zoller, der Struve mit grimmigem Blick fixierte. »Die meisten von uns können es sich nicht leisten, mit Che-Guevara-Flausen rumzulaufen. Kannst du das nicht verstehen, du linker Spinner?«

Peter Struve schüttelte den Kopf. Normalerweise hatte er es nicht nötig, sich einen solchen Dreck an den Kopf werfen zu lassen, aber er hatte sich vorgenommen, bei Diskussionen ruhig zu bleiben. Er trank etwas Mineralwasser, setzte das Glas hart auf und begann in etwas lauterem Ton zu reden.

»Hört mal, Jungs. Von mir aus könnt ihr hier unten euren Stiefel so weitermachen. Ich hab's mir nicht ausgesucht und bin nur eure geduldete Zweitkraft. Aber in einem Punkt müsst ihr mir glauben: Wenn die vom Zentrumsmanagement euch einheizen, dann nur zu dem Zweck, euch kleinzuhalten.«

Da sie ihm zuhörten, fuhr er fort: »Wenn ihr gefügig bleiben wollt, ist das euer Ding, aber denkt an die Leute oben in den Läden, die sich den Arsch aufreißen und sich gerade abmühen, um sich zu organisieren. Viele von denen sind in einer ähnlichen Lage wie ihr. Die haben vielleicht kleine Kinder, und sie ziehen trotzdem miteinander an einem Strang.«

Immer noch setzte niemand an, um Struve zu widersprechen. »Ich kann mir vorstellen, dass keiner von denen bis null Uhr arbeiten möchte. Schon jetzt blicke ich in müde Gesichter, wenn ich um 20 Uhr meine Runde drehe. Ich sage euch, wenn wir einen Betriebsrat haben, müssen die uns fragen, ob wir so etwas überhaupt wollen. Und wenn wir mit dem Streik anfangen, schauen die anderen zu uns, und wir hier unten können eine Botschaft senden. Und die kann nur lauten: Wir streiken, damit das ganze Haus sich wehren kann.«

Manfred Zoller schüttelte den Kopf. »Ohne mich! Die setzen andere auf unseren Platz – so schnell können wir gar nicht schauen.«

»Quatsch!«, rief Werner Becker. »In unserem Land gibt es Kündigungsschutz und Streikrecht. Klar riskieren wir etwas. Lohnkürzung allemal, weil sie mit uns Knebelverträge abgeschlossen haben, aber das muss ja nicht so bleiben. Wenn wir erste Erfolge feiern, können wir auch große Veränderungen miteinander erreichen.«

Zoller lachte. »Mit solchen Klassenkämpferparolen kommen wir nicht weit. Spinnerei!«

Werner Beckers Gesicht verfinsterte sich. »Manfred. Es geht hier und heute um Charakter. Oder bist du ein Wegducker, der vor dem Liebesentzug aus der Chefetage Schiss hat und kuscht? Ich hatte immer gedacht, du bist aus anderem Holz geschnitzt.«

»Also gut, wenn du heute von mir sehen willst, dass ich die Eier habe, euer Spielchen mitzumachen. Von mir aus – aber nur heute, klar?« Zoller hob den Zeigefinger, um sein Zugeständnis selbstbewusst zu verpacken.

Becker lächelte. »Wenn wir zusammenhalten, dann kann uns wenig passieren. Ihr werdet sehen.«

»Wie wird es dann weitergehen?«, fragte Wolfgang Münker, der sich nervös an seinem Dreitagebart kratzte. »Ihr wollt das Parkhaus dichtmachen. Das heißt, es wird auch oben Umsatzverluste geben. Noch mehr Leute werden online ordern und einen Bogen um das Zentrum machen. Ist es das wert?«

»Wir müssen für uns klarhaben: Sollen Kunden kommen, damit sie mit ihrem Konsum ein Unrechtssystem aufrechterhalten?«, wandte Werner Becker ein. »Schaut euch die Drogeriekette aus dem Badischen an. Gibt es nicht mehr, weil es ständig hieß: Die beuten ihre Mitarbeiter aus. Wir dürfen es nicht so weit kommen lassen. Wir müssen rechtzeitig etwas verändern.«

Wolfgang Münker blickte nachdenklich ins Leere. Manfred Zoller nahm einen Schluck aus seiner Sprudelflasche.

»Okay, du bist hier Chef. Wenn du den Kopf hinhältst, mache ich mit«, sagte Zoller. Münker nickte.

»Prima«, lobte Becker. »Peter, wie sieht es oben aus? Traust du dir zu, dich umzuhören, was die Leute in den Läden machen?«

»Ich kann mich umhören. Vorausgesetzt, ihr gebt mir Deckung und erklärt der Mörbelbauer auf Nachfrage, warum ich oben herumscharwenzele und nicht hier unten bin.«

»Kein Problem«, antwortete Becker. »Du klärst die anderen Mitarbeiter über die veränderten Parkmodalitäten auf. Klare Arbeitsanweisung.«

Becker schlug vor, das Parkhaus ab etwa 16 Uhr bis zum Geschäftsschluss zu schließen. Nachdem niemand widersprach, brach Struve auf. In der Buchhandlung traf er zu seiner Überraschung Carina. Sie packte einem Kunden einen Harry-Potter-Band ein und ging danach zu einem Regal, an dem er sie abpasste.

»Hast du einen Augenblick Zeit?« Struve versuchte ein Lächeln, aber er war sich nicht sicher, ob es gelang. Sie schaute ihn fragend an, ohne ein Wort herauszubringen, doch verriet ihm ihr Blick Distanz. Fürchtete sie sich vor ihm? Sie hatte sich ihm gegenüber erklärt. Wahrscheinlich hielt sie ihn für einen Stalker.

»Was willst du? Ich hab zu tun.« Sie presste ihre Worte leise, aber mit deutlicher Betonung hervor.

»Hör zu, es geht nicht um uns. Sorry, wenn ich aufdringlich war. Hast du schon von den längeren Öffnungszeiten gehört? Es soll Proteste geben. Habt ihr im Laden besprochen, was ihr macht?«

Sie schaute ihn prüfend an. »Ich habe davon gehört. Wir haben uns noch keine Meinung gebildet, denke ich.«

Er wollte sie nicht bedrängen, war aber noch beflügelt von den Worten Beckers und fasste sich ein Herz. »Wenn das mit der langen Öffnungszeit kommt, werden wir alle zu Sklaven dieses Palastes. Du wirst dann keine Kraft mehr haben, Theaterprojekte zu verfolgen. Die Abendschichten werden dich daran hindern, verlässliche Zeitfenster zu haben. Es ist an der Zeit, dass wir uns alle wehren.«

Seine Worte ließen Carina zurückweichen. Sie legte einige

Kochbücher, die sie in die Hand genommen hatte, beiseite. »Wie willst du ein solches Haus mit 50 Einzelläden dazu bringen, dass es sich wehrt? Was hast du überhaupt vor?«

Struve spürte, dass sie nicht mehr ganz so voreingenommen wie zu Beginn war. »Wenn wir jemals mehr Zusammenhalt in diesem Puff erreichen wollen, dann ist jetzt der richtige Zeitpunkt.« Er erzählte ihr von dem Plan, das Parkhaus zu bestreiken. »Sorg dafür, dass wenigstens 20 Läden mitmachen!« Treffpunkt sollte um 16 Uhr am Eingang des Parkhauses sein. »Wenn wir für eine halbe Stunde zusammenkommen und das in den sozialen Kanälen posten, wäre das schon ein Erfolg.«

»Peter, du weißt, dass ich deinen Einsatz sehr schätze, aber meinst du nicht, dass die Aktion zu spontan ist? Wäre es nicht klüger, ein oder zwei Tage zu warten, damit es sich herumspricht?«

Struve dachte an das Zögern seiner Kollegen Zoller und Münker. Und daran, dass sie wieder umfallen könnten. »Nein, wenn Zeit verstreicht, beginnt das Grübeln und die Einschüchterung. Die Empörung muss deutlich werden, wir müssen sofort ein Zeichen setzen.«

Carinas Kollegin Kathrin Tränkle war hinzugetreten und hatte den letzten Teil der Unterhaltung mitbekommen. »Also, ich wäre dabei!«, sagte sie und zwinkerte Carina zu. »Wir haben doch immer davon geträumt, den Laden aufzumischen und uns zu organisieren. Was haben wir denn zu verlieren?«

Immer noch wirkte Carina gehemmt. Sie tastete unsicher nach weiteren Kochbüchern, die sie zuvor weggelegt hatte. »Ich weiß nicht. Es ist ein Unterschied, ob sich der Widerstand nur im Kopf abspielt oder ob er real ist und deine Chefs dich feuern können.«

»Ich versteh' dich, Carina. Aber ist Angst der richtige Ratgeber, wenn es um Wahrhaftigkeit geht?«, hielt ihr Kathrin Tränkle entgegen. »Längere Öffnungszeiten als Antwort auf den Online-Handel? Ich sehe keinen Zusammenhang. Die Kunden verteilen sich doch nur auf die geöffneten Stunden – wer online bestellt, wird es auch weiterhin tun.«

»Das schätze ich auch so ein.« Carina hatte die richtige Stelle für die Kochbücher gefunden und stellte sie ab. »Wahrscheinlich fehlt mir einfach der Mut. Ich kann andere nicht überzeugen, wenn es mir selbst an Entschlossenheit fehlt.«

Struve, der befürchtete, er selbst könne der Hemmschuh sein, trat einen Schritt zurück. »Du kannst mir vertrauen. Es geht mir einfach darum, dass die Menschen, die im Zentrum schuften, nicht alles für verlogen halten, was sich hier abspielt. Wir brauchen einen Zusammenhalt, der sich nicht von oben verordnen lässt, sondern nur im Kampf gegen diese seelenlosen Diener des Kapitals entsteht!«

Carina kam nicht dazu zu antworten. Die Mörbelbauer näherte sich mit energischen Schritten dem Laden. Sie entdeckte das Trio und trat schnaubend heran.

»Warum sind Sie nicht an Ihrem Platz?«

»Ihre Schuld. Ich muss darüber informieren, dass die Mitarbeiter heute nicht mehr auf allen Plätzen parken dürfen.«

»Dafür gibt es unser Intranet. Da kann das jeder nachlesen.« Ihre Augen funkelten kampfeslustig.

»Das Team in der Parkgarage war anderer Meinung«, hielt der suspendierte Hausdetektiv entgegen.

»Mir scheißegal!«, herrschte ihn die Vorgesetzte an. »Sie verziehen sich wieder in die Parkgarage. Ist das klar?« Sie ruderte mit den Armen und bekam sich nur mühsam unter Kontrolle.

»Nein. Nicht klar! Ich habe einen Arbeitsauftrag, und den werde ich erledigen. Beschweren Sie sich so lange doch bei meinem Chef in der Tiefgarage.«

»Werden Sie nicht unverschämt, Herr Struve!«, fauchte die Mörbelbauer. »Ich werde die Security anweisen, Sie rauszuschaffen, Sie elender Quertreiber.«

»Na, so weit wollen wir es dann doch nicht kommen lassen. Besuchen Sie mich doch mal in der Tiefgarage. Vielleicht so gegen 16 Uhr?« Struve lächelte sie an. Zufrieden, aber nichts ahnend zog Cornelia Mörbelbauer ab.

Struve schritt gemächlich zu den Aufzügen. Klein beizugeben, kam nicht infrage. Er wollte aber auch nicht angreifbar sein. Die anderen brauchten ihn, wenn sie die Tiefgarage bestreiken wollten. Er schaute auf die Uhr. Es war 13.30 Uhr, er musste unbedingt etwas essen. Zwei Etagen weiter unten stoppte er den Lift und setzte sich in ein Café. Er registrierte, dass sich die Besucherzahl in Grenzen hielt, und bestellte sich einen Cappuccino, in den er eine Tüte Zucker einrührte. Ob der Warnstreik kommen würde, war unklar. Er war sich nicht sicher, ob die Kollegen im Parkhaus im letzten Moment doch noch kniffen. Es kam ihm so vor, als ob er in eine Rolle reingerutscht wäre, die ihm überhaupt nicht lag. Er kannte Berthold Schröder nicht, und doch ging er dessen Weg weiter. Wie sich Widerstand anfühlte, wusste er aus seinen Scharmützeln mit Kottsieper im Polizeipräsidium. In all den Jahren hatte er sich einen Panzer antrainiert, der ihm jetzt half, schwächende Emotionalität auszublenden. Doch er fragte sich, welches Ziel er überhaupt verfolgte. Er ermittelte nun im Auftrag von Beatrix Seeberger, sodass sich die Sache zumindest finanziell lohnte. Aber auch ohne ihren Auftrag würde er alles dransetzen, Licht in das Dunkel des Mordfalles zu bringen. Das schuldete er

Carina. Und schuldete er es nicht auch Sengül? Dschamils Tod warf viele Fragen auf, nicht zuletzt die, wie im Strafvollzug mit geflüchteten Menschen umgegangen wird. Struve glaubte nicht an die große Verschwörung. Er ging davon aus, dass Dschamil sein zerbrechliches Naturell zum Verhängnis geworden war. Gleichwohl wunderte ihn, wie schnell die Justiz den Mordfall Schröder ad acta gelegt hatte. Der Suizid Dschamils als Schuldeingeständnis zu deuten, lag nahe, rechtfertigte aber nicht, die Ermittlungen schlampig weiterzuführen oder gar einzustellen. Struve fühlte sich müde. Es zehrte an seinen Kräften, den Fall weiter zu verfolgen und gleichzeitig einen Streik zu organisieren. Er hatte schon immer Ruhe gebraucht, um zu kriminalistischen Ergebnissen zu kommen. Sein Hang, zurückgezogen zu agieren, widersprach jedem Bestreben, das Alphatierchen zu geben. Struve schöpfte etwas Schaum vom Cappuccino und leckte den Löffel ab. Die vertraute Süße half ihm, seine Gedanken in eine optimistischere Richtung zu lenken. Er fand, dass der Druck, den Seeberger und Mörbelbauer gegen ihn aufzubauen versuchten, ihm nicht wirklich gefährlich werden konnte. Seine Existenz hing nicht von den paar Piepen ab, die er im Zentrum verdiente. Kottsieper und seine Adepten hatten es zwar geschafft, ihn zu suspendieren, doch mit dem, was er als Beamter bekam, hatte er durchaus sein Auskommen. Wenn er ehrlich war, stillte er mit dem Job als Ladendetektiv vor allem sein Verlangen, unter Menschen zu sein und sich ein kleines Zubrot zu verdienen. Aus dieser Sicherheit heraus konnte er es sich leisten zu streiken. Sollte es zu längeren Arbeitskämpfen kommen, würden vor allem seine Kollegen in Bedrängnis geraten. Wie aber würde das Management den fortwährenden Druck eines Streiks wegstecken? Hatte Seeberger etwas mit dem Mord an Schröder zu tun, erhöhte sich die Wahrscheinlichkeit, dass ihm Fehler unterliefen. Struve hoffte, Carina und ihre Kollegin Kathrin Tränkle könnten sich einen Ruck geben und im Zentrum etwas bewegen. Er allein stand auf verlorenem Posten.

Struve bezahlte seinen Kaffee und begab sich zum Parkhaus. Manfred Zoller und Wolfgang Münker saßen gelangweilt herum. Der Hauptstrom der Kunden drängte in Richtung Aufzüge oder bezahlte an den Kassenautomaten in der Nähe, die neuerdings auch 50-Euro-Scheine annahmen. Struve hatte kaum gegrüßt, als ein dunkelhäutiger Mann um die 30 aufgeregt am Schalter auftauchte. Er trug einen mittelblauen Trainingsanzug und weiße Sportschuhe. Es gab offenbar ein technisches Problem.

»Gehen Sie schon mal zum Automaten, wir kommen gleich«, beschwichtigte Zoller den Mann, der es eilig hatte. Struve, dessen Aufgabe es war, solchen Kunden zu helfen, hielt sich bereit, doch zu seiner Überraschung bedeutete ihm der Kollege, erst einmal sitzen zu bleiben.

»Jeder muss mal Pause machen«, murmelte Zoller. Er packte ein Butterbrot aus und begann, die mit Schinken und Käse belegte Stulle in Seelenruhe zu essen.

»Denke, ich sollte mal nach dem Mann am Automaten schauen«, schlug Struve pflichtbewusst vor. Er wurde nicht so recht schlau daraus, warum Manfred Zoller nichts unternahm.

»Nee, lass mal. Diese Kanaken liegen uns schon genug auf der Tasche. Die sollen ruhig warten.« Zoller spülte einen Bissen Brot mit einem Schluck von dem Tee herunter, den er in einer dunkelbraunen Thermoskanne mitgebracht hatte.

Struve stutzte. Er hasste schikanöses Benehmen, aber mehr noch Rassismus. Schwer bezähmbarer Groll machte sich in ihm breit. Er wollte aber keinen Konflikt mit jemandem riskieren, den er noch für so etwas Wichtiges wie den bevorstehenden Streik brauchte.

Werner Becker betrat das kleine Dienstzimmer. Er wirkte schwungvoll und lächelte die Kollegen an. »Es gibt Neuigkeiten, Männer.«

Ihre Augen hingen am Mund des Vorgesetzten, der nach dem Ende seines Frühdienstes noch im Haus geblieben war, um für den Warnstreik zu werben.

»Wir haben aus jeder Abteilung einen Bevollmächtigten für den Streik heute und künftige Aktionen benannt.« Beckers Stimme überschlug sich fast. »Wir können uns per WhatsApp verständigen und schnell miteinander abstimmen.«

»Klingt ja ganz nett«, bemerkte Manfred Zoller trocken und biss in sein Schinken-Käse-Brot.

»Kommt der Warnstreik um vier Uhr zustande?«, fragte Wolfgang Münker mit einer Miene, die offen ließ, ob er sich mehr vor einer Absage fürchtete als vor möglichen Konsequenzen, die ihn beträfen.

Peter Struve war immer noch hin- und hergerissen, ob er nicht endlich dem wartenden Kunden mit etwas Wechselgeld aus der Patsche helfen oder bei der Besprechung bleiben sollte. Doch der Streik hatte Vorrang, er konnte nicht einfach weg. »Wie sieht es aus: Machen ein paar Läden mit?«, fragte er Becker.

»Ein paar? Fast alle sind dabei!«, frohlockte der Teamleiter. »Ihr hättet mal die beiden Ladys vom Buchladen sehen sollen! Die haben sich richtig reingekniet und uns allen vor Augen geführt, was für Waschlappen wir in all den Jahren waren.«

Carina. Struves Herz schlug schneller. Sie hatte es tatsächlich getan. »Ich wusste gar nichts von diesem Treffen«, rutschte es ihm reflexartig raus.

»Sorry, das war ziemlich spontan«, erklärte Becker. »Die Rundmail ging erst vorhin raus. Wie gesagt, die Bücherladys …«

Ein stakkatoartiges Klopfen an der Trennscheibe zur Parkgarage unterbrach das Gespräch. Wieder stand der Mann mit angesäuertem Gesichtsausdruck vor ihnen. Er wedelte wild mit einem 50-Euro-Schein. Wolfgang Münker wechselte und drückte dem Kunden zwei Zwanziger und einen Zehner in die Hand. »Probieren Sie es mal damit.«

»Dass die überhaupt so viel Knete haben dürfen«, empörte sich Manfred.

»Aber, jetzt hör mal, Manni!«, fuhr ihn Werner Becker an, »so ein blödes Geschwätz will ich hier nicht hören.«

»Was heißt hier blödes Geschwätz?«, widersprach Zoller, der seine Brotzeit inzwischen beendet hatte. »Die hat niemand gerufen, und jetzt liegen sie uns fett auf der Tasche. Die 50er, die der verjubelt, hab ich sauer erarbeiten müssen.«

Werner Becker, mit seinen 59 Jahren als Stubenältester durchaus anerkannt, nun aber in seiner Autorität angezweifelt, rang um Fassung. »Also, wenn du willst, dass dir später im Pflegeheim einer den Arsch abwischt, solltest du nicht so große Töne spucken.«

»Da hol ich mir aber lieber eine Polin«, warf Wolfgang Münker ein und erntete giftige Blicke von Becker, während Zoller lachte und Struve die Augen verdrehte.

»Die wirst du dir aber leider nicht mehr leisten können«, grantelte Manfred, dessen grünlicher Bundeswehr-Parka herunterfiel, als er mit dem Drehstuhl herumwirbelte.

»Als Rentner droht uns sowieso die Verarmung«, entgegnete Wolfgang, »jedenfalls ist unser Lohn so mies, dass wir im Alter ganz dumm dastehen werden.«

»Dann lasst uns wenigstens noch für mehr Geld und bessere Bedingungen eintreten.« Werner Becker versuchte, wieder auf das Thema »Arbeit bis 24 Uhr« zurückzukommen. Er wies darauf hin, dass der Warnstreik von 16 Uhr bis zum Ende der Öffnungszeit im Zentrum um 20 Uhr andauern würde. »Habt ihr eure orangefarbenen Warnwesten alle dabei?« Er verteilte schwarze Filzstifte, damit sie die Westen mit der Aufschrift »Streik« versehen konnten.

»Was ist mit unserem Verdienstausfall?«, wollte Manfred Zoller wissen.

»Bist du in der Gewerkschaft?«, fragte Werner Becker zurück.

»Nee, das weißt du doch.«

Seit Jahren hatte Werner Becker versucht, die Kollegen zum Beitritt zu bewegen, aber nur mitleidige Blicke geerntet. »Sei's drum. Ich teile meine Erstattung mit euch, sollte es in den nächsten Tagen hart auf hart kommen.«

»Hart auf hart? Du glaubst doch wohl nicht ernsthaft, dass ich den Zirkus lange mitmache?« Manfred Zoller zog seine Angler-Fachzeitschrift aus der Tasche und legte sie heraus, um sie bald lesen zu können.

»Wir müssen uns leider auf einen längeren Arbeitskampf einstellen, wenn wir etwas bewegen wollen«, antwortete Werner Becker. Er begann damit, Mitgliedsanträge zu verteilen. »Der Beitritt kostet für Leute wie uns, die knapp über dem Mindestlohn liegen, nicht die Welt.«

Manfred Zoller zerknüllte den vor ihm liegenden Zettel augenblicklich und pfefferte ihn in den Papierkorb. »Geh mir weg mit Gewerkschaften. Die helfen einem auch nicht, wenn du ohne Job auf der Straße stehst.«

Auch Wolfgang Münker wirkte alles andere als begeistert. »Wenn die uns rauswerfen, muss ich wieder als Auslieferfahrer ran. Die beuten uns erst recht aus.«

Struve kannte die Spielregeln des Lohndumpings. Unterfirmen ließen Billigkräfte oft bis zur Erschöpfung am Stück arbeiten. Er selbst bestellte nur noch in Ausnahmefällen im Internet.

Werner Becker hob beschwichtigend die Hände. »Wir dürfen nicht die Angst zum Maßstab unseres Handelns machen.« Er blickte kurz auf die Uhr, der Streikbeginn nahte. »Im Grunde geht doch allen im Einkaufszentrum der Arsch auf Grundeis, aber seht selbst: Fast jeder ist nachher dabei. Daran erkennt ihr, dass wir der puren Willkür etwas entgegensetzen müssen. Solange wir keinen Gesamtbetriebsrat haben, braucht Seeberger mit uns nicht verhandeln. Wir müssen uns gemeinsam auf den Weg machen.«

»Die Nummer mit dem Betriebsrat, die kenne ich doch schon. Das haben wir tausendmal diskutiert. Das bringt doch sowieso nichts«, bruddelte Manfred Zoller, der aufstand, um seinen Hosengürtel nachzuziehen. Beklommenes Schweigen machte sich breit. Zoller stand unnachgiebig mitten im Raum und blickte Becker geradewegs ins Gesicht. Struve befürchtete schon, eingreifen zu müssen, doch statt die Faust zu schwingen, holte Zoller noch einmal mit Worten aus.

»Wie war das mit dem Betriebsrat? Der Schröder hat uns doch schon damals das Blaue vom Himmel versprochen. Am Ende war er tot, weil ihn so eine Kanake erledigt hat, und kein Schwein hat sich danach noch um die blöde Wahl gekümmert. Auch du nicht, Werner, obwohl du die roteste von allen Socken bist, die ich kenne.«

Peter Struve wurde besonders hellhörig. »Wie kam es, dass die Wahl nicht weiterbetrieben wurde?«, fragte er in die Runde.

Die anderen schauten sich unentschlossen an. Werner Becker, dessen Gesichtszüge entgleist waren, fing sich wieder und antwortete. »Wir waren alle ziemlich geschockt. Vielleicht hätten wir es aus Trotz und Bertholds wegen einfach durchziehen sollen, aber es fehlte uns wohl schlichtweg die Courage.«

Struve sah die Chance gekommen, mehr über Schröder zu erfahren. »Wie beliebt war er denn unter den Mitarbeitern – ich meine, wenn keiner mehr an seiner Stelle weitergemacht hat, spricht das doch nicht gerade für ihn, oder?«

Werner Becker blickte fragend zu den anderen. »Also, er war schon von sich eingenommen.«

Manfred Zoller lachte laut auf. »Ein Arschloch auf dem Egotrip, das trifft's wohl eher.«

Wieder klopfte es an der Scheibe. Erneut war es der dunkelhäutige Mann, der ungehalten mit den Geldscheinen fuchtelte, die man ihm vor wenigen Minuten in die Hand gedrückt hatte. »Drecksautomat nichts nehmen.«

Zoller ließ die Jalousien herunter und faselte etwas von »Dienstbesprechung«, während Münker hinaustrat und dem Mann empfahl, einen anderen Automaten eine Etage tiefer zu nehmen.

»Wieso war Schröder ein Egomane?«, hakte Struve nach.

»Pfff, in allem immer der Alles-Checker. Aber wehe, man kam ihm mal quer ...« Zoller nahm sich einen Kaugummi und begann darauf zu kauen.

Werner Becker nickte. »Er hat sich als möglicher Chef des Gesamtbetriebsrates mehr als in den Vordergrund geschoben.«

»Ist das nicht legitim, wenn er alles in Gang gebracht hat?«, wollte Struve wissen.

»Na, es gab ja durchaus noch andere, die sich das gut vorstellen konnten und die möglicherweise etwas mehr auf dem Kasten hatten als er.« Zoller grinste, nahm den Kaugummi auf die Zungenspitze und schaute geradewegs zu Becker, der jedoch so tat, als ob ihn das nichts anginge, und sein Smartphone aus der Jacke kramte, um Nachrichten zu sichten.

Unbeeindruckt blickte Werner Becker nach kurzer Zeit wieder auf. »Wir sollten keine Zeit verlieren und uns besprechen, wie wir uns von 16 bis 20 Uhr aufstellen.«

»Ist doch ganz einfach«, meinte Zoller, »wir machen dicht, bleiben noch ein Stündchen und gehen dann nach Hause.«

Becker runzelte die Stirn. »So einfach ist das nicht, Manni. Wir brauchen zwei Leute, die bis 20 Uhr die Stellung halten und verhindern, dass zum Beispiel der Sicherheitsdienst in die Bresche springt und das Parkhaus wieder aufschließt.«

»Ja, streiken die denn gar nicht mit?« Wolfgang Münkers Gesicht hatte wieder ängstlichere Züge angenommen.

Werner Becker verneinte mit einem Bedauern in der Stimme. »Die zählen leider nicht zur Belegschaft, da sie immer wieder befristet beauftragt werden. Frag mich nicht, wie die Zentrumsleitung das hinbekommt, aber offenbar kann man nicht auf Scheinselbstständigkeit pochen, da der Sicherheitsdienst seine Mitarbeiter durch verschiedene Objekte rotieren lässt. Wenn ihr mich fragt, das reinste Nomadentum.«

»Wer Uniform anzieht, gibt das Denken ab«, kommentierte Manfred Zoller.

Struve überlegte, ob er dableiben sollte, aber abgesehen davon, dass jede Minute mit Manfred in der Schalterkabine eine Minute zu viel war, wollte er den Abend nutzen, um zur Theaterprobe zu gehen. Er fragte sich, ob Carina bei der Probe dabei sein konnte. Sie hatte den Schilderungen Beckers zufolge den Warnstreik im Wesentlichen organisiert. Er musste herausfinden, wie sie den Abend verbrachte. Vielleicht schlossen sie ihre Läden früh und ließen tatsächlich nur einige Streikposten vor dem Gebäude. Er würde das herausfinden.

*

Mersin, 7.7.1998

Lieber Peter,
dann ist es wohl so, dass die größte Liebe immer die ist, die unerfüllt bleibt. S.

*

Tagebuch Peter Struve
Stuttgart, 23.7.1998

Sengül,

warum
quälst du mich
mit Kalendersprüchen
lass mich in Ruhe
ich kann nicht mehr
konnte nie ohne dich
wirklich
kann jetzt nur noch
ohne dich
brauche meine Kraft

Peter

15

Die Theaterprobe war abgesagt worden. Carina hatte sich für den Warnstreik entschieden. Struve erfuhr davon wie alle anderen Akteure per WhatsApp. Er entschloss sich, die erste Stunde des Streiks bei den Kollegen im Parkhaus zu verbringen. Zu seiner Überraschung kam es nicht zu Übergriffen unzufriedener Kunden, die ja zum Teil längere Autofahrten hinter sich hatten. Zwar ärgerten sich viele von ihnen, und es bildeten sich lange Schlangen, in denen Hupkonzerte die Stimmung anheizten, doch gelang es den Streikposten, schnell gedruckte Handzettel zu verteilen und mit den Informationen die Frustration entscheidend zu dämpfen. Struve mischte sich unter die Verteiler. Er blickte in Gesichter, die alles andere als Verständnis ausdrückten. Ihm war bewusst, er schaute in das Gesicht einer Gesellschaft, die handelnde Subjekte als bloße Störenfriede einer Ordnung ansah, die in erster Linie auf das Funktionieren der konsumorientierten, sorgenfreien Mittelschicht abzielte. Die Wucht der einen oder anderen aus den Fahrzeugen herausgeschrienen Empörung traf aber nicht nur ihn, sondern auch die Kollegen, die sich jahrelang mit ihrer Arbeit im Einkaufszentrum identifiziert hatten. Wie viel mussten sie ausblenden, um das ertragen zu können? Offenbar bedeutete es ihnen viel, gemeinsam das Ziel zu verfolgen, als Mitbestimmer in ihrem Unternehmen ernst genommen zu werden. Dumpfer Groll beschlich ihn, als er darüber nachdachte, wie es diese Regierung fertigbrachte, Gesetze zu beschließen, die ermöglichten, dass sich Arbeitnehmer in Verleihfirmen wiederfanden, in denen sie ihres Schutzes und ihrer Würde beraubt auf die Altersarmut zusteuerten.

Die Wucht dieser Aktion, die Rage der Kunden, die Arroganz des Zentrumsmanagements, das davon ausging, problemlos mit der Arbeitszeitverlängerung durchzukommen, entfachte bei Struve eine Mischung aus Depressivität und Zorn, die den Ladendetektiv so viel Kraft kostete, dass er sich nach dem Ende der Aktion gegen 20.30 Uhr ermattet ins Innere des Einkaufszentrums zurückzog.

Die Bilanz der Streikenden konnte sich indes sehen lassen. Die meisten Kunden waren am Parkplatzmangel abgeprallt und wieder davongefahren. Und die Besucher, die erst nach 16 Uhr ihren Wagen aus dem Parkhaus bringen wollten, verdankten es der Kulanz von Werner Becker, dass ihnen das möglich war. Ohnehin flohen fast alle binnen einer halben Stunde, nachdem sich die Ladentüren zum verabredeten Zeitpunkt hinter ihnen geschlossen hatten. Aus Sicht der Streikenden war es ein voller Erfolg, dachte Struve. Er erwartete eine Reaktion des Zentrumsmanagements.

Vom Eingang des Einkaufszentrums blickte er auf den nahezu ausgestorbenen Außenparkplatz, der unter Vollbeleuchtung stand. Er fühlte sich so leer wie die riesige Asphaltfläche. Eigentlich konnte nur Carina seinen Abend retten. Er war neugierig, welche Rolle sie beim Streik eingenommen hatte, und ging sie im Gebäude suchen. Er nahm den Aufzug und sah in der Buchhandlung ein schwaches Licht aus dem Raum hinter der Kasse glimmen. Der Gang im Laden war bereits abgedunkelt. Zu seiner Überraschung war die Türe zu dem Geschäft nicht abgeschlossen. Er trat ein und sah sie an einem Schreibtisch, wie sie über einem Laptop gebeugt etwas schrieb.

Auf ihrem Gesicht spiegelte sich Erstaunen. »Peter, was machst du denn hier? Der Streik ist doch längst vorüber.«

»Ein Streik gilt aber nur der Arbeit, nicht den flankierenden Maßnahmen.« Er zog eine Packung Nusspralinen hervor, die er in seinem Mantel gehortet hatte.

Ein Lächeln umspielte ihren Mund. Die Anstrengungen des Tages schienen sie immer noch zu bedrücken. Sie bot Struve einen Platz auf einem roten Sofa an, das wohl für Besprechungen diente. Auf einem Beistelltisch standen etwa zehn benutzte Wassergläser. An einigen hing Lippenstift, andere waren halb gefüllt.

»Darf ich dich vielleicht zu einem Glas Wein beim Italiener in der Seestraße einladen?« Das Lokal hatte er in guter Erinnerung, es war ein unaufgeregtes Ambiente jenseits des Kraftfeldes, das der frisch entbrannte Arbeitskampf im Einkaufszentrum bildete.

»Du, lass mal. Durch den Streik ist viel liegen geblieben. Ich muss noch einiges wegarbeiten.«

»Kann ich mir vorstellen. Hast du trotzdem einen Moment Zeit?«

Sie bot ihm einen Stuhl an und brühte einen Rotbuschtee auf. Nach dem frustbesetzten Abend auf dem Parkplatz war er froh, sich aufwärmen zu können. Sie erzählten sich von ihren Erlebnissen und aßen die Pralinen zum Tee. Carina hatte sich mit Menschen auseinandersetzen müssen, die den Sinn eines solchen Warnstreiks komplett anders bewerteten. Loyale Verkäufer, die ein Leben lang Streiks als politisch motiviert angesehen und deshalb für realitätsferne, verantwortungslose Spinnerei gehalten hatten. Dynamische Jungkräfte, die sich ihren nächsten Karriereschritt nicht verbauen wollten. Stammpersonal, das fürchtete, das Familienglück durch törichtes Ausbrechen aus der betrieblichen Pflicht zu gefährden.

»Trotzdem hast du geschafft, fast die gesamte Belegschaft aus den Läden zu mobilisieren.« Struves Blicke drückten Anerkennung aus.

Carina wehrte das Lob ab. »Wir haben als Team gehandelt. Sonst hätte es nicht so schnell geklappt.« Sie erzählte davon, dass bereits unter Berthold Schröder Telefonketten eine schnelle, vor allem aber auch verbindliche Verständigung ermöglicht hätten. Jeder der damals Beteiligten habe gewusst, an wen er sich wenden musste. »Aber du hast recht, ich bin froh, dass wir es geschafft haben.«

Struve goss ihnen beiden noch etwas Rotbuschtee nach. »Wie fandest du Schröder vom rein Menschlichen so?«

»Besser als sein Ruf.« Sie nahm einen Schluck Tee, den sie sich mit kühler Mandelmilch aufgehellt hatte. Auf seinen fragenden Blick erzählte sie davon, wie Schröder im Einkaufszentrum agitiert hatte. Als Mitarbeiter des Sex-Shops, der nebenbei im Facility-Management des Zentrums tätig war, genoss er einige Freiheiten, konnte sich selbstständiger bewegen als Kollegen in den Büros des Vertriebs oder der Buchführung. »Außerdem nahm er kein Blatt vor den Mund, wenn es um das Management ging.«

»Warum war dann sein Ruf schlecht?« Struve blickte sie prüfend über den Rand seiner Tasse an.

»Du kennst die Geschichte mit der Seeberger bestimmt schon?«

»Ja. Die Seebergers lebten doch schon getrennt, als sie sich mit Schröder einließ, oder?«

»Das weiß niemand so genau. Aber das war auch nicht der Aufreger.«

»Sondern?«

Carina verfiel in ein nachdenkliches Schweigen.

»Man nahm es ihm übel, dass er sich mit der arroganten

Ziege aus den oberen Zehntausend einließ. Das regte Männer wie Frauen gleichermaßen auf. Und dann ließ er sich ja ständig in den Cafés im Haus mit ihr sehen. Er wirkte wie ein Überläufer: überheblich, abgehoben und von ihr sehr wahrscheinlich auch ausgehalten.«

»Und, war er das deiner Meinung nach auch?« Struve nippte vorsichtig an seinem Tee.

»Ich mochte ihn irgendwie, muss aber zugeben, dass ihn die Beziehung zur Seeberger tatsächlich veränderte – durchaus zu seinem Nachteil.«

»Jetzt ist er tot. Ich habe erfahren, dass sein Tod den deines Freundes Dschamil nach sich zog.«

Der Schatten trauriger Gedanken fiel über Carinas Gesicht. Sie senkte den Blick und fing an zu weinen. »Wir liebten uns … sehr.« Wieder verstummte sie.

Struve reichte ihr ein Papiertaschentuch. »Dschamil gilt als Täter.« Er zögerte, fasste sich dann doch ein Herz. »Wie denkst du darüber?«

Carina sackte in sich zusammen und schluchzte. Er wusste, die Erinnerung setzte ihr zu, aber er konnte ihr den Schmerz nicht ersparen. Wenn sie ihm Wesentliches mitzuteilen hatte, dann hier und jetzt.

Sie rieb sich die Tränen weg. »Entschuldige. Ich dachte, ich käme besser darüber hinweg, aber es geht mir alles noch so verdammt nah.«

»Das kann ich gut verstehen, Carina.« Er trat zu ihr hin und legte ihr die Hand auf die Schulter. »Darüber musst du auch nicht reden, wenn du nicht willst.«

Sie legte ihre Hand auf seine und drehte sich um. »Ich weiß es zu schätzen, dass du dich interessierst, Peter.« Sie wirkte gefasst und begann zu erzählen. Davon, dass Dschamil aus einfachen Verhältnissen stammte. Dass er schon vor zehn Jahren aus dem Iran geflohen war, da er zum Christentum konvertiert war. Ihm drohte sogar die Todesstrafe, da er den Islam in Gesprächen als menschenverachtende Ideologie bezeichnet hatte und dies die Runde machte.

Carina beschrieb, wie sie Dschamil kennengelernt hatte, als er schon längst als Asylbewerber anerkannt war und im Lager des Schuhgeschäftes täglich arbeitete. »Ich mochte seine liebenswerte und bescheidene Art. Ich hatte immer das Gefühl, dass er enorm wissbegierig ist und sich weiterentwickeln will.« Nahezu zwei Jahre lebten sie zusammen, dann ereignete sich der Abend, der alles veränderte.

»Wer hat Berthold Schröder deiner Meinung nach auf dem Gewissen?« Struve rechnete fest damit, dass Carina Dietram Seeberger verdächtigte.

»Ich kann es dir nicht sagen. Seeberger vielleicht, aber er war zur Tatzeit nicht hier. Er könnte jemanden beauftragt haben.«

»Hat die Polizei sein Alibi überprüft?«

»Wahrscheinlich. Man fand Schröders Geldbörse in Dschamils Schrank. Damit konzentrierte sich alles auf ihn.«

Struve musste mit Littmann reden. Es galt zu klären, wer mit welchen Mitteln Seeberger unter die Lupe genommen hatte. »Es scheinen noch Fragen offen zu sein«, stellte der Exkommissar fest und trank den letzten Rest des Rotbuschtees aus. Er wollte Carina nicht davon abhalten weiterzuarbeiten, aber er spürte auch, sie wollte an diesem Abend nicht allein sein. Waren sie nicht beide auf der Suche nach ein bisschen Wärme und Zärtlichkeit? Sie schwebten so oder so in Gefahr. War es da nicht mehr als fair, einen Ausweg aus dem stahlharten Klammergriff der Realität zu suchen? Er schaute sich um und durchstreifte mit seinem Blick die vollen Regale. Von jeher faszinierte ihn die Ansammlung von

Ideen in Bibliotheken, den großen Schwestern der Buchhandlungen, mit ihren überbordenden geisteswissenschaftlichen Schätzen. Zu seiner großen Überraschung entdeckte er eine Gitarre. Sie stand in einiger Entfernung vor einer kleinen Auslage, in der neben musikpädagogischer Fachliteratur auch Beat-Comics und diverse Songbooks ausgestellt waren.

Mit einem Male durchströmte Struve eine tiefe Zuversicht. Er stand auf, drehte sich zu Carina um und fragte sie: »Magst du Musik?«

Sie lächelte, erkannte seine Absicht. »Ja, klar. Möchtest du mir etwas vorspielen?«

Struve, der sich seine rudimentären Gitarrenkenntnisse über die Jahre erhalten hatte, griff zu einem der ausliegenden Songbooks, schnappte sich das Instrument und fand auf Anhieb einen altbekannten Song. Er rückte seinen Stuhl neben den ihren. Sie hielt ihm die Noten hin. Er lächelte ihr zu.

»Möchtest du vielleicht mitsingen?«, fragte er sie augenzwinkernd. Dann stimmte er das Lied an: »Lass uns leben, lass uns leben, immer mehr.«

Fast schwerelos fühlte es sich an. Struves Finger tanzten über die Saiten. Er spürte ihre Stimme in seiner. Wie damals, als Sengül mit ihm sang. So weich und zart erfüllte ihr Gesang den Nebenraum des Buchladens: »Lass uns leben, lass uns leben, das Leben ist gar nicht so schwer.«

Wenig später fand er Carina in seinen Armen wieder, und sie küssten sich. Ihre braunen Augen leuchteten, sein Herz schlug. Er wollte diesen Moment nicht enden lassen, und er war auch noch nicht beendet, als zwei Stunden vergangen waren, nachdem sie den Schlüssel des Nebenraums herumgedreht hatten.

Der Heizlüfter und eine Wolldecke spendeten ihnen auf dem roten Sofa Wärme. Er fühlte sich so gut wie lange nicht mehr und zweifelte nicht daran, dass es Carina ähnlich ging. Sie schmiegte sich an ihn. Wortlos hielt ihr Glück an. Er hatte nie viel gesprochen, wenn es ihn richtig erwischt hatte. Staunen, zu mehr war er nicht in der Lage. Er wollte an nichts rühren, das er selbst noch nicht begriff. Er hielt sie fest. Sie sollte spüren, dass er sie nie loslassen würde. Er war im Reinen mit sich. Seit Sengüls märchenhaftem Erscheinen hatte sich in seinem Leben keine Liebe derart schnell und vehement entladen. Was heißt entladen? Sie lud ihn auf, er fühlte sich so ziemlich als alles: als Mannfreund, Beschützer, Verstandener, Angenommener, bedingungslos Schenkender. Und das alles, weil es schön war, weil es sich leicht anfühlte und weil sie sich ihm so hingab, wie er sich ihr hinzugeben bereit war. Ein neues Märchen? Ja, aber nicht orientalisch. Das machte es vermutlich einfacher. Aber Carinas Verwicklungen mit dem Fremden, ihre Beziehungen zu Männern aus anderen Erdteilen, vielleicht aus einer schwärmerischen Oppositionshaltung heraus, ihre vergangenen Lieben, von denen er zu wenig wusste, dies alles haftete ihr auch an. Ob sie beide wollten oder nicht: Sie mussten sich dem stellen. Irgendwann, wenn die Zeit dafür reif war.

Struve schaute auf seine Metallarmbanduhr. Plötzlich drang ein scheppperndes Geräusch an ihre Ohren. Es kam vom Gang vor dem Buchladen. Hastig zogen sie sich an.

»Könnte ein Schlüsselbund gewesen sein«, flüsterte Struve. Es war etwa 23.30 Uhr. Eine Zeit, in der die Reinigungsfrauen das Einkaufszentrum längst verlassen hatten. Sie nahmen ihre Smartphones und leuchteten vorsichtig in den Gang hinein. Nur ein diffuses grünliches Notlicht an den Fußleisten bot Orientierung. Struve war nicht sonderlich darauf erpicht, dem Security-Dienst in die Arme zu laufen. Mit einer Kopfbewegung lenkte er Carina in Richtung des Treppenhauses. Er kannte einen Ausstieg im Teeladen, dort konnten sie die Fenster im Erdgeschoss öffnen, ohne das Risiko eines elektronisch ausgelösten Alarms einzugehen. Geduckt schlichen sie durch den Flur, als plötzlich der Schein eines Neonlichts aus der oberen Etage von der anderen Seite des Gebäudes auf sie fiel. Sie suchten Schutz im Schatten eines Pfeilers. Das Licht stammte aus der Chefetage, die Struve inzwischen zur Genüge kannte. »Sieht so aus, als ob Seeberger eine Nachtschicht einlegt«, raunte er Carina zu.

»Was sollen wir tun?« Sie hielt inne.

Struve dachte nach. Er witterte plötzlich die Chance, mehr herauszubekommen, als er bisher wusste. »Wir sollten mal nach dem Rechten schauen«, sagte er in bewusst ruhigem Ton, um seine Gefährtin zu überzeugen.

Oben angekommen, pirschten sie sich Schritt für Schritt an das Büro heran. Die Tür stand halb offen. Die Stimme Seebergers, der offenbar telefonierte, war deutlich zu hören.

»Nein, die Sache muss morgen ein Ende haben. Wir müssen Schlagzeilen unbedingt vermeiden.«

Schnelle Schritte verrieten, dass der Manager unruhig umherlief.

»Mir egal, ich mache meine Hausaufgaben, du deine bei der Polizei, Hans.«

Hatte er richtig gehört? Hans? Kottsieper? Er kannte nur einen – und der war 15 Jahre lang sein Chef gewesen.

»Nein. Ich ziehe das durch. Die lange Öffnungszeit muss kommen. Du hast doch Verbindungen! Rede mit denen, die das genehmigen! Das hat doch bisher auch immer funktioniert. Mit der Belegschaft komme ich schon klar.«

Carina, die dicht neben ihm stand, blickte ihn nickend an. Seeberger war richtig in Fahrt geraten. Er unterhielt sich mit Kottsieper, als sei der Polizeichef sein Freund, den er anhauen konnte und der liefern musste.

»Wir können jetzt nicht klein beigeben.« Seeberger klang noch strikter. »Wir sind der Marktführer, wir verkörpern für unsere Kundschaft die seriöse Lösung am Ort, die uns trotz höherer Preise im Spiel hält. Das müssen unsere Mitarbeiter doch einsehen.«

Struve fragte sich, wie der alte Zyniker Kottsieper ein solches Kaufmannsgewäsch aufnehmen würde. Sein Exchef pfiff normalerweise auf alles, was nicht mit seinen eigenen Interessen zu tun hatte. Warum sollte er also auf das Wohl und Wehe eines Einkaufszentrums Rücksicht nehmen?

Seeberger klang noch empörter als zuvor. »Was, du willst nicht mit den Fraktionschefs reden? Aber so waren wir verblieben, mein lieber Hans. Eine Hand wäscht die andere. Oder muss ich dich erst an Schröder erinnern?«

Carina stupste Struve an und zeigte auf ihr Smartphone. Ein rotes Licht blinkte, das Gerät nahm auf, was der Zentrumsmanager von sich gab. Struve nickte und legte den Zeigefinger auf den Mund.

»Also«, rief Seeberger in bestimmendem Ton. »Du fühlst bei denen vor, ich probiere es noch mal beim OB. Wäre ja gelacht. In anderen Städten geht es doch auch.«

Struve zog Carina beiseite. Sie mussten sich beeilen, denn der Flur bot nur wenige Möglichkeiten, sich zu verstecken. Einen Niesreiz zu unterdrücken, wenn es darauf ankam, unentdeckt zu bleiben, hatte er in der Polizeiausbildung gelernt. Nicht jedoch die Frau, die sich hinter dem Mauervorsprung vor den Aufzügen mit ihm im Verborgenen hielt. Prustend schoss es aus Carina heraus, reflexartig knebelte er sie mit der Armbeuge seines Wintermantels, konnte aber nicht vermeiden, dass der Lärm – wenn auch gedämpft, so doch deutlich erkennbar – durch den Flur hallte. Seeberger musste es gehört haben. Struve, der die Aufzugstaste gedrückt hatte, wartete wie auf glühenden Kohlen auf das Eintreffen des Liftes. Sollte Seeberger bewaffnet sein, hätten sie nichts zu lachen. Er sah die Treppenhaustür etwa 20 Meter von ihnen entfernt und schubste Carina im letzten Moment nach vorne, um mit ihr die Tür zu erreichen. Kaum waren sie verschwunden, stand Seeberger im Flur. Gleichzeitig traten drei Uniformierte aus dem Aufzug, die ihren Kontrollgang in der oberen Etage fortsetzten.

»Ach so, Sie sind das!«, rief Seeberger. »Na dann, Gesundheit.« Aber da waren die drei Security-Männer schon fast um die nächste Ecke gebogen.

Von all dem bekamen Struve und Carina nichts mit. Sie dachten, Seeberger sei ihnen auf den Fersen. Völlig außer Atem erreichten sie das Erdgeschoss.

»Ganz vorsichtig«, zischte Struve und öffnete die Zwischentür zum großen Gang des Verkaufsbereichs. Durch einen schmalen Spalt visierte er die unscheinbare weiße Tür neben dem Teeladen an. Erst an diesem Tag hatte eine Verkäuferin, die von seiner Versetzung in die Tiefgarage nichts mitbekommen hatte, ihm den Verlust des einzig verfügbaren Schlüssels gemeldet. So ging er davon aus, dass die Tür immer noch nicht abgeschlossen werden konnte.

»Ich probiere es da drüben. Warte kurz!«, hauchte er Carina ins Ohr.

Tatsächlich ließ sich die Tür öffnen. Carina folgte auf Zehenspitzen. Ein wunderbarer Duft aus Vanille- und Zimtaromen empfing die nächtlichen Besucher. Hätte er es nicht eilig, er würde probieren, dachte Struve. Er liebte zwar Tee, aber machte sich viel zu selten die Mühe, exquisite Sorten in einem Fachladen zu kaufen.

Struve aktivierte seine Handyleuchte und tastete sich durch das Dunkel des Ladens. Die Fenster mussten frontal zur Seitentür liegen. Nur schemenhaft erkannte er das Mobiliar und tastete sich voran. Carina schien noch weniger zu erkennen. Wie aber waren diese verfluchten Jalousien nach oben zu bewegen? Die Verdunkelung lastete so schwer auf dem Fensterrahmen, dass nicht daran zu denken war, sie hochzuheben.

»So ein Käse!«, fluchte Struve. Carina tippte ihm auf die Schulter und drückte ihm eine Kurbel in die Hand.

»Damit du den Teeladen in guter Erinnerung behältst«, flachste sie. Wenig später hatten sie den Ausstieg bewältigt.

16

Am liebsten wäre er wie Julia auch an diesem Abend schon längst ins Bett gegangen, doch Luca Santos verfolgte sein eigener Roman. Die Erinnerungen an seine Begegnungen mit Constanze, die er mit seinem Romanhelden Hans teilte, wühlten ihn auf. Es tat ihm gut, die verlorene Liebe in einer Handlung wiederzufinden, die er selbst steuern konnte. Warum sollte er nicht alles so schreiben, dass es am Ende gut ausging? Das wäre Betrug an mir selbst, beantwortete er sich die Frage gleich selbst. Freilich war er nicht Sklave der Realität. Also durfte er sie verändern, wenn das im Dienst dessen stand, was er mitteilen wollte. Er lächelte vor sich hin und fühlte sich mächtig. Seine Figuren würden nur ihm alleine gehorchen. Das würde er genießen.

Anfang April fuhr Hans nach Österreich. Er hatte zwei Wochen Urlaub und wollte in ihrer Nähe sein. Constanze konnte nicht zum vereinbarten Treffpunkt kommen. Ihr Mann, von dem sie getrennt lebte, hatte von dem geplanten Treffen erfahren und spielte verrückt. Hans verbrachte einen ziemlich einsamen Tag vor einer Voliere mit sprachlosen Papageien. Nach einer schlaflosen Nacht packte er morgens um vier Uhr seine Sachen, verließ das Hotel und fuhr direkt heim nach Stuttgart. Irgendwie packte ihn doch ein schlechtes Gewissen. Er wusste, er war ein Eindringling. Sein Glück mit Constanze wäre auf dem Unglück eines anderen gebaut – und so sehr er sie liebte, verstand er doch ihre Zer-

rissenheit. Zwei Wochen nach ihrem ersten Kuss bat sie ihn, den Kontakt abzubrechen. Er wehrte sich dagegen, schrieb eine flammende Mail, die darin gipfelte, dass sie ihn eines Tages als malenden obdachlosen Penner vor dem Frankfurter Hauptbahnhof aufgabeln würde, doch änderte dies nichts daran. Hans gab Constanze frei. Was blieb ihm auch anderes übrig? Und so schrieb er ihr:

Constanze

wie könnte ich
dich alleine lassen
in deinem zweifel
weiß auch ich nicht
wohin der weg
mich führt
wo glück
grenzenloses glück
eine seele
auf die andere
wartet

nenn es gemeinsame sehnsucht
oder nur ein gefühl
oder feuerfunken
oder gar liebe
selbst fehlen mir
die worte
für das,
was uns einander
so tief verbindet

heute
leuchtet der vollmond
könnte ich bei dir sein
am fluss
die sterne tanzen sehen
stiller mond
arm in arm

vielleicht ist alles
nur fantasie
poesie,
die in uns wohnt
jetzt aber
zum lieben erwacht
uns vertrauen
und gleichklang
schenkt

du bietest mir freundschaft an
kein geringes wort
dein freund
möchte ich sein
und deine angst
vor zu schnellem schritt
teile ich
auch wenn das feuer
der leidenschaft
längst geweckt
lodert
ich kaum erwarten kann
dich wiederzusehen

Constanze
ich verstehe
deine vorsicht
ich ahnte
dass dir die trennung
zu schaffen macht
und ich spüre
deine sorgfalt
dir selbst
und mir gegenüber

vermessen wäre ich
glaubte ich
dir den schmerz
zu nehmen
auch wenn die liebe
alles besiegt
und ich
glauben möchte
an den neuen morgen

ich wünsche dir
tage der erkenntnis
tiefe freude
leichtigkeit

Hans

Luca betrachtete das, was er im Namen von Hans geschrieben hatte. Er empfand Mitleid mit seinem Helden. Denn sein Verzicht auf Nähe wog schwer. Er spürte, es war richtig, die Geschichte mit ihren Ecken und Kanten zu erzählen.

Als er sich umdrehte, um sich ein Glas Cola einzuschenken, blickte er in Julias Gesicht. Sie sah aschfahl aus und musste schon länger hinter ihm gestanden haben.

»Warum lügst du mich an?«

Sie klang so empört, dass er sicher war, sie hatte zumindest Teile des Textes mitgelesen.

»Warum sollte ich dich anlügen, mein Schatz?«

»Du sagst immer, du arbeitest an Geschäftsprojekten, aber Zeitungsartikel lesen sich anders als das Süßholzgeraspel, das du hier auf dem Schirm hast. Wer zum Teufel ist diese Constanze?«

Luca schluckte. Er fühlte sich ertappt, und er begriff, dass Julia furchtbar eifersüchtig sein musste. Bestimmt hielt sie das Gedicht für einen aktuellen Liebesbrief. Wut stieg in ihm auf. Was spionierte sie auch hinter ihm her? Vertrauen sah anders aus! Aber er musste es ihr vernünftig erklären.

»Constanze ist eine alte Freundin, der ich früher geschrieben habe. Es ist wichtig für mich, dass ich mir diese alte Geschichte noch einmal anschaue.«

»Alte Geschichte? Du lässt mich im Bett alleine, erzählst mir etwas von Zeitungsartikeln, und ich soll dir abkaufen, dass diese Constanze keine Rolle mehr in deinem Leben spielt? Für wie naiv hältst du mich eigentlich?« Julias Stimme war so laut geworden, dass er befürchtete, die Nachbarn würden alles mithören. Er hob beschwichtigend, aber hilflos seine Hände, führte seinen rechten Zeigefinger zum Mund und flüsterte.

»Du musst mir glauben, dass da nichts mehr ist. Ich habe Constanze, die übrigens im wirklichen Leben Myriam heißt, seit zehn Jahren nicht mehr gesehen.«

Julia lachte bitter auf, ohne ihre Lautstärke kontrollieren zu wollen. »Du hast deinen Kopf ganz woanders. Wir haben seit zwei Wochen nicht mehr miteinander geschlafen, und ständig geisterst du nachts herum, um am Laptop wer weiß was zu machen.«

Tatsächlich, zwei Wochen waren vergangen, es stimmte. Luca ließ die Tage im Zeitraffer Revue passieren und wunderte sich selbst. Er gestand sich ein, das Projekt hatte ihn so gefangen genommen, dass er für seine Freundin keine Augen mehr gehabt hatte. Das tat ihm leid. Sex hatte ihr Leben immer bereichert, aber er hatte sich für seine Schreiberei zweifelsohne in eine Klausur geflüchtet. Das alles hatte sich in ihren Alltag eingeschlichen, ohne dass er darauf bewusst hingearbeitet hätte. Wie aber sollte er das Julia erklären, ohne sie zu verletzen?

»Entschuldige, wenn ich in letzter Zeit so wenig für dich da war, aber ich musste an dieser Sache arbeiten.«

»Und mir einen Bären aufbinden. Mensch, Luca, was für Briefe sind das, die du da schreibst?«

Auf keinen Fall wollte er ihr verraten, dass er an einem Roman arbeitete. Zu groß war seine Angst davor, sie würde nicht akzeptieren, dass eine seiner alten Lieben dadurch öffentlich würde.

»Diese alten Gedichtbriefe stecken voller Poesie, ich lese sie eben noch immer manchmal gerne. Vielleicht, weil ich diese Schönheit in stillen Stunden einfach brauche.« Stimmte das nicht auch wenigstens zum Teil? Er hoffte, sie würde das verstehen können.

»Warum suchst du Poesie in alten Briefen? Bin ich dir nicht mehr genug?« Julia standen die Tränen in den Augen. »Warum schreibst du nicht Gedichte, die uns betreffen? Stattdessen starrst du in die Vergangenheit.« Sie schluchzte. »Du entziehst dich mir, du lügst mich an, und ich soll davor meine Augen verschließen.«

Luca wollte sie umarmen, doch sie wandte sich von ihm ab.

Sie schwiegen eine Weile. Er schenkte ihr ein Glas Wasser ein, das sie entgegennahm, ohne ihn anzublicken.

»Du«, hob er an, »ich kann keine Gedichte mehr schreiben.«

Ihre Blicke trafen sich. Ja, es stimmte. Er hatte aufgehört zu versuchen, seine Gefühle in Verse zu überführen.

»Ich kann es nicht mehr, seitdem Myriam und ich aufgehört haben, uns zu lieben.« Er blickte sie an, ohne den Versuch zu machen, bei ihr eine Wirkung zu erzielen. »Das ist die Wahrheit, und sie bereitet mir schon eine ganze Weile Kopfzerbrechen.«

Wieder schwiegen sie. Es kam ihm wie Minuten vor, er fühlte sich wie vor einem Tribunal.

»Und warum wärmst du dann diese alte Geschichte wieder auf? Das zieht dich doch nur runter!«

»Es quält mich. Ja! Aber es gibt mir auch ein warmes Gefühl. So, als ob ich mein Herz wieder schlagen höre. Als ob sich eine Tür zu einer anderen Welt öffnen würde.«

»Da komme ich nicht mehr mit, Luca. Ich sehe nur, dass es uns nicht guttut. Wir haben doch uns! Es sind unsere Herzen, die füreinander schlagen. Jedenfalls sollten sie das!«

Er versuchte ihre Hand zu nehmen und sie zu streicheln. Sie erwiderte seine Versuche jedoch nicht und erwartete offenbar eine Antwort.

»Es war nicht richtig, dass ich es vor dir geheim hielt. Aber ich befürchtete, dass du dir Sorgen machst. Leider ist es jetzt auch so dazu gekommen. Vertraue mir! Wir finden einen Weg, damit umzugehen.«

»Ich wünschte, ich könnte, Luca! Ich sehe jedoch, wie sich

dein Faible wie eine Sucht in unser Zusammensein schleicht. Es tut mir leid, dir das sagen zu müssen, aber du solltest dir einen Therapeuten suchen.«

»Was? Das meinst du doch nicht ernst!« Er fühlte sich angegriffen. Zwar schätzte er die Arbeit von Psychologen, doch er hielt sie für überflüssig, wenn es um seine eigenen Daseinsvollzüge ging.

Ihr Blick ruhte auf ihm. »Doch! Ich meine es so, wie ich es sage. Ich fände es auch besser, du schläfst heute Nacht im Wohnzimmer.«

»Aber …« Luca fehlten die Worte. Nie hätte er gedacht, dass es eine Nacht geben würde, in der Julia nicht mit ihm zusammen sein wollte, auch wenn er erst später in die Federn gekrochen kam. Warum stieß sie ihn weg? Er hatte dafür keine Erklärung.

Wenig später sammelte er den Haufen Bettzeug ein, den Julia vor das Schlafzimmer gelegt hatte. Traurig bezog er sein Lager. Die Lust weiterzuschreiben war ihm vergangen.

*

E-Mail, Mersin, 1.1.2000, 2.03 Uhr

Lieber Peter,

ein neues Jahrtausend. Mit dem alten vergeht auch unsere Geschichte. Sie vergeht und sie bleibt. Fast hätte ich meinem Sohn einen deutschen Namen gegeben. Aber er hätte es schwer mit diesem Namen hier. Er ist ein wunderbarer Junge. S.

*

E-Mail, Stuttgart, 1.1.2000, 11.25 Uhr

Liebe Sengül,

Mag sein
Zeit heilt alle Wunden
Gut geht es euch
Wie du schreibst
Freue mich mit dir
Schön, dass etwas bleibt
Von uns
Unserer Geschichte
Erinnerungen
Bilder
Wie könnte ich sie vergessen
Dich vergessen
Irgendwie
Bist du mir
Immer noch nah
Dein Sohn ist bestimmt
groß geworden
Was wird aus ihm?
Ein Rosenzüchter?
Verzeih, ich dachte an seine Mutter …

Herzlich, Peter

17

Als Struve die Bundesstraße in Richtung Einkaufszentrum fuhr, rief ihn Carina an.

»Hast du schon gehört? Heute Abend findet die Probe statt, die gestern hätte sein sollen.«

»Ok, wieder in der Karlskaserne, nehme ich an. Hast du Zeit?«

»Bei mir gibt es kein Problem, aber einer der Geflüchteten ist ausgefallen. Wir brauchen für die Brief-Szene einen neuen Wurm.«

Peter Struve schluckte. »Sag nicht, dass ich …«

»Doch, Peter. Ich habe es selbst vorgeschlagen. Wenn du dir heute Nachmittag zwei Stunden Zeit für den Text nehmen könntest, wirst du ihn wiedergeben können.«

Struve dachte nach. Er konnte Carina den Wunsch nicht abschlagen. Nicht nach dem Abend im Einkaufszentrum. Er hasste es, Texte auswendig zu lernen und vor Menschen aufzutreten. Aber welche Wahl hatte er wirklich? »Also gut. Aber du musst mir helfen. Ich werde es nicht auf Anhieb können.«

»Mach dir keinen Kopf. Das geht schon. Du bist ein Schatz!« Carinas Begeisterung löste in ihm wahre Freudentänze aus. Er rief Werner Becker an und erzählte ihm, der Arzt habe ihm Bettruhe verordnet. Das war zwar glatt gelogen, aber zumindest nicht ganz falsch. Denn er war liebeskrank und brauchte seine Energie jetzt für andere Dinge, als Dienst in einem Parkhaus zu schieben.

Zu Hause kochte er sich einen Fencheltee und schnappte

sich das Manuskript von »Kabale und Liebe«. Er durchblätterte die sechste Szene. Luise und der Sekretär Wurm allein. Die Eltern sitzen quasi als Geiseln im Knast des Präsidenten, Wurm überredet die Tochter, den Brief an Hofmarschall von Kalb zu schreiben, durch den sie sich selbst entehrt. Struve stellte sich vor, wie er im Stück diese Szene mit Carina spielte. Die einzelnen Textpassagen waren gar nicht so lang. Spitze Bemerkungen, kurz und scharf wie ein Dolch und genauso wirkungsvoll.

»An den Henker Ihres Vaters.«

Struve las den Satz laut vor und spürte den erpresserischen Druck, mit dem Schiller im Stück Wurm agieren ließ. Zweimal fragte Luise nach, an wen sie den Brief schreiben würde, der sie zur Dirne stempelte. Da ging es wirklich um Sein oder Nichtsein, Leben oder Tod.

»Morgen hat er den Dienst – Passen Sie ab, wenn er von mir geht, und kommen an den bewussten Ort.«

So also. Luise soll im Brief beschreiben, wie sie sich mit dem Marschall heimlich treffen will. Das tut sie, um die Eltern zu retten, und vernichtet damit ihre Liebesbeziehung zu Ferdinand. Ganze Arbeit! Schiller, der Meister des inneren Konflikts. Struve fand Gefallen an der Idee, bei der Aufführung auf der Bühne zu stehen, wenn auch in der Rolle des durchtriebenen Spalters. Für Carina würde er alles tun.

Wurm hat seinen Namen verdient, fand Struve und blätterte zu den drei letzten Szenen, die an diesem Abend ebenfalls geprobt werden sollten. Alles lief auf den gemeinsamen Selbstmord von Ferdinand und Luise hinaus. Das Traumpaar bewirft sich ordentlich mit Dreck und trinkt dann den Giftbecher. Besonders das Aufbrausen des jungen Ferdinand gefiel ihm, sodass er wieder laut vorlas, um das Pathos der Sätze zu schmecken.

»Unglücklich musst ich werden, das wusste sie. Tod und

Verdammnis! Das wusste sie und hat mich dennoch verraten. Siehe, Schlange! Das war der einzige Fleck der Vergebung – Deine Aussage bricht dir den Hals.«

Das waren Sätze mit Charakter! Struve, der froh war, dass er wenig auswendig lernen musste, dachte inmitten der Lektüre daran, dass mit Dietram Seeberger möglicherweise ein Mörder frei herumlief. Er hoffte, dass Littmann endlich aufwachte und ihn mit den nötigen Informationen versorgte. Wo war Seeberger wirklich, als Berthold Schröder im Einkaufszentrum erstochen wurde? Alles hing von dieser Frage ab, und weil er damit rechnete, dass sein ehemaliger Kollege noch Zeit brauchte, um an die Akte zu kommen, beschloss er, bis zum Abend jemanden zu befragen, von dem er Aufschluss in der Alibifrage erwarten konnte.

*

Mersin, 3.4.2004

Lieber Peter,

es war ein Fehler, dass du gekommen bist. Ich will das nie wieder, dass du plötzlich einfach da bist. Das bringt mich in Gefahr. Mein Mann hat mich als alleinerziehende Frau geheiratet. Er ist ein guter Mann. Aber auch ein eifersüchtiger Mann. Ich liebe dich. Das sollte ich nicht tun. S.

*

Stuttgart, 4.4.2004

Liebe Sengül,

ich musste es tun
seit es E-Mails gibt
habe ich mehr
von dir
erfahren
und dein Bild
du bist immer noch
meine lachende Rose
verzeih, wenn ich töricht war
ich habe die ganze Zeit
im Café auf dich gewartet
du kamst nicht
natürlich konntest du nicht weg
ich verstehe dich!
Aber das schmerzt
du fehlst mir
dein Lächeln
deine Hand
deine Worte
durch die du mir
so oft deine Gegenwart
schenktest
in den letzten Wochen
und Monaten
es hat mich überwältigt
und es ist so leicht
zu dir
zu fliegen

In Liebe
Dein Peter

18

Die Abendsonne kleidete zahllose kleine Wolken in ein zartes Rosa. Schwer lasteten dunklere Dampfgebilde in Lila hinter ihnen. Die Gasse neben dem Favoritepark erhaschte die letzten schwachen Sonnenstrahlen. Struve parkte. Er kannte die schmale Straße vom ersten Besuch bei Beatrix Seeberger. Wie sie wohl reagieren würde?

»Herr Struve, so bald habe ich Sie nicht wieder erwartet. Sagen Sie nicht, Sie wollen beim Honorar nachverhandeln.« Beatrix Seeberger lächelte vor sich hin.

»Keineswegs«, erwiderte Struve. »Können wir reden?«

Sie bat ihn herein, und er kam gleich zur Sache. Räumte ein, gewisse Hindernisse bei seinen Recherchen erst beseitigen zu müssen. Stellte klar, er wolle keine Zeit verlieren, zumal sie dafür bezahlte. Sprach von seiner Scham, ausgerechnet seine Auftraggeberin um Informationen zu bitten. Bat sie, sein erneutes Erscheinen als besonderen Einsatz zu werten.

»Langer Rede kurzer Sinn«, schloss Struve, »wissen Sie, wo Ihr Mann an jenem Abend zur Tatzeit gewesen sein soll?«

Hell lachte Beatrix Seeberger auf. »Also, mein lieber Herr Struve, jetzt muss ich mich erst einmal fangen. Natürlich weiß ich, wo mein Mann gewesen sein soll. Aber ich habe Sie dafür engagiert, herauszufinden, wo er tatsächlich war.«

»Leuchtet mir ein.« Struve lächelte gequält. Vielleicht würde sie ja noch von ihrem hohen Ross absteigen. »Verraten Sie mir trotzdem den Anfang des Films?«

Beatrix Seeberger wischte sich Tränen aus den Augen. Sie amüsierte sich offensichtlich köstlich über das Informationsdefizit ihres Teilzeitangestellten. Struve spürte ein ungeduldiges Zucken in seinen Beinen, das sich in der Regel dann einstellte, wenn er das Gefühl hatte, schon zu lange an einem Ort geblieben zu sein.

»Ich kann Ihnen natürlich sagen, was er der Polizei mitgeteilt hat. Das Protokoll durfte ich damals als Lebensgefährtin von Berthold einsehen.«

Struve atmete tief durch. »Und?«

»Er gab an, den ganzen Abend bei einem alten Schulfreund zu Besuch gewesen zu sein. Er hieß Kottsieper. Komischer Name, deshalb habe ich ihn mir behalten.«

»Der Polizeipräsident?« Struve wollte auf Nummer sicher gehen.

»Weiß ich nicht. Ja, ich hörte, es sei ein hoher Beamter, hervorragend beleumundet. Er war nie bei uns. Sollte wohl so eine Männerfreundschaft bleiben. Dass er bei der Polizei ist, wusste ich nicht. Dann müssten Sie ihn ja kennen.« Beatrix Seeberger lallte. Ein Blick zur Scotchflasche verriet Struve den Grund.

Struve antwortete auf die Frage mit einem leichten Kopfschütteln. Er wollte sich nicht in die Karten sehen lassen und gab sich neutral.

»Glauben Sie, dass das Alibi echt ist?«, fragte er trotzdem, um ihre Einschätzung zu erfahren.

»Ich glaube, dass Alibis teuer, aber nicht unbezahlbar sind.« Beatrix Seeberger nahm einen weiteren Schluck.

»Wo haben Sie den Abend verbracht?« Struve versuchte, die Frage neutral klingen zu lassen.

»Ich? Warum sollte das wichtig sein?« Sie umspielte mit den Händen ihr Glas mit dem Scotch.

»Sie waren mit Berthold Schröder zusammen. Da pflegt man doch, die Abende gemeinsam zu verbringen.«

Beatrix Seeberger stand auf und drehte sich zur Balkontür, durch die sie für Sekunden hinausstarrte. Die Silhouette des Hohenaspergs hob sich dunkel vom Horizont ab.

»Wissen Sie, ich war nicht die Einzige, mit der Berthold Schröder seine Abende verbrachte.«

»Hat Ihnen das nicht missfallen?«

»Natürlich. Ich habe Berthold geliebt. Aber ihn mit anderen Frauen zu teilen, kam für mich nicht infrage.«

Ob ihr bewusst war, dass sie sich um Kopf und Kragen redete? Struve wusste nicht, was er davon halten sollte, dass sie ihm ein erstklassiges Mordmotiv lieferte.

»Oh, es ist nicht, was Sie denken.« Beatrix Seeberger lachte. »Ich meine, ich hatte eigentlich schon Schluss gemacht, aber wir konnten dann doch nicht so einfach voneinander lassen.«

»Wie es eben in Beziehungen so ist«, stimmte Struve zu und dachte an Sengül. Wie lange hatte ihr Bild in seinem Leben nachgewirkt! Wie schwer hatte er sich getan, sich erneut stark zu verlieben. Manche Liebeskisten wurden zu Magnetbergen, an denen man immer wieder strandete. Oder zerschellte.

»Um auf Ihre Frage zu antworten: Ich war an dem Abend alleine hier. Manchmal hätte ich mir gerne ein Messer geschnappt und ihn massakriert, aber ich fürchte, ich liebte ihn doch zu sehr, um ihn zu töten.« Sie nahm einen kräftigen Schluck und versank in sich.

Struve zog es vor zu gehen. Wenn sie geschauspielert hatte, war sie verdammt gut, sagte er sich. Ob sie ihn auf ihren Mann angesetzt hatte, um von sich abzulenken? Zuzutrauen war es ihr. Er würde vorsichtig sein müssen.

Zerzaust fand sich Peter Struve am nächsten Morgen im Badezimmer seines Appartements wieder. Er hielt einen Kaffee in der Hand und betrachtete sich im Spiegel. Seine Falten zu ignorieren, schaffte er trotz seiner Schläfrigkeit nicht. Dennoch fühlte er sich lebendig wie lange nicht mehr. Das Zusammensein mit Carina und das kleine Abenteuer im Einkaufszentrum hatten ihn aufgeputscht. Es war ihm schwergefallen, sie spätabends loszulassen, damit sie in ihre eigenen vier Wände in den Marbacher Holdergassen zurückkehren konnte. Die Probe hatten sie einfach sausen lassen, der Nachholtermin stand schon. Er hätte sie gerne neben sich gehabt, ihre Wärme weiter gespürt. So aber blieb ihm nur, die Langeweile eines leeren Morgens in seinem Adlerhorst im 17. Stock des Marstall-Centers zu ertragen. Das aber fiel ihm angesichts der Freude über Carina weniger schwer als sonst. Er wollte ihr Luft lassen und hielt ihre Distanz auch für einen – möglicherweise vorübergehenden – Selbstschutz. Verrückt fand er es freilich schon, Carina weckte mit ihrer belesenen Fröhlichkeit seinen Lebensmut. Dass er ein solches Herzensdoping dringender denn je brauchte, zeigte ihm die deprimierende Nebenwirkung des Blickes auf den Dienstplan für das Parkhaus im Einkaufszentrum. Aus der E-Mail von Werner Becker ging hervor, dass er in den nächsten Tagen bis etwa 19 Uhr im Parkhaus präsent sein musste. Jetzt war es acht Uhr. Er würde noch eine Runde im Favoritepark joggen gehen, dann zu Carina in die Buchhandlung fahren. Natürlich war er gespannt, wie es im Einkaufszentrum weitergehen würde. Nach dem, was sie erlauscht hatten, rechnete er mit einem harten Kurs Seebergers. Was aber war ein Geschäftsführer ohne die Gefolgschaft seiner Angestellten? Letztlich würden jedoch die Mechanismen einer auf Gehorsam pochenden Hierarchie greifen. Struve kannte das. Ein gewisses Maß Polizei steckte in jeder Unternehmenskultur.

Der Signalton seines Handys riss ihn aus seinen Gedanken. Es war Carina, die von neuen Entwicklungen erzählte.

»Seeberger hat die Verlängerung der Öffnungszeiten bis auf Weiteres verschoben.« Verhaltene Freude schwang in ihrer Stimme mit.

»Gratuliere. Was ist mit den Streiks?«

»Ausgesetzt. Alle arbeiten und warten ab.«

Struve überlegte. Möglich, dass Seeberger auf Zeit spielte. Er konnte seine Forderung jederzeit wiederholen.

»Ein bisschen seltsam, dieser Burgfrieden, meinst du nicht auch?«, fragte er Carina.

»Ja. Vor allem, wenn ich daran denke, dass er das Ding mit Kottsieper unbedingt durchziehen wollte.«

»Was willst du tun?«

»Wir sollten die Zeit nutzen und an der Wahl zum Betriebsrat weiterarbeiten.«

»Das Momentum liegt auf unserer Seite. Wer nach dem Warnstreik immer noch nicht aufgewacht ist, ist selbst schuld.« Struve schlug vor, eine Personalversammlung am Nachmittag einzuberufen. Dann sollte über das weitere Vorgehen abgestimmt werden.

Die Zeit drängte. Er dachte an Seeberger und Kottsieper. Daran, dass beide gemeinsame Sache machten. Das Wissen um diese Verbindung teilten Carina und er. Und Littmann. Was konnte er sich von seinem ehemaligen Kollegen erhoffen? Weitere Details der Vernehmungen wären enorm wichtig. Sie hatten zwar die Tonaufzeichnungen, mit denen sich beweisen ließ, dass die beiden Alphatiere gemeinsame Sache machten, aber ob das reichte, um bei der Staatsanwaltschaft einen hinreichenden Tatverdacht gegen beide zu begründen, bezweifelte Struve. Es fehlte noch etwas, aber was es war, vermochte er bisher nicht zu erkennen. Natürlich würde es Kottsieper ruinieren, wenn er ihm nachweisen konnte, dass er sich hatte bestechen lassen. Aber so wie er seinen Exchef kannte, hatte er das Geld, das er mutmaßlich von Seeberger bekommen hatte, gründlich gewaschen. Es half nichts, er musste sich mit Littmann treffen. Er meldete sich mit einem Arzttermin vom Dienst in der Parkgarage ab. Am Mittag saß er Littmann in einer Vereinsgaststätte in Eglosheim gegenüber.

»Wie läuft's?«, fragte er seinen ehemaligen Kollegen, dessen Gesicht so aussah, als ob er im Büro zu wenig Sauerstoff bekommen hätte.

»Ganz gut.« Littmann blickte nicht auf, als er die Karte studierte und wenig später ein Weizenbier mit Maultaschen in der Brühe bestellte. Struve orderte eine Traubensaftschorle mit Spaghetti, grünem Pesto und Austernpilzen.

Struve blickte sich im Lokal um. Es war ein sonniger Wintertag, der Nachtfrost hatte sich lange gehalten. Noch immer lag eisiger Ostwind in der Luft. Die Menschen in der Gaststätte wirkten nach der langen Nebelperiode wacher, vielleicht lag es auch an ihm selbst, er fühlte sich nach dem Abenteuer mit Carina immer noch wie aus einem Dornröschenschlaf wachgeküsst.

»Gibt es Neuigkeiten bei der Suche nach unserem Ladendieb?« Struve machte sich nicht viele Hoffnungen.

»Nö.« Littmann nahm einen tiefen Zug aus dem Bierglas, das ihm soeben gebracht worden war. Auch Struve löschte seinen Durst. Die Schorle perlte angenehm seine Kehle hinunter.

Littmann erzählte von einigen Fällen, die ihn auf Trab hielten. Struve berichtete vom Warnstreik im Einkaufszentrum.

»Stand ja gar nichts in der Zeitung«, wunderte sich Littmann.

»Wundert mich nicht«, argwöhnte Struve. »Seeberger hat die lokalen Zeitungsverlage bestimmt mit Anzeigenaufträgen im Griff.«

»Der Seeberger ist einer der einflussreichsten Köpfe in der Stadt – der weiß genau, was er will.« Littmann biss herzhaft in eine der Maultaschen, die er mit einem Löffel mundgerecht geviertelt hatte.

»Was weißt du genau über ihn?« Struve wickelte die erste Pasta in seinen Löffel. Die grüne Pesto-Sahne-Sauce schmeckte hervorragend. Er dachte kurz an Carina, die beim nächsten Kuss den Knoblauch herausschmecken würde, vertraute aber auf die reinigende Kraft seiner Kaugummis.

Littmann schlürfte Brühe und versuchte dabei zu schmunzeln. »Na ja, exorbitantes Einkommen, teure Maßanzüge, protzige Schlitten. Der hat alles. Brauche ich dir ja nicht zu erzählen, oder?«

Struve nahm einen kleinen Schluck von seiner Traubensaftschorle. »Ich habe gehört, er kann gut mit Kottsieper.«

Littmann hob das Weizenbierglas und hielt kurz inne. »Ja, klar. Jetzt, wo du's sagst, Peter. Sind beides alte Schulfreunde. Hab sie neulich auf so einer Internetplattform auf einem Bild nebeneinander gesehen, auf dem auch eine Nachbarin war. Die hab ich gefragt, und die sagte mir, sie wären echte Kumpel gewesen, mit eigener Rockband und Tramptouren durch Südeuropa.«

Struve staunte und grinste zufrieden. »Du hast neugierige Nachbarinnen.«

»Also nee. Die hat wirklich mal neben mir gewohnt. Hat halt früher die beiden gut gekannt. Waren alle im Chemie-Leistungskurs. Den haben sich nicht viele zugetraut.«

»Na, da hat die Chemie ja gestimmt«, kalauerte Struve. Es gelang ihm, eine weitere Gabel mit triefenden Nudeln unfallfrei in den Mund zu schieben. Karl Littmann kämpfte mit seinen Maultaschen. Ein gevierteltes Herrgottsbscheißerle hüpfte ihm in die Brühe. Die Spritzer verteilten sich auf der Tischdecke.

Auch wenn er Littmann nicht viel zutraute, er war doch auf ihn angewiesen. Deshalb beschloss er, ihn einzuweihen, und erzählte vom abendlichen Lauschangriff, den er gemeinsam mit Carina auf Seebergers Büro gestartet hatte. »Kottsieper soll Seeberger bei der Ladenöffnung bis Mitternacht helfen, er ist ja im Gemeinderat, und dafür wird Seeberger sich erkenntlich zeigen.«

Littmann wirkte überrascht und vernachlässigte völlig seine zweite Maultasche. »Kaum zu fassen! Wenn Kottsieper sich auf so etwas einlässt, war's das für ihn. Welche Beweise habt ihr?«

»Einen Mitschnitt. Carina hat ihn auf ihrem Smartphone.«

»Ihr habt es hoffentlich gesichert?«

»Denke mal, ja.« Es ärgerte Struve, dass er daran nicht gedacht hatte. Er musste bei nächster Gelegenheit ein Backup anfertigen.

»Wie stichhaltig ist der Wortlaut?« Littmanns Neugierde war geweckt.

»Es wird deutlich, dass unser Chef die Wünsche des Managers erfüllen will.«

»Und was verlangst du von mir, Peter?«

»Schnapp dir noch mal die Akte vom Fall Schröder. Ich muss wissen, warum nach dem Suizid Dschamils vielleicht nicht mehr korrekt weiterermittelt wurde. Es spricht vieles dafür, dass der Flüchtling als Sündenbock herhalten musste. Ich muss auch unbedingt wissen, wie belastbar das Alibi von Seeberger an dem Abend ist.«

Littmann, der inzwischen die Maultasche verspeist hatte, nickte. »Okay, Peter. Es wird nicht leicht, da dranzukommen, das weißt du selbst, aber ich versuche es.«

Struve wischte sich den Mund ab und legte seinem ehemaligen Kollegen 20 Euro hin. »Danke, Charly. Ich muss zur Arbeit. Fühl dich eingeladen.«

Struve schlängelte sich mit seinem Wagen durch den Mittagsverkehr stadtauswärts. Konnte er überhaupt von Littmann halbwegs brauchbare Informationen erwarten? Er hoffte, die Degradierung seines Exkollegen würde ihn zu einem Verbündeten machen. Immerhin hatte er, wenn auch mehr aus Geschwätzigkeit, von der Freundschaft Kottsiepers mit Seeberger erzählt. Das Puzzle setzte sich Stück für Stück zusammen und ergab ein Bild. Diente der Flüchtling als Sündenbock? Hatte Kottsieper auf die Staatsanwaltschaft eingewirkt und die Ermittlungen gestoppt? Und was war mit dem Alibi Seebergers? Das Gespann auffliegen zu lassen, würde nicht leicht sein. Er brauchte wirkliche Beweise.

Struve parkte wieder auf seinem angestammten Platz ganz hinten im Parkhaus. Die Absperrbänder waren verschwunden, seine Würde war also wieder hergestellt, sofern man von Würde überhaupt sprechen konnte.

Beim Gang durch die Parkebene sah er den kleinen knallroten Opel Carinas. Ihn interessierte, wie viel Wert sie auf Ordnung im Wagen legte, und er schaute kurz hinein. Auf dem Beifahrersitz lagen dicke Haufen mit Flyern. Ein Konterfei mit einer gut aussehenden Frau blickte den Betrachter an. »Für eine soziale und gerechte Stadt, wählen Sie Sonja Mai!« Wurde nicht bald der Oberbürgermeister von Ludwigsburg gewählt? Struve hielt es für möglich, dass Carina mit der Partei »Die Sozialen« verbunden war und sich dort engagierte. Es passte zu ihr und ihrer engagierten Art. Er würde sie danach fragen. Er schaute auf die Uhr. Er hatte sich erst gegen 14.30 Uhr zum Dienst angekündigt und noch etwas Zeit. Er nahm sich vor, Carina in der Buchhandlung aufzusuchen.

Kaum hatte Struve den Laden betreten, kam ihm seine Geliebte mit aufgeregtem Gesicht entgegen. »Mein Handy ist weg«, stotterte sie und stand achselzuckend vor ihm. »Ich habe keine Erklärung dafür.«

»Wo hast du es zuletzt gesehen?« Struve fragte mechanisch, er war mindestens genauso verdutzt. Deshalb also hatte ihn Carina an diesem Morgen per Festnetz anzurufen versucht.

»Weiß nicht so genau. Ich musste es gestern Abend aufladen, fand es da aber schon nicht mehr. Dachte, es wäre vielleicht im Wagen, war aber zu müde und wollte es dann heute Morgen rausholen. Aber ich hab es da nicht gefunden.«

»Im Teeladen hast du noch probiert, mit der Handytaschenlampe zu leuchten«, erinnerte sich Struve.

»Aber dann habe ich dir diese Handkurbel für die Jalousien gereicht.«

Struve versuchte, die Situation vor seinem Auge noch einmal entstehen zu lassen. »Lass uns zum Teeladen gehen, vielleicht ist es noch dort.«

Im Laden erfuhren sie, dass das Smartphone tatsächlich gefunden worden war.

»Wir haben es dem Zentrumsmanagement übergeben«, erzählte die Verkäuferin, mit der Struve gelegentlich über mögliche Ladendiebstähle gesprochen hatte, aber stets zu hören bekam, dass der typische Täter offenbar keinen Tee mag.

»Es ist üblich, das Management zu informieren, wenn Mitarbeitern in den Läden etwas seltsam vorkommt«, erklärte sie dem Kaufhausdetektiv, als sie dessen fragenden Blick bemerkte. Darauf hätte er mit ein bisschen Nachdenken auch selbst kommen können, sagte sich Struve, der nun leicht genervt fragte, was denn bitte schön an einem liegen gebliebenen Smartphone so sonderbar sein sollte.

Die Verkäuferin, geübt darin, immer freundlich zu bleiben, setzte ein Lächeln auf. »Wir sahen, dass das Fenster in der Nacht von innen geöffnet worden war und noch etwas offen stand. Das kam uns merkwürdig vor. Da Herr Seeberger Eigentümer ist, sollte er entscheiden, ob wir den Vorfall bei der Polizei anzeigen.«

»Ach so. Ja, vielen Dank.« Verflixt, das Fenster, dachte Struve und lächelte der Verkäuferin beim Abschied besonders freundlich zu. Er ersparte ihr nähere Erklärungen. Mochte sie sich selbst einen Reim darauf machen, wie Handy und Fenster zusammenpassten.

»So ein Mist«, raunte er Carina zu, als sie wieder draußen waren. »Du musst es dir bald zurückholen.« Er hoffte, Seeberger würde das Handy nicht schon durchsucht haben. Es war ein Dienstgerät, auf das die Vorgesetzten zugreifen durften. Dass der Manager im schlechtesten Fall ausgerechnet Audiodateien sichten würde, erschien Struve eher unwahrscheinlich, doch könnte er etwa die Dateien des gestrigen Tages systematisch durchforstet haben, wenn er Carina als Hauptdrahtzieherin des Streiks analysieren wollte. »Wir dürfen keine Zeit verlieren. Geh zu ihm nach oben!«

Dietram Seeberger hatte sich eingehend mit dem Handy beschäftigt. Er saß in seinem Büro und nahm einen Schluck aus seiner Tasse mit der Aufschrift »Bester Chef der Welt«, die er sich selbst geschenkt hatte, weil ihm sonst niemand solche Geschenke machte. Er versuchte, sich zu konzentrieren, fühlte sich aber wie ein Getriebener. Die Loringer. Natürlich! Sie gibt keine Ruhe. Hätte mir das denken können. Sie mischt den Laden auf. Die Unruhe muss aufhören. Sofort aufhören! Kann keine Störungen gebrauchen. Man müsste … ein Exempel statuieren. Abschrecken. Dann kehrt wieder Frieden ein. War es nicht auch damals so? Da wollten sie auch den Betriebsrat. Aber dann war Schluss mit lustig. Hat sie zum Schweigen gebracht, das Ganze. Nichtsnutze. Geht ihnen viel zu gut. Das Zentrum ist mein Lebenswerk. Lasse mir das nicht zerstören. Die Loringer. Hatte sie schon länger im Fokus. Damals, als die Sache hochkochte, als Schröder große Reden schwang. Ich hätte es wissen müssen. Schröder, dieses Schwein, hätte ihm den Hals rumdrehen können. Musste mich beherrschen. Durfte keinen Fehler machen. Schröder lebt nicht mehr. Das ist gut, sehr gut. Er hat den Bogen überspannt. Gut, dass es Kottsieper gibt. Gut, dass er mitmacht. Ich habe ihn unter Kontrolle. Das muss so bleiben. Will sich was verdienen. Schon okay. Bei dem Gehalt, würde mir auch nicht reichen. Verlangt nicht wenig, aber das ist es mir wert. Er wird mich nicht enttäuschen, er wird es richten. Hat auch eine Waffe. Könnte entscheidend sein.

Zur selben Zeit saß Hans Kottsieper in seinem Büro. Auch er hielt einen dickwandigen Kaffeepott in der Hand. Auf der Tasse stand »Trau keinem über 60!«, ein Geschenk seiner Sekretärin. Die war Mitte 30, und Kottsieper hatte sie in erster Linie eingestellt, damit sie einen guten Kaffee kocht und nett lächelt. Auch Kottsieper flirrten Gedanken durch den Kopf, die er nur schwer in den bewährten Bahnen seiner Ratio halten konnte. Er fühlte eine innere Unruhe aufsteigen, und obwohl er sonst kein ängstlicher Typ war, fürchtete er, die Situation könnte ihm über den Kopf wachsen. Seeberger. Was will er noch? Wird langsam lästig. 24 Stunden lang den Palast öffnen? Das kommt nie! Hätte ihm das sagen sollen. Jetzt hat er die Gewerkschaftsbagage am Hals. Die lassen nicht locker. Muss ihm das stecken. Muss ihn aber auch bei Laune halten. Schwieriger Kopf. Macht sein Ding. Darf mir aber nicht gefährlich werden. Sollte ihm einen Dämpfer verpassen. Aber vielleicht stößt er sich ja die Hörner selbst ab. Streikbrut! Gut, dass wir in unserem Laden so etwas nicht kennen. Wäre auch noch schöner. Beamtenpension und vorher faul rumhängen. Zu wenig Ordnung im Land. Zu viele Wirrköpfe. Rotes Gesöcks am Werk. Müssen dagegenhalten. Dürfen sie nicht drankommen lassen. Das wäre der Untergang!

Er beschloss, seinen eigenen Weg zu gehen. Er durfte Seebergers Spiel nicht gänzlich mitspielen. Es würde reichen, so zu tun, als ob. Was wusste der schon von seinen Kontakten? Das meiste in der hohen Kunst des Strippenziehens bestand im Bluff. Seeberger dachte, er habe mächtige Freunde. Seeberger nahm an, er könne politisch für ihn Einfluss nehmen. Seeberger zahlte gut. Ständig lud er ihn ein, weil jemand, den er damit beauftragt hatte, diskret angedeutet hatte, Kottsieper sei eine große Nummer im Spiel der Kräfte. Wenn er ehrlich war, verachtete er Seeberger. Die Krämerseele würde seine eigene Großmutter verkaufen, um seine Bilanzzahlen zu schönen und gut dazustehen. Ein richtiger Mann würde sich nicht abhängig machen von Zahlen, er ging seinen Weg.

Kottsieper hob die Tasse und blickte aus dem Fenster seines Büros. Er fragte sich, wie verlässlich dieser Seeberger wäre, wenn es hart auf hart käme. Nicht dass er sich diese Frage zum ersten Mal stellte, er war ein hohes Risiko gegangen, als er sich auf seine Seite schlug und die Ermittlungen zum Mord an Schröder in die Bahnen lenkte, die Seeberger am wenigsten gefährlich werden konnten. Würde die Streikbrut dem Zentrumschef allzu sehr zusetzen, stiege das Risiko, dass der Mann Fehler beging. Dieser Querkopf Struve mischte immer noch mit. Müsste ihn abservieren, schnell und diskret, dachte Kottsieper. Die kleine Aktion neulich in der Garage hätte er besser planen sollen. Aber vielleicht ließe sich das ja wiederholen. Er würde die Laufwege Struves genauer betrachten und die notwendigen Schlüsse ziehen.

Während Peter Struve im Büro wartete, betrachtete er den Schreibtisch Carinas. Sie hatte dort nicht viel liegen. Eigentlich typisch für Menschen, die gut im Organisieren waren, dachte er und gestand sich ein, kein Meister der Ordnung zu sein und eher, wie er es selbst nannte, »organisch« zu leben. Er hob gerne Dinge auf und konnte sich schwer von Gegenständen trennen, die eine Brücke zwischen Vergangenheit, Jetzt und Zukunft darstellten. Die Briefe Sengüls etwa, die hatte er aufgehoben, auch ihre E-Mails und überhaupt alles, was ihn an sie erinnerte. Am meisten hatte ihn ihr Duft angezogen. Sie roch nach frischen Kirschblüten, und er hätte viel dafür bezahlt, diesen Geruch in einem Parfüm wiederzufinden und konservieren zu können. Gelegentliche Streifzüge durch Drogerien blieben ohne Erfolg. Er war auch überzeugt davon, dass sie damals kein Parfüm aufgelegt hatte. Sengül, die lachende Rose, brauchte keine fremden Düfte, um ihre dornenfreien Ranken um ihn zu legen.

Immer noch versunken in seine Erinnerungen setzte er sich auf eine Kante von Carinas Schreibtisch und schaute zum Fenster hinaus. Draußen hatte sich das lebensfrohe Blau des Himmels binnen weniger Minuten in ein nichtssagendes Grau verwandelt. Einige Schneeflocken tanzten vor dem Bürofenster, sodass sein Blick nach einer Weile fast automatisch wieder auf das Innere des Raums zurückfiel. Neben dem Computer Carinas fielen ihm einige Porträtfotografien auf. Sie waren nicht sehr groß, es waren auch nur wenige. Struve, der private Aufnahmen am Arbeitsplatz für nicht angemessen hielt, nahm eines der gerahmten Bilder in die Hand und betrachtete es näher. Carina stand dort gemeinsam mit einer anderen Frau auf einem Berggipfel. Beide strahlten, und die Freude über den geglückten Aufstieg war den Alpinistinnen anzumerken. Es musste eine gute Freundin sein oder eine Verwandte. Eine Beziehung? Er dachte an ihre eigenen Berührungen auf dem roten Sofa und lächelte. Bisexualität sollte kein Thema sein. Oder doch? Und wenn schon. Die Frau auf dem Foto kam Struve irgendwie bekannt vor, so als ob er sie erst kürzlich kennengelernt hätte. Und plötzlich erinnerte er sich. Das war Sonja Mai, die Kandidatin für die Oberbürgermeisterwahl! Ihr Gesicht auf dem Foto stimmte mit dem auf dem Flyer in Carinas Wagen überein. Kein Wunder, dass sie die Werbemittel herumfuhr. Wenn Sonja Mai eine sehr gute Freundin war, dann musste es für Carina selbstverständlich sein, sie zu unterstützen. Vielleicht nicht hier im Einkaufszentrum, wo eine solche politische Werbung streng untersagt war, so doch mit Auslagen in den Geschäften der Ludwigsburger Innenstadt.

Struve wollte das Bild schon zurücklegen, als sich die Tür öffnete und Kathrin Tränkle mit einem Stapel Prospekten den Raum betrat. Sie lächelte Struve freundlich zu und legte die Broschüren mit den Neuerscheinungen diverser Krimi-Verlage auf dem Tisch ihrer Kollegin ab. Struve, der Kathrin im Zuge des Streiks inzwischen das Du angeboten hatte, fühlte sich keineswegs ertappt und behielt das Porträt in der Hand.

»Tolle Aufnahme!« Er lächelte ihr zu.

»Ja, nicht wahr? Carina und ihre Schwester, oben, auf dem Großglockner.« Kathrin Tränkle, selbst passionierte Bergsteigerin und alpenaffin, war in ihrem Element. »Magst du auch die Berge?«

»Wandern ja, Klettern nein«, beeilte sich Struve zu sagen, in der Hoffnung, er könnte das Gespräch wieder unauffällig auf Carina und ihre prominente Schwester lenken. Ihn interessierte einfach, wie es sich für Carina mit einer möglichen OB als Schwester anfühlte. »Da muss man sich schon sehr vertrauen, wenn man gemeinsam auf eine derart schwierige Bergtour geht?«, fragte er.

»Ja, klar.« Kathrin Tränkles Lächeln wich einem eher wachsamen Blick. »Man muss sich ja absichern.«

Struve bemerkte ihre plötzliche Zurückhaltung. Er überlegte, wie er die Situation entspannen könnte.

»Ich warte gerade auf Carina, wir wollen noch besprechen, wie es mit dem Betriebsrat weitergehen kann. Hab das Bild gerade gesehen und gestaunt, dass Carina eine Politikerin in der Familie hat.«

»Stimmt. Das ist schon etwas komisch. Aber Carina und Sonja, so unterschiedlich sie auch auf den ersten Blick wirken, sind unzertrennlich, die halten zusammen wie Pech und Schwefel.«

»Vor allem, wenn eine entscheidende Wahl bevorsteht«, ergänzte Struve und nickte zur Bestätigung.

»Da sagst du was. Ich wundere mich, wie Carina das alles schafft: Sie hilft bei der OB-Wahl, organisiert einen Warnstreik, macht beim Flüchtlingstheater mit, und nebenbei verdient sie ihre Brötchen hier im Tagesdschungel.«

»Das ist ein nettes Wort für den Wahnsinn im Zentrum«, lobte Struve. Er mochte Kathrin Tränkles warmherzige Art. Sie war eine angenehme Kollegin für Carina, und er war froh, dass seine Geliebte in einer derart guten Gesellschaft arbeiten konnte.

»Meinst du, wir schaffen es, einen Gesamtbetriebsrat zu gründen?«, fragte die Buchhändlerin unvermittelt mit wieder leicht besorgter Miene.

Frauen brauchten manchmal beruhigenden Zuspruch, dachte Struve. »Wenn wir zusammenhalten, können wir es schaffen.«

»Mich erinnert alles daran, wie es vor zwei Jahren war, als uns Schröder das Goldene vom Himmel versprach und alle dann entsetzt waren, was über ihn rauskam. Wenn einer derart für sich arbeitet, da ist es kein Wunder, wenn aus einer an und für sich guten Idee nichts wird.«

Peter Struve hörte interessiert zu. Immer wenn jemand über Berthold Schröder sprach, war er hellwach. »Er muss ja ein schlimmer Finger gewesen sein.«

»Er war ein Egoshooter. Ich hab nie verstanden, weshalb sich Sonja Mai in einen derart miesen Typen verknallen konnte.« Kathrin Tränkle hatte sich in Rage geredet.

»Sonja Mai war auch mit Schröder …?« Struve wäre fast von der Tischkante gefallen. Mit wem war dieser Schwerenöter eigentlich nicht ins Bett gestiegen? Beatrix Seeberger musste starke Nerven gehabt haben. Oder blind gewesen sein.

»Die Affäre ist lange her, sie lief wohl auch nur kurze Zeit. Aber klar, Schröder war damals schon im Einkaufszentrum.

Und Sonja Mai war eine Art Promi, Landesvorsitzende bei den Jungen Sozialen. Das war Gesprächsthema.«

»Wie lange ist das her?« Struve stand auf und trat näher zu Kathrin Tränkle, um sie im Gespräch zu halten.

»Mindestens zehn Jahre. Wir haben uns gefragt, was Sonja an ihm fand. Gut, er sah ja nicht schlecht aus, wirkte mit seiner dominanten Art überzeugend, und mit seinem Dauerfaible für soziale Gerechtigkeit hat er bei Sonja sicherlich einen Nerv getroffen.«

Struve konnte sich nicht verkneifen zu lachen. Dauerfaible für soziale Gerechtigkeit. So wie Kathrin Tränkle es aussprach, klang das wie ein nettes, kleines Hobby. Eine Art Handtäschchen, das ein Mensch austauschen konnte, wenn es abgegriffen war. Und wie ein Spleen, der nicht mehr in die Zeit passte. Eine Zeit, in der jeder nur noch an sich und sein eigenes Fortkommen dachte. Frauen wie Kathrin Tränkle psychologisierten so lange, bis aus einem Che Guevara nur noch ein psychologisiertes Häufchen Elend geworden war. Berthold Schröder wurde ihm langsam sympathisch.

»Entschuldige bitte, Kathrin.« Struve fing sich wieder. »Ich habe gerade daran gedacht, dass der Betriebsrat für Berthold Schröder vermutlich nur so eine Masche war, um an Frauen heranzukommen. Deshalb musste ich lachen.«

»Schon gut, Peter. Ich muss ihn aber in Schutz nehmen: Vielleicht hat er mit Sonja schon über so etwas gesprochen. So richtig vorangetrieben hat er die Sache erst Jahre später.« Kathrin Tränkle schaute auf die Uhr. »Du meine Güte. Ich muss noch den Tisch mit den neuen Taschenbuch-Ausgaben von Hermann Hesse dekorieren. Du entschuldigst mich.«

Es dauerte nicht lange, da betrat Carina freudig ihr Büro. Sie schwenkte triumphierend ihr Smartphone und winkte ihm damit erleichtert zu. Er nahm sie in den Arm und küsste sie.

»Na prima. Hast du nachgeschaut, ob die Audiodatei noch da ist?«, fragte er und schaute sie erwartungsvoll an, da er glaubte, ihre Freude rühre auch daher, dass das wertvolle Beweisstück noch in ihrem Besitz wäre.

»Ach, ja.« Sie drückte einige Male die Steuerungstaste. Mit jedem weiteren Versuch wuchs die Ungläubigkeit, die Struve in ihrem Gesicht ablesen konnte.

»Lass mich mal.« Auch Struve probierte alles, doch auch er fand die Datei nicht. »Bist du sicher, dass du es auch wirklich aufgenommen hast?«

»Was denkst du denn? Ich habe die gespeicherte Datei gestern mit eigenen Augen gesehen.« Carina konnte ihre Enttäuschung, die in Aggression umzuschlagen drohte, nur mühsam bändigen.

»Dann muss er sie gelöscht haben.« Struve gab ihr das Handy zurück.

»Du hast sicherlich eine Cloud oder ein anderes Backup-System?«

»Mist, meine Cloud ist seit einigen Tagen voll.« Carinas Befürchtung bestätigte sich. Es gab keine Sicherheitskopie.

Struve runzelte die Stirn. Dass Seeberger nun wusste, dass sie über seine Komplizenschaft mit Kottsieper informiert waren, machte die Sache nicht leichter. Er versuchte, Carina zu beruhigen. »Wichtig ist allein, dass wir von der Verbindung wissen. Alles andere wird sich ergeben.«

»Nichts wird sich ergeben. Wir stehen mit leeren Händen da.« Carina wandte sich wütend ab und blickte verbittert auf die stille Winterlandschaft, die wie Watte vor ihnen lag. Eine feindselige Stille breitete sich um Carina aus. Sie wollte sich offenbar nicht damit abfinden, dass Seeberger und Kottsieper nichts nachzuweisen war. Dschamil, ihre große Liebe, so dachte Struve, würde auch ihre Beziehung immer wieder infrage stellen, solange der Mord an Schröder nicht restlos aufgeklärt war.

*

Mersin, 23.8.2008

Lieber Peter,
es tut manchmal alles so verdammt weh. Ich sitze oft am Meer und weiß, dass du am Horizont irgendwo lebst und ebenso an mich denkst. S.

*

Liebe Sengül,

es ist alles gut
ich habe jemanden gefunden
spätes Glück
absolut unverdient
Gott nimmt, Gott gibt
So heißt es doch
Vielleicht hat es dein Blick
Zum Horizont bewirkt
Und mir einen bunten Regenbogen
in all meiner Traurigkeit geschenkt
ich vermisse dich
nicht mehr so sehr
aber ich vermisse dich
auch weiterhin
unsere Sonne hat gestrahlt
aber sie wird nicht erlöschen

denn die Liebe wäre nicht sie selbst
wenn sie nicht unzerstörbar wäre
Jetzt lebe ich in zwei Sonnensystemen
Wie du
Und ruhe in mir …

In Liebe
Peter

19

Es dauerte etwas, bis Luca Santos an diesem Vormittag in Fahrt kam. Die Redaktion des Marbacher Kuriers plante eine große Geschichte über das Kirchenasyl. Ein Whizzleblower hatte ihm gesteckt, dass eine Kirchengemeinde im oberen Bottwartal einen Flüchtling beherbergte, der abgeschoben werden sollte. Santos hätte gerne mit ihm gesprochen, doch kam er nicht an ihn heran. Die Verantwortlichen der Kirchengemeinde waren sich im Klaren, dass sie gegen staatliche Gesetze verstießen. Sie befürchteten, durch einen Zeitungsartikel den Zorn der Behörden auf sich zu ziehen und mauerten.

»Es wird wohl nichts mit dem Text heute.« Santos, der den Artikel noch am Morgen in der Konferenz angepriesen hatte wie Sauerbier, gab seinem neuen Chef Bodo Herbst gegenüber nur ungern zu, die Lage falsch eingeschätzt zu haben.

»Na, Herr Santos. Da sind wir wohl mal wieder übers Ziel hinausgeschossen«, bemerkte der Vorgesetzte mit süffisantem Lächeln. Santos, der den Redaktionsleiter einfach nur überheblich, von begrenzter Bildung und journalistisch oberflächlich fand, ließ sich seine Frustration nicht anmerken. »Konnte ja nicht riechen, dass der Pfarrer den Schwanz wieder einzieht.«

Herbst, ein kleiner untersetzter Mittvierziger mit blondem Kurzhaarschnitt, sichtete mit schmalen Lippen die Themen des Tages. Seine Augen verschwanden hinter einer schwarzen Hornbrille und tauchten erst wieder auf, als

Herbst eine andere Geschichte entdeckte, die ihm würdig genug schien, die Titelseite des Marbacher Kuriers zu schmücken. »Die in Ludwigsburg haben im Gemeinderat beschlossen, nur noch Stücke zu fördern, die dem Interesse der Stadt dienen – da fühlten sich vorher wohl einige Großkopfeten aus dem Ratsmilieu megamäßig auf den Schlips getreten.« Er drückte Santos die ausgedruckte Mail in die Hand. »Hören Sie sich mal um, was das genau bedeutet. Ich glaube, die Partei der Nationalen hat das Ding durchgebracht – ich weiß zwar nicht wie, aber das finden Sie schon heraus. Sie wissen ja, die wollen, dass die Kunst wieder ordentlich dem Volksganzen dient. Wie schon in längst vergangenen Zeiten.«

»Immer schön im Gleichschritt Marsch!«, ergänzte Santos sarkastisch. »Kennen wir irgendwoher.«

»Ja, aber passen Sie auf, dass Sie da beim Schreiben niemanden zum Nazi stempeln«, warnte ihn Herbst. »Sie sollten ausgewogen darstellen, wie diese Leute argumentieren und frei von eigener Polemik Gegenpositionen sammeln. Denen geht es ja vor allem darum, dass sie selbst in Theaterstücken nicht aufs Korn genommen werden.«

»Und das dient dann automatisch dem Volksganzen?«

»Aus deren Sicht schon. Die wollen, dass der linksliberale Herr Santos nicht mehr so kratzborstig denkt und ein ordentlicher Deutscher wird.«

»Könnte auf Dauer hinhauen, wenn im Theater nur noch biedere Kost aufgeführt wird. Und der Rest wird eben wie gehabt verbrannt.«

»Haben Sie den Süddeutschen Kurier von heute schon gelesen?«, fragte Herbst. »Da gibt es doch dieses Schiller-Stück mit den Flüchtlingen, das in der Karlskaserne derzeit eingeübt wird.«

»Ich habe den Artikel noch nicht gelesen. Was ist damit? Jetzt sagen Sie nicht, dass Schiller auch schon auf der Verbotsliste steht.« Santos erinnerte sich an seinen Besuch vor einigen Tagen und daran, dass er es eine großartige Idee fand, ein Drama Schillers ausgerechnet von geflüchteten Menschen aufführen zu lassen. Wenn auch in einer sprachlich geglätteten Fassung und in Teilen pantomimisch, hielt er es für eine beachtliche Leistung, dass Menschen aus anderen Ländern sich für ein solches Projekt begeistern ließen und mit ihren Mitteln auf der Bühne durchaus ansprechend agierten.

»War nicht Schiller auch ein Flüchtling?«

Bodo Herbst ging auf das schöngeistige Gerede seines Mitarbeiters nicht weiter ein, er hatte sich daran festgebissen, dass ein Redakteur seines Teams offenbar nicht alle wesentlichen Artikel der Tageszeitungen rund um Stuttgart gelesen hatte. »Also Herr Santos, Sie sollten morgens unbedingt mehr Zeitung lesen. Was treiben Sie denn zwischen sieben und neun Uhr so daheim? Besorgen Sie sich die E-Paper-Ausgaben der anderen und verschaffen Sie sich einen Überblick!« Bodo Herbst, der sich in seinen ironisch verfassten »Mittwochsstandpunkten« gerne als Journalist mit Durchblick feierte, hasste es, seine Mitarbeiter in der notorisch unterbesetzten Redaktion zu noch höheren Leistungen antreiben zu müssen. Hatte er seinen Beruf anfangs noch mit dem Idealismus ausgeübt, Menschen für ein Engagement im Gemeinwesen und für den Erhalt der Demokratie jenseits des kleinbürgerlichen Egoismus zu bewegen, war diese Einstellung im Laufe der Jahre einer paranoiden Abwehrhaltung gegen die Auswüchse digitaler Unreife in den allgegenwärtigen sozialen Netzwerken gewichen. Dazu kam, dass die gebeutelte Anzeigenabteilung immer mehr

PR-Texte einforderte, um die anspruchsvolle Kundschaft, die dem altgedienten Medium treu blieb, bei Laune zu halten.

Luca Santos, dem der Frühdienst seit sieben Uhr mit zahlreichen Facebook-Posts über einen Unfall auf der Autobahn bei Pleidelsheim in den Knochen steckte und der gar nicht daran denken konnte, vor lauter Computergeklicke überhaupt irgendeinen Artikel in Ruhe lesen zu können, wollte weder jammern noch sich durch allzu dumme Nachfragen eine Blöße geben. »Also, ›Kabale und Liebe‹ ist abgesetzt worden, weil es einigen Politikern nicht in den Kram passt?«

»Sie sagen es, mein lieber Santos. Aber natürlich ist es nicht so einfach, wie Sie es jetzt formulieren. Lesen Sie sich also ein, telefonieren Sie ein bisschen herum und dann sehen wir, wie wir das Ganze für unsere Leserschaft aufbereiten.«

Santos las den Artikel der Konkurrenz, stieß tatsächlich auf die Nachricht, dass die Premiere von »Kabale und Liebe« gekippt worden war und blätterte in seinem Notizbuch. Er fand die Handynummer von Wiebke Salinger und wählte sie. Die Regisseurin konnte ihm sicherlich Näheres über das Stück verraten. Sie nahm ab, und weil sie zufällig in der Marbacher Innenstadt einiges zu erledigen hatte, verabredeten sie sich in einem Eiscafé in der Nähe des Torturms. Santos trank dort öfter einen Cappuccino. Pablo, der Wirt, der sein gesamtes Mobiliar mit einem knalligen Violett ausgestattet hatte, schmiss schon die Kaffeemaschine an, als er seinen Stammgast eintreten sah. Wiebke Salinger bestellte einen Espresso macchiato und kam ohne Umschweife auf die dramatischen Geschehnisse in der Ludwigsburger Kulturszene zu sprechen.

»Ich hätte es nicht für möglich gehalten, aber die Partei der Nationalen hat es tatsächlich geschafft, die neuen Leitlinien durchzusetzen: Jetzt haben wir einen Kulturkampf!«

Santos hatte davon gehört, dass in manchen Bundesländern Theatern die Förderhähne zugedreht werden sollten, weil diese Partei das forderte.

»Ich verstehe nicht, wie eine Stadt wie Ludwigsburg mit ihrem Bürgertheater und mit einer stabilen Mehrheit der Etablierten im Gemeinderat einen solchen Beschluss fassen kann.«

»Pure Geschichtsvergessenheit.« Wiebke Salinger warf mit ihrer rechten Hand Luft hinter ihre rote Lockenpracht. »Natürlich haben einige Theaterleute bei uns in der Stadt in manchen ihrer Stücke Ross und Reiter benannt, also die Partei, die fordert, dass Kunst sich der Identität von Volk und Nation unterordnen und ihr dienen solle.«

»Und das hat für Ärger gesorgt.«

»Es hat eine Spaltung in links und rechts gegeben, und am Ende hat eine bürgerliche Mehrheit entschieden: Es gibt erst mal einen Denkzettel für alle Theater, die eine Partei angegriffen haben.«

»Verstehe. Aber sollte Kunst nicht immer frei sein von politischer Einflussnahme und den Mut haben, sich für die Freiheit einzusetzen?«

»Klar doch. Aber ein solches Kunstverständnis ist nicht selbstverständlich. Es gibt auch in den anderen Parteien genügend Leute, die keinen Zugang zur Kultur haben und da eher juristisch denken – wobei die Gerichte bisher immer auf Seiten der Theater standen, wenn solche Fälle mit Förderkürzungen bestraft werden sollten.«

»Warum darf euer Stück nicht aufgeführt werden? Die Premiere sollte doch schon am Freitag sein.« Luca warf

Pablo einen dankenden Blick zu, als er ihnen die bestellten Getränke brachte.

»Uns hat man vorgeworfen, in unseren Theaterstücken zu kritisch gewesen zu sein. Dann kam raus, dass einige unserer Schauspieler vor der Abschiebung stehen. Da bekam der Intendant des Kulturhauses, in dem das Stück aufgeführt werden sollte, kalte Füße.« Wiebke Salingers Beine wippten unter dem Tisch aufgeregt umher, sodass der kleine Tisch vibrierte. Luca griff zu seinem Cappuccino und führte ihn zum Mund.

»Könnt ihr euch nicht wehren?«

»Haben wir ja. Der Stuttgarter Kurier hat darüber im Feuilleton schon berichtet. Es gibt eine Unterschriftensammlung im Internet, die ganz gut läuft.«

»Und was wollt ihr erreichen?« Luca machte sich einige Notizen, damit er Wiebke im Artikel zitieren konnte.

»Wir wollen das Stück am Freitag aufführen. Egal wo, notfalls in einem Wohnzimmer irgendwo in der Innenstadt.«

»Aber das Stück hätte doch wohl ein größeres Publikum verdient.« Luca erinnerte sich an den Rastalockenmann, der mit Carina bei der Probe einen wunderbar exotischen Präsidentensohn abgegeben hatte.

»Es ist wahnsinnig schwer, so kurzfristig an irgendwelche Hallen zu kommen. Wir haben da schon viel versucht. Aber ich habe auch eine gute Nachricht, Luca.« Sie schaute ihn mit einem Lächeln an, das Freude daran verriet, einen Journalisten auf die Folter zu spannen.

»Sag schon!« Luca pickte ihr mit der Kulikappe unter die Achsel, was sie laut kichern ließ, sodass Pablo, der gerade Eis verkaufte, neugierig zu ihnen herüberblickte.

»Stimmt was mit dem Kaffee nicht?«

»Die neue Sorte mit dem Cannabis«, rief Luca Santos zurück. »Wie viel hast du reingemixt?«

»Alberne Bagage.« Pablo streckte ihnen die Zunge raus und überreichte einem Kind eine prall gefüllte Waffel mit grünem Waldmeistereis.

»Mama, warum macht der Mann das?« Das etwa vierjährige Mädchen begann damit, Pablo die Zunge rauszustrecken, worauf er eine Grimasse mit lang gezogenen Schlitzaugen zog.

»Verrückte Eisverkäufer dürfen das, kleine Kinder nicht«, erklärte Pablo, als die Mutter mit der Antwort nicht nachkam.

Wiebke Salinger hatte sich wieder eingekriegt und rückte näher zu Luca Santos. »Und hier hast du deine Story: Die Stadt Marbach hat uns vor wenigen Minuten Asyl gewährt. Wir kriegen die Stadthalle, weil zufällig ein irisches Musikfestival wegen Erkrankung der Hauptakteure verschoben werden musste.«

»Aber das ist ja großartig!« Luca Santos fand es schön, dass die künstlerische Freiheit ausgerechnet in Sichtweite zu Schillers Denkmal zu ihrem Recht kam. Wegen der Brisanz rechneten sie mit einem ausverkauften Haus. Er würde selbst hingehen, um zu berichten. Das durfte er sich nicht entgehen lassen.

Er verließ das Eiscafé, als sein Telefon plötzlich klingelte. Es war Julia, ihre Stimme klang mehr als gereizt.

»Ich wollte dir nur sagen, dass ich heute Morgen meine Sachen geholt habe.«

»Was? Aber warum denn nur, Julia?«

»Ich habe es mir überlegt. Seit Jahren kreist du eigentlich nur um dich. Und jetzt gleitest du in eine Welt ab, in der du eine Partnerin nicht gebrauchen kannst.«

»Aber das stimmt doch gar nicht. Ich liebe dich, Julia!«

Lucas Stimme überschlug sich fast. Er fühlte sich wie ein Ertrinkender.

»Liebe sieht anders aus, Luca! Früher hast du mir jeden Wunsch von den Lippen abgelesen. Jetzt komme ich mir wie dein Schatten vor.«

»Du weißt genau, dass ich alles tue, damit wir zusammenbleiben. Sag mir, was ich tun soll, ich erfülle dir jeden Wunsch.«

»Die Zeit der Wunschzettel ist vorbei, Luca! Es geht überhaupt nicht um Wünsche, begreifst du das denn nicht?«

Luca wurde langsam ärgerlich. Mal hüh, mal hott. Er hatte ihr seine Liebe erklärt, und sie hielt ihm immer noch das Stöckchen hin, ohne dass er wusste, worauf sie hinauswollte. Er hätte laut schreien können.

»Ich begreife vor allem nicht, dass du abtauchst und den Kontakt zu mir völlig abbrichst, Julia. Nennst du das vielleicht ein lösungsorientiertes Miteinander?« Er spürte, dass er überzog, indem er ihren Psychoslang nachäffte, doch er hatte seine Büßerrolle satt. Wer so austeilte wie sie, musste auch einstecken können!

»Ach ja? Lösungsorientierten Bullshit kannst du mit deinem Therapeuten bequatschen! Ich will keinen Mann, der mit mir ein doppeltes Spiel treibt. Geh doch zu deiner Constanze!«

Er bereute, destruktiv geworden zu sein. Jetzt schlug sie um sich. Das hätte er vorhersehen müssen.

»Julia, ich hab's doch schon erklärt. Ich will diese Frau nie wieder sehen. Ich möchte dich, nur dich!«

Luca hatte die letzten Sätze fast ins Telefon geschrien. Mit aufgerissenen Augen starrte er in die Adlerfänge des württembergischen Wappentiers am Torbogen. Monoton hallte das Leerzeichen des Telefons in seinen Gehörgang hinein.

Hastig versuchte er, sie zurückzurufen, doch sie blockierte offenbar seine Nummer. Er hatte es vermasselt! Wäre er doch ruhiger geblieben! Stattdessen war sein andalusisches Temperament mit ihm durchgegangen, und der Graben zwischen ihnen hatte sich vertieft. Er hatte keine Ahnung, wie er das wiedergutmachen konnte.

*

Mersin, 3.4.2012

Lieber Peter,
alles Gute zum Geburtstag. Wie alle Jahre habe ich für dich einen Kuchen gebacken und denke an dich. Von Herzen alles Liebe S.

*

Ludwigsburg, 3.4.2012

Liebe Sengül,

ich danke dir
es tut gut
von dir zu hören
es ist wunderbar
von deinem Kuchen
zu naschen
nach wie vor
freue ich mich
an dir
und unserer Liebe

so anders
sie sich anfühlt
nach 36 Jahren
sei umarmt

Dein Peter

20

Es war einer dieser Nachmittage, an denen Hans Kottsieper nicht wirklich Lust hatte zu arbeiten. Er meldete sich bei seiner Sekretärin ab und gab vor, zu einem auswärtigen Termin mit einem geheimen Informanten aufzubrechen.

»Sagen Sie allen, die was wollen, ich melde mich morgen.«

Die Sekretärin lächelte nett und nickte. Er hatte ihr abgewöhnt, lästige Fragen zu stellen.

Er stieg in seinen Wagen und nahm Kurs auf die Stuttgarter Innenstadt. Er würde sich auch diesmal eine Schnellmassage gönnen. Meistens kümmerte sich Oleg um sein Wohlbefinden. Aber auch Dimitri kannte seinen Körper gut. Als dritte Kraft akzeptierte er Gary, einen athletisch gebauten ehemaligen Zehnkämpfer. Die Gayszene zog Kottsieper magisch an. Er hatte spät entdeckt, dass er schwul war. Seine Ehe funktionierte wie ein Schweizer Uhrwerk, mit der Ausnahme, dass ihr Sexualleben zum Erliegen gekommen war. Das aber nahm ihm Marianne nicht übel. Seine Frau hatte gespürt, dass er im Bett eigenartige Verhaltensweisen an den Tag legte und ihm erklärt, sie wolle keinen Sex mehr mit ihm haben. Wenn er seine Triebe ausleben wollte, sollte er sich eine Lösung suchen, die sie nicht in der Öffentlichkeit bloßstellte. Ansonsten könnte er machen, was er wollte. Mit diesem Blankoscheck seiner Gattin im Rücken hatte er sich anfangs mit weiblichen Prostituierten getroffen. Erfüllt kam er selten zurück. Mit Marianne redete er darüber nicht. Er wollte sie damit nicht belasten und meinte verstanden zu haben, dass sie das Thema nicht weiter interessierte. Jetzt wandelte er schon seit fast zehn Jahren auf alternativen Pfaden. Das erste Mal würde er nicht vergessen. Er war in eine der Schwulendiskos gegangen und hatte dies extra im Kollegenkreis angesprochen, damit er, sollte ein Kollege ihn dort antreffen, nicht als homosexuell oder von der Szene beeinflussbar galt. Er spürte damals eine starke Erektion, als er die Tanzfläche betrat und die engen weißen Satinhosen eines Latinos streifte, der sich in der Enge neben ihm Samba tanzend auf und ab bewegte. Sie lächelten sich zu, der Latino deutete mit seinen Augen zu den Toiletten, und dort fielen sie später übereinander her. Eine verschüttete Kraft verströmte ihren Reiz, und seit diesem Moment wusste er, dass er mehr auf Männer als auf Frauen stand.

Er parkte seinen Wagen, ging in das Etablissement, das in der Nähe des Bahnhofs im Erdgeschoss eines unscheinbaren Reihenhauses war, und blieb dort eine Stunde. Dimitri, ein ehemaliger Ringer, hatte ihm alles abverlangt. Beglückt verließ Kottsieper das Haus. Während der Massage hatte er darüber nachgedacht, was zu tun war, um Seeberger auf Distanz zu halten und Struve endgültig auszuschalten. Er rief Seeberger an, der bereits auf seinen Rückruf gewartet hatte.

»Wo steckst du? Ich versuche schon seit einer Stunde bei dir durchzukommen, immer ist besetzt.«

Kottsieper schmunzelte. »Hatte zu tun. Was gibt's?«

»Was es gibt? Du wolltest mir sagen, wie weit du mit unserem kleinen Deal für die Ladenzeit gekommen bist. Hast du mit denen geredet?«

»Natürlich«, log Kottsieper. »Ich habe alles versucht, aber seitdem die Streiks bei dir laufen, haben die alle Muffensausen. Die denken, die Gewerkschaften machen sie platt.«

»Ach, jetzt komm! Das hast du denen hoffentlich ausgeredet. Die Gewerkschaften gewinnen doch heutzutage keinen Blumentopf mehr. Die Leute sehen, dass sie ohne das Pack viel besser klarkommen. Legen das Geld in Aktien an, statt sinnlos jeden Monat Mitgliedsbeiträge in den Wind zu schießen.«

»Da magst du recht haben, aber Politiker sind vorsichtig. Die wollen es sich mit niemandem so richtig verderben.«

»Wohl wahr, Hans!« Seebergers Anfangsoffensive war verpufft. Er schien nachzudenken. »Ich möchte trotzdem, dass du es noch einmal versuchst. Ich glaube, du kannst da noch mal zulegen. Sprich auch mit den Nationalen – die haben ja mittlerweile mehr als 20 Prozent. Da ist doch Bewegung im Spiel.«

Tatsächlich hatte er mit dieser Fraktion noch keinen Kontakt aufgenommen, musste sich Kottsieper eingestehen. Und eigentlich wollte er das auch nicht. Zwar befürwortete er deren harten Kurs gegenüber den Flüchtlingen, aber er wollte in der Öffentlichkeit nicht als Polizeipräsident gelten, der diesen Kräften den Steigbügel hielt. Wie leicht ließe sich eine Erpressung aufziehen, die seine Demontage zum Ziel haben könnte! Frei nach dem Motto: »Polizeipräsident macht gemeinsame Sache mit den Nationalen.« Das konnte er sich nicht leisten, was er jedoch gegenüber Seeberger nicht zugeben wollte.

»Die Nationalen sind gerade mit diesem Theatergedöns vollauf beschäftigt. Die wollen das erst mal medienwirksam durchziehen und mit den Öffnungszeiten kein neues Fass aufmachen«, log Kottsieper.

»Verstehe«, sagte Seeberger. »Dann lass uns noch ein paar Tage warten. Vielleicht ist es ganz gut, bei uns erst mal Dampf aus dem Kessel zu lassen, damit sich die Lage normalisiert.«

21

Das Gläschen Champagner am Nachmittag gönnte sich Beatrix Seeberger fast täglich. Sie brauchte kleine Stimmungsaufheller, damit sich das Leben schwungvoll anfühlte. Das Haus wirkte verlassen, seitdem Dietram ausgezogen war, und sie war nicht bereit, sich davon die Lust nehmen zu lassen, auch wenn sie sich eingestehen musste, dass ihr Freundeskreis nach der Trennung merklich abgenommen hatte. Die Scheidung war kein Thema, dazu waren sie beide wegen der zu befürchtenden Einbußen zu vernünftig. Im Grunde hatten sie das Kriegsbeil begraben, seitdem Berthold Schröder unter der Erde lag, doch der Fall ließ ihr trotzdem keine Ruhe. Sie prostete sich zu. Der Brut benetzte ihre Lippen und passierte kühl ihre Geschmacksnerven, die durch regelmäßige Weinproben in Sommelier-Kursen geschult waren. Sie hatte ihre journalistische Ausbildung genutzt und sich spezialisiert. Inzwischen schrieb sie für diverse Fachzeitschriften und sogar für den Kosmoskurier, eine international agierende Internetplattform, die sich an das Hipsterpublikum in aller Welt wandte. Sie freute sich immer, ihre Artikel auf Englisch, Französisch oder Spanisch übersetzt zu lesen und nahm sich regelmäßig vor, mal wieder einen Sprachurlaub an einem Ort mit einem schönen Strand zu buchen, in dem auch Yoga-Kurse angeboten wurden. Eigentlich lief ihr Leben, aber die Sache mit Berthold hatte sie doch mehr mitgenommen, als sie sich eingestehen wollte. Manchmal erschien er ihr nachts im Traum. Und immer endeten ihre Begegnungen damit, dass er die Hand nach ihr ausstreckte, sie ihn aber nicht festhalten konnte und er in eine bodenlose Tiefe stürzte. In letzter Zeit war er sogar zwei- oder dreimal in einer Nacht schreiend hinabgefallen und ihr wieder erschienen. So viel Hartnäckigkeit passte irgendwie zu ihm, dachte sie und leerte das Glas in einem Zug. Verdammt, warum fühlte sie sich noch immer für ihn verantwortlich? War es nicht genug, dass er sie mit seinen ständigen Affären lächerlich gemacht hatte? Das allein hätte schon gereicht, um ihn umzubringen. Sie spürte noch immer Wut und erinnerte sich daran, wie sie ihm die Sachen vor die Tür gesetzt hatte. Diese ganzen Kisten von seinem Umzug damals, die im Keller deponiert waren. Und dann hatte der Hallodri sie nur zu einem Teil abgeholt und sie mit dem Rest sitzen lassen. Bis er nicht mehr dazu kam, die Kisten abzuholen, und sie zurück in ihren Keller geschleppt werden mussten. Zum Glück brauchte sie sich nicht damit abplacken. Stattdessen brachte sie anschließend Wochen damit zu, seine Hinterlassenschaften zu sichten und ein Verzeichnis anzufertigen. Eltern und Geschwister hatte er ja nicht, aber die Vettern und Kusinen meldeten sich. Ein Interesse hatten sie freilich nur an seinem Geld. Oder besser: Sie hätten sich interessiert, wenn er nicht fast alles ausgegeben hätte. Ja, ja, der liebe Berti! Sparen war nicht sein Ding. Aber das mochte sie ja auch an ihm. Sie hatte nie das Gefühl, dass sie ihn aushalten müsste. Gewiss, das ein oder andere schicke Essen im gehobenen Ambiente. Oder eine kleine Flugreise nach Übersee. Sie verbrachten aufregende Jahre, mit Berti machte das Leben Spaß, und sie würde manches dafür geben, wenn er noch da wäre.

»Ach, du aufregendes rotes kleines Söckchen«, seufzte sie vor sich hin und gab ihm einen imaginären Kuss auf den noch imaginäreren Mund.

Beatrix Seeberger goss sich ein zweites Glas Champagner ein und trank es zur Hälfte aus. »Berti, Berti, ich habe dich viel zu lieb, um dich jemals gehen zu lassen.« Ein dezenter Rülpser entfuhr ihr, und sie überlegte, ob sie Struve anrufen sollte, um ihn nach seinen neuesten Erkenntnissen zu fragen. Schließlich bezahlte sie diesen Schnüffler nicht schlecht. Da war es nur redlich, eine Art Tagesbericht anzufordern. Er brauchte ihn nicht zu schreiben. Ein paar nette Sätze am Telefon würden ihr reichen. Vielleicht hatte der Mann sogar Lust auf ein bisschen Champagner mit ihr? Sie trank das Glas aus, verwarf den Plan und schaltete ihren Laptop ein. Normalerweise versuchte sie sich fortzubilden und durchsuchte die Lifestyle-Portale nach neuen Trends. Aber heute hatte sie dazu überhaupt keine Lust. Einige, wenige Freundinnen traf sie öfter, aber für diesen Tag hatte sie sich vorgenommen, noch einmal die Liste mit Bertholds Hinterlassenschaften zu sichten. In den Träumen war er immer entlang einer Kartonkiste balanciert, bevor er nach ihrer Hand griff. Sie war keine Koryphäe, was Traumdeutung anging, aber sie erkannte darin eine Aufforderung, die Kisten aus dem Keller, die sie eigentlich schon längst entsorgt haben wollte, genauer unter die Lupe zu nehmen. Es waren 20, so stand es auch in ihrer Computerdatei. Nacheinander rief sie die einzelnen Dateien auf. Bertholds Fotos, Bertholds Musik, Bertholds Zeichnungen, Bertholds Briefe. Die Litanei wollte kein Ende nehmen. Beim Erfassen hatte sie die Gegenstände nicht einzeln betrachtet, es fehlte ihr ja auch an Zeit. Doch jetzt war es in ihrem Leben etwas ruhiger geworden. Worauf würde sie stoßen, wenn sie noch einmal in seine Welt eintauchen würde? Mit Dietram hatte sie ein materielles Imperium gegründet, mit Berthold eine Liebesreise inklusive Wellnessgarantie angetreten. Natürlich war er ihr manchmal mit seinem ewigen Salonmarxismus auf die Nerven gegangen, und seine linken Utopien standen ja auch in einem gewissen Gegensatz zu seinem großen Fuß, auf dem er sich gerne bewegte. Aber, so sagte sie sich, er war ein echter Typ, der etwas unternahm und sich auch mal auf ein Segelschiff traute, es sicher durch jeden Sturm brachte. Sie hielt auf einmal die Fotografien in der Hand, der sie eine ganze Kiste gewidmet hatte: »Bertholds Seereisen«. Da stand er auf dem Deck wie ein Bär im wallenden Regencape, den Winden trotzend, die sich ihm entgegenstellten. Bewaffnet mit dem dritten Glas Champagner hatte sich Beatrix Seeberger mit einer Taschenlampe in den großen Gewölbekeller begeben und die Kiste mit den Segeltörns schon bald gefunden. »Berti, du Schlingel«, murmelte sie, als sie auf ein Foto stieß, auf dem ihr Geliebter mit einer Südseeschönheit abgebildet war. Beide hielten einen Cocktail in der Hand. Berthold Schröders Jugendsünden taten sich vor seiner reifen Liebe auf. Beatrix Seeberger fand das einfach nur süß. Die Kerze, die sie angezündet hatte, flackerte und ließ ihren Schatten an der Kellerwand tanzen. Obwohl es recht kühl war, fühlte sie eine unerklärlich wohlige Wärme von innen aufsteigen. Sollte Bertholds Geist durch die Bilder in sie dringen? Sie holte sich eine Wolldecke. Die Kisten waren einfach zu sperrig, um sie nach oben in die Wohnung zu tragen. Doch es war ihr trotzdem zu dunkel und ungemütlich im Keller, und so nahm sie eine breite Auswahl von ansprechenden Fotografien mit nach oben. Stunden vergingen, und Beatrix Seeberger labte sich an den dokumentierten Erinnerungen, die ihr so fremd sein mussten wie die eines verstorbenen Onkels.

Sie würde sich noch eine weitere Kiste gönnen, sagte sie sich, aber eine aus Bertis Zeit mit ihr. Diesen Behälter hatte sie in all den Jahren noch gar nicht berührt. Jetzt sah sie ihre Wunden als verheilt an, und sie würde sicherlich die Bilder, die ihren Geliebten mit anderen Frauen zusammen zeigten, viel gelassener anschauen können. Den ganzen Kram hatte sie damals »Bertholds Sündenpfuhl« tituliert, manche CDs, auf denen Frauennamen standen, einfach nur in die Kiste gedonnert. Beatrix Seeberger goss sich noch ein Gläschen ein. »Na Berti, schauen wir doch mal, was du noch alles am Laufen hattest.«

Die Zeit bis zum Dienstbeginn in der Tiefgarage nutzte Struve, um bei einer Tasse Kaffee und einer Butterbrezel im Café des Einkaufszentrums mit Littmann zu telefonieren.

»Was hast du herausgefunden, Charly?«

»Ich habe mir die Akte angeschaut. Es ist ziemlich geschlampert worden.« Littmann sprach mit gedämpfter Stimme. Offenbar stand er unter Druck.

»Erzähl!«

»Es gibt keinerlei Hinweise darauf, ob nach einer DNA von Dschamil am Tatort gesucht wurde. Das hat mich schon sehr überrascht.«

»Klar. Wenigstens ein Abgleich müsste doch vorgenommen worden sein.«

»Alles Fehlanzeige.« Littmann hustete. Er hatte sich im Laufe der Jahre eine chronische Bronchitis vom Innendienst zugezogen. Die ständige Büroluft tat ihm nicht gut.

»Ist dir noch etwas aufgefallen?«

»Es gab keine Nebenverdächtigen, die im Bericht aufgeführt wurden. Normalerweise hätte ich erwartet, dass protokolliert würde, wer sich noch zum Zeitpunkt der Tat im Einkaufszentrum aufgehalten hatte.«

»Klar. Wirklich nichts zu finden?«

»Nein. Und noch etwas stinkt.« Wieder hüstelte der Kollege.

»Sag schon!«

»Es ist nicht rekonstruiert worden, woher Dschamil wusste, dass Schröder die Tageseinnahme des Sex-Shops zum Zeitpunkt der Tat mit sich führte.«

»Könnte er sich nicht schlaugemacht haben?«

»Darüber können wir heute nur spekulieren. Es gibt dazu keinerlei Einschätzungen. Der ganze Diebstahl bleibt ein Luftschloss. Fakt ist aber, das Portemonnaie mit den 1.500 Euro aus dem Sex-Shop ist in Dschamils Spind gefunden worden.«

»Entweder Dschamil hat das Verhalten Schröders monatelang ausgespäht, oder es war jemand, der Schröders Gewohnheiten viel besser kannte und ihm näher stand.«

»Wäre auf jeden Fall die einfachere Erklärung. Aber auszuschließen ist es nicht, dass der Flüchtling sich bereichern wollte.« Littmann konnte wieder etwas deutlicher sprechen.

»Und hat sich jemand dahintergeklemmt, wie groß die Geldsorgen von Dschamil waren?«

»Dazu hat der Iraner in der Erstvernehmung etwas gesagt. Moment, ich lese es dir vor, die Frage lautete: Wie viel Geld verdienen Sie monatlich, wie viel Geld brauchen Sie zum Leben und wie viel würden Ihnen 1.500 Euro mehr bringen?«

»Donnerwetter, das sind ja gleich drei Fragen. Was hat er gesagt?« Struve nahm sich einen Notizzettel und schrieb mit, was Littmann ihm vorlas.

»Hier steht: ›Ich verdiene 450 Euro monatlich, ich brauche das ganze Geld, auch weil die Miete meiner Lebensgefährtin so hoch ist und ich mich beteilige. Mit 1.500 Euro mehr würde ich mir mehr leisten können.«

»Diese Art der Vernehmung schreit zum Himmel. Warum hat die Staatsanwaltschaft da nicht zwischengefunkt?«

»Das musst du den Staatsanwalt fragen. Hier steht, Rainer Müller war zuständig. Aber, ich sag mal, es hat schon Morde wegen geringerer Summen gegeben. Und wer weiß, vielleicht hatte Dschamil ja noch aus anderen Gründen etwas gegen Schröder. Er schien ja im Einkaufszentrum nicht gerade der Beliebteste gewesen zu sein.«

Struve dachte an Beatrix Seeberger, in deren Auftrag er tätig war. Sie hätte allen Grund gehabt, Schröder umzubringen. Aber er glaubte nicht daran. Am wahrscheinlichsten hielt er es immer noch, dass Dietram Seeberger Schröder ausschalten wollte. Dessen Liaison mit seiner Frau und die drohende Gründung eines Betriebsrats waren ganz naheliegende Motive.

»Ich frage mich schon die ganze Zeit, wo dieser Seeberger an dem Abend steckte«, murmelte Struve. Natürlich wusste er durch Seebergers Frau schon die Lösung, aber er war neugierig, wie weit Littmann war und ob er ihre Aussage bestätigte.

»Das kann ich dir sagen, Peter«, hörte er Littmann säuseln. »Der war zum Abendessen mit unserem Chef. Das lese ich gerade. Offenbar hatte man routinemäßig den Hausherrn vernommen.«

Also doch, dachte Struve und tat überrascht. »Kottsieper ist das Alibi für Seeberger?« Er lachte und blickte sich verstohlen in dem fast leeren Café um. Struve weihte den Kollegen in seine Gedanken ein. »Natürlich, die beiden kannten sich, aber einen Mörder zu schützen, das wäre starker Tobak.« Struve kratzte sich am Hinterkopf. Er hatte Zweifel an dieser Hypothese. Konnte für einen Polizisten, der Kottsieper nun mal war, die Bande der Freundschaft so weit gehen? Da musste sich ein Kottsieper schon sehr sicher sein, dass ihn der alte Freund nicht ans Messer lieferte, wenn es hart auf hart käme. Struve kam ins Grübeln. Nach dem, was er im belauschten Telefonat gehört hatte, könnte eine langjährige gegenseitige Seilschaft ein falsches Alibi begründen. Die beiden hatten vermutlich schon gemeinsam so viele Dinger gedreht, dass sie sich blind vertrauten.

»Ich muss Schluss machen, Peter.« Littmann legte auf.

»Danke, Charly.« Struves Worte kollidierten mit dem Klicken. Er schaute auf die Uhr. Die Personalversammlung stand bevor. Struve dachte an Carina, die dort eine Rede halten sollte. Er würde auch hingehen, das war um Längen besser, als in der Parkgarage zu versauern. Er ging trotzdem in das kleine Büro seiner Kollegen. Eine aufgeheizte Stimmung schlug ihm entgegen. Manfred Zoller hatte sich aufgebaut und fuchtelte aufgeregt mit den Armen. Er hielt ein Schreiben in der Hand. Als er Struve sah, geriet er außer sich.

»Der Affe mit seinen linken Sprüchen ist schuld. Schau, was du angerichtet hast: Wir haben alle Abmahnungen bekommen. Verletzung der Dienstpflicht.«

»Es war klar, dass die Retourkutsche von oben kommt.« Struve antwortete ruhig. »Wer austeilt, muss auch einstecken können. Das ist Kampf.«

»Kampf, Kampf! Wer bezahlt mir am Ende meine Miete, wenn ich hier rausfliege?« Manfred Zoller atmete schwer. Sein massiger Körper war ins Wanken geraten. Er machte einen Schritt auf Struve zu, um ihn am Revers zu packen. Der Angegriffene drückte Zollers Arme mit einer schnellen Bewegung nach unten und ließ ihn ins Leere torkeln. Manni krachte gegen einen Heizkörper und hielt sich wimmernd das linke Knie.

»So geht das nicht!«, mahnte Werner Becker. »Wir sind

mit der Abmahnung bestimmt nicht allein. Lasst uns zur Personalversammlung gehen, danach sind wir schlauer.«

»Eins muss uns bewusst sein«, betonte Struve, »wenn wir einen Gesamtbetriebsrat haben, kann man uns nach Streiks nicht mehr so leicht einschüchtern. Wir müssen zusammenhalten. Eine andere Sprache verstehen die da oben leider nicht.«

Manni wimmerte immer noch. »Ich hab genug von deinem Gelabere. Verpiss dich!« Er warf mit einem Kugelschreiber nach Struve, der sich gerade noch ducken konnte.

»Jetzt mal langsam, Manni. Solange ich hier das Sagen habe, bleibt der Peter. Wenn du ein Problem mit ihm hast, darf das Team nicht darunter leiden. Dann lass dich lieber krankschreiben und komm wieder, wenn du dich abgeregt hast.«

»Dann soll der sich doch krankschreiben lassen, denn der ist wirklich nicht richtig in der Birne!«, schimpfte Manni. »Seitdem der da ist, gibt es Unfrieden. Merkt ihr das denn nicht? Wir wollen doch nur in Ruhe arbeiten und am Monatsende unseren Lohn.«

Wolfgang Münker setzte sich zu seinem Kollegen und blickte die beiden anderen an. »Eins muss uns klar sein, Leute. Solange es den Betriebsrat noch nicht gibt, sind wir absolut angreifbar. Es kann der Frömmste nicht in Frieden leben, wenn es dem bösen Nachbarn nicht gefällt, heißt es schon beim alten Schiller. Manni, ich verstehe, wenn du die Düse kriegst, aber wir müssen da jetzt miteinander durch.«

Wenig später saßen sie alle in der Versammlung, die einen durchaus turbulenten Verlauf nahm. Der Riss verlief quer durch die Belegschaft. »Wir sind doch bisher auch immer gut gefahren«, hieß es von der einen Seite. »Wir sind wie Wachs in der Hand des Managements«, wurde entgegnet. Die Wortmeldungen wollten nicht abebben, irgendwann aber schien es, als ob sich der Schlagabtausch nur noch im Kreis drehte. Struve beobachtete eine zunehmende Unruhe. Carina hatte die ganze Zeit geschwiegen, was ihn umso mehr überraschte, als dass sie die ganze Veranstaltung moderierte. Handelte sie aus einem Plan heraus und sollten sich die Beteiligten erst einmal müde debattieren? Oder lähmte sie etwas? Er versuchte mit ihr Blickkontakt aufzunehmen, doch ihre exponierte Lage auf dem Podium und sein Sitzplatz in der zehnten Reihe verhinderten die nonverbale Kommunikation.

Als die Diskussion völlig festgefahren schien, stand Carina auf.

»Wir haben jetzt genügend Argumente ausgetauscht«, rief sie den etwa 300 Mitarbeitern entgegen. »Ein Betriebsrat ist das gute Recht der Arbeitnehmer. Wir riskieren sonst den Durchmarsch des Managements in Fragen, die uns direkt angehen. Wollt ihr wirklich regelmäßig bis null Uhr hier hocken, während eure Männer und Frauen daheim Däumchen drehen und eure Freunde ins Kino gehen? Ihr habt ein Recht auf Erholung, und die Online-Warenhäuser sitzen sowieso am längeren Hebel. Da nützt es uns auch nicht, dass wir abends zusätzlich rumlungern und auf Kundschaft warten: Die hockt am Computer und kauft dort. Und dass wir bei einer Pleite des Einkaufszentrums ohne Abfindung nach Hause gehen müssen, möchte ich nicht erleben. Der Gesamtbetriebsrat muss kommen!«

Carinas Rede wurde mit donnerndem Beifall belohnt. Die Skeptiker riefen zwar dazwischen und versuchten, die von Carina nun eingeleitete Abstimmung abzuwenden, am Ende setzte sie sich aber gegen alle Einwände durch. Nur eine Handvoll Gegner, unter ihnen Manni, stimmte gegen die Betriebsratswahl. Carina Loringer und Werner Becker wurden als Wahlvorstände eingesetzt. Die Wahl solle in etwa sechs Wochen stattfinden, so laute die gesetzliche Frist, erläuterte Carina und ermutigte die Mitarbeiter, für einen Sitz in dem Gremium zu kandidieren.

Erschöpft, aber glücklich wirkte seine Freundin auf ihn, nachdem sich der Pulk am Ende der Versammlung um sie herum aufgelöst hatte. Der Feierabend nahte, und fast lohnte es sich schon nicht mehr, an den Arbeitsplatz zurückzukehren. Für das Zentrumsmanagement war der erneute Ausfall von Öffnungszeiten einen Tag nach dem Warnstreik ein Schlag ins Gesicht. Die bevorstehende Betriebsratswahl verhieß der Belegschaft eine unangenehme Zwischenzeit, doch das Gesetz schützte die Wahlvorstände vor Kündigungen. Die Mitarbeiter hatten Carina und Kathrin die Mitgliedsanträge für die Gewerkschaft aus den Händen gerissen. Der Rechtsschutz durch die Arbeitnehmerorganisation war der entscheidende Trumpf. Er galt für alle, die beitraten. Unfaire Angriffe durch das Zentrumsmanagement konnten ihnen nichts mehr anhaben.

»Sieg auf der ganzen Linie!«, jubelte Kathrin Tränkle, als sie, Carina und Struve auf dem roten Sofa des Buchladenbüros die Entscheidung feierten.

»Du hast das Ruder echt herumgerissen«, zollte Struve Respekt und prostete Carina zu, die etwas verlegen auf dem Sofa hin und her rückte.

»Ich habe nur gesagt, was ich dachte. Jetzt sollten wir aber kühlen Kopf bewahren«, warnte sie. »Oft schicken Unternehmensleitungen Kandidaten ins Rennen, die einen gefügigen Betriebsrat bilden sollen. Das müssen wir im Wahlkampf offenlegen.«

»Arschkriecher, die alles absegnen, um gut dazustehen, wollen wir nicht«, rief Kathrin Tränkle.

»Ich glaube nicht, dass das Management jetzt noch etwas manipulieren kann. Dazu war das Votum zu eindeutig«, fand Struve.

»Wir werden sehen.« Carina blickte auf die Uhr. Nur noch wenige Stunden, dann begann die Generalprobe für »Kabale und Liebe« in der Karlskaserne. Auch Struve fieberte dem Termin entgegen. Er hatte sich immer noch nicht mit der Rolle des Wurms anfreunden können und hoffte, dass die von ihm gespielte Figur kein schlechtes Omen für seine Beziehung zu Carina war.

*

Mersin, 1.1.2016, 2.50 Uhr

Lieber Peter,

die Jahre gehen ins Land, und ich spüre deinen Herzschlag immer noch so, als ob du neben mir liegst. Denkst du oft an mich? Ich bin glücklich hier, weißt du? Ich spüre mein Glück, und ich sende es zu dir, damit es, wenn du an mich denkst, auch dich erfüllt. Bist du denn auch glücklich? Alles Liebe im neuen Jahr S.

*

Ludwigsburg, 1.1.2016, 4.05 Uhr

Liebe Sengül,

das neue Jahr bricht an
dein Herzschlag
erreicht mich

wenn ich
hineinhöre
in meine Weiten
die manchmal
wie enge Felsspalten
den Blick zum Himmel
versperren
aber dein Herzschlag
hat die Kraft
den Fels zu sprengen
und ich trete hervor
sehe den Himmel
die Sonne
und dahinter dich
wie du
mit deinem Lächeln
mein Schluchzen
und meine Dunkelheiten
erhellst, erfüllst, ausfüllst
zur Glücksebene
verwandelst
in der es
nur noch Wärme gibt
immer noch
und mehr denn je

Ich wünsche dir ein liebevolles,
frohes neues Jahr
Dein Peter

22

Eisige Polarluft trieb dunkle Wolken über die Stadt. Längst war die Sonne untergegangen. Windgepeitschte Graupelschauer vertrieben die Fußgänger aus der Ludwigsburger Innenstadt, während Peter Struve versuchte, seinen alten Ford auf der spiegelglatten Fahrbahn der Stuttgarter Straße zu halten. Aus den Augenwinkeln sah er, wie Carinas Schwester Sonja Mai ihm von einem großformatigen Plakat auf Höhe des Blühenden Barock bei seinen mühevollen Versuchen, den Kurs zu halten, zuschaute. Nur noch knapp drei Wochen bis zur Wahl, er hatte sich inzwischen in einer der Zeitungen einen Überblick über das Feld der Kandidaten verschafft. Fast jede politische Gruppierung hatte einen Bewerber ins Rennen geschickt, es war nicht leicht zu durchschauen, ob die Kandidaten, wie sie fast alle vorgaben, jenseits aller Parteiinteressen ihren Hut in den Ring warfen. Aber natürlich ließ sich anhand der Biografien leicht ablesen, welche politische Kraft hinter der Bewerbung stehen könnte. Bei Sonja Mai war es ganz offensichtlich, dass sie hoffte, das jüngere städtische Publikum für sich zu gewinnen, das desillusioniert vom industriellen Fundamentalismus der postmodernen Ära auf der Suche nach mehr Solidarität und ökologischer Konsequenz in der Gesellschaft war. Mit ihrem Programm erreichte sie aber auch ältere Bürger, die am Rande der Gesellschaft standen und befürchteten, in die Fänge der bürokratisch verwalteten Altersarmut zu geraten. Demgegenüber wurden konservative Kandidaten nicht müde, den Wert der Familie zu betonen. In der Vergangenheit ein sicherer Weg, um den breiten Stimmenfundus der bürgerlichen Mitte abzugreifen. Doch ob das reichte, in schwierigeren Zeiten eine Persönlichkeitswahl wie die eines OB für sich zu entscheiden, wagte Struve zu bezweifeln. Sonja Mai jedenfalls strahlte nicht zuletzt durch ihren Hintergrund als Sozialamtschefin der Stuttgarter Stadtverwaltung eine Kompetenz aus, die sie ganz offensichtlich befähigte, das Vertrauen weiter Kreise der Ludwigsburger Bevölkerung zu gewinnen.

An der Friedenskirche bog Struve ein letztes Mal ab, dann gelang es ihm, einen der Parkplätze in der Nähe der Karlskaserne zu okkupieren. Nur noch wenige Schritte über den feinen neuen Schneeteppich trennten ihn vom Eingang, da riss ihn eine hohe Frauenstimme aus dem Tunnel der Wurm'schen Textmeditationen.

»Huhu, Peter. Nicht so schnell.«

Es war Wiebke Salinger. Atypisch für sie, dass sie so spät kam. Struve beeilte sich, sie herzlich zu umarmen, damit sie ins wärmende Innere gelangten. »Das Wichtigste ist, dass du dich gut fühlst und deinen Auftritt genießt«, hörte er sie beim Eintreten fröhlich soufflieren. So viel gute Laune, so verdächtig er als trockener Westfale das auch fand, übertrug sich doch irgendwie, und er gestand sich ein, sich nicht besonders sicher zu fühlen, wollte es sich aber nicht anmerken lassen. Immerhin hatte er den Text in seiner Werkausgabe einige Male durchgelesen und sich vorgestellt, was er in der freien Improvisation daraus machen könnte. Carinas Schwung würde ihn schon irgendwie mitreißen, und er würde es ja mit dem Smartphone aufnehmen lassen. Der Gedanke, dass einen Tag später schon die Aufführung stattfinden sollte, trieb ihm zwar Gänsehautschauer über den Rücken, doch er hatte im Laufe seiner Dienstzeit schon wahrlich prekärere Situationen erlebt und wähnte sich abgehärtet.

Überhaupt Carina. Wo steckte sie? Er konnte sie nirgendwo erkennen. Wieder bevölkerten zahlreiche Schauspieler, diesmal kostümiert, den überfüllten Proberaum. Er selbst bekam zwei Kostüme in die Hand gedrückt. Zunächst den schlichten Rock der Kammerzofe Sophie, die er ja ebenfalls spielen sollte. Dann den etwas steifen Anzug des Beamten Wurm, den er sich, so schnell er konnte, in einer Ecke überstreifte, nachdem er sich von seinem dunkelblauen Lieblingspullover getrennt hatte.

»Schick siehst du aus.« Carina stand nun neben ihm. Das Kostüm der Luise stand ihr vorzüglich, es betonte ihre Rundungen, zeigte aber nicht zu viel.

»Danke. Schade, dass du schon den Ferdinand hast.« Struve wollte seinen Arm um ihre Hüfte legen, doch sie wehrte ihn ab.

»Genau. Hier hat der Ferdinand Vorrang, später sieht das vielleicht anders aus.« Sie deutete einen Kuss an und lachte.

Die Probe verlief katastrophal. Die Texte saßen nicht, viele Akteure verpassten ihren Einsatz, die Komparsen wirkten wie verirrte Schafe. Wiebke Salinger machte ihrem Ärger immer wieder Luft.

»Also Leute, entweder ihr reißt euch jetzt am Riemen oder wir müssen das Ding morgen absagen.«

Es war nahezu hoffnungslos. Struve hielt sich noch wacker. Wenn er nicht weiterwusste, verließ er sich auf sein Gespür und lag mithilfe der Souffleuse und seinen vagen Erinnerungen an den frisch gelesenen Text goldrichtig. Er hatte Nerven wie Drahtseile. Und Carinas Augen zogen ihn magisch an. Es war, als ob sie in den entscheidenden Szenen miteinander tanzten. Jeder Schritt saß. Er fühlte sich sicher mit ihr.

Irgendwann gegen Mitternacht hatten sie das Ende des Dramas erreicht. Sammy, der Rastamann aus dem Senegal, der den Ferdinand spielte, hatte sich tatsächlich im Laufe des Abends freigespielt, was Struve freute. Der Student des Maschinenbaus, der nicht als Geflüchteter, sondern als Stipendiat in Stuttgart lebte und Wiebke Salinger in einer Social-Beat-Lesung im Vahinger Unimilieu aufgefallen war, rappte seinen Text, was seinem Auftritt Witz gab und dem Pathos in Schillers Sprache endgültig den Zahn zog. Carina hatte sich im Laufe der vergangenen Proben angewöhnt, ihren Text kühler vorzutragen. Die vorgeschobene Coolness gegen die Schwülstigkeit des Liebespathos zu spielen, hielt Struve für eine ausgezeichnete Idee.

»So, meine Lieben. Jetzt haben wir es geschafft. Ich wünsche euch einen gesegneten Schlaf. Kommt alle gut nach Hause. Und vergesst nicht: Die Aufführung ist morgen Abend in Marbach, nicht in Lubu!« Wiebke Salinger kündigte noch eine Rundmail an, dann löste sich die Versammlung schlagartig auf.

Noch immer beseelt von der durchwachsenen, aber für sie beide positiv verlaufenen Probe, fanden sich Struve und Carina in der Kälte wieder. Dicke Schneeflocken fielen auf sie nieder und befeuchteten ihre Haare.

»Eigentlich ist es spät, aber ein Glas Samos beim Griechen um die Ecke müsste noch drin sein, oder?« Struve war hundemüde. Ihm war, als ob er noch mit ihr reden müsste. Vielleicht mochte sie noch zu ihm kommen und bei ihm übernachten. Er wünschte sich das, wollte aber nicht mit der Tür ins Haus fallen.

»Nein, lass mal, Peter. Es ist wirklich zu spät. Wir brauchen bei der Premiere alle unsere Sinne, und morgen habe ich noch einiges zu erledigen.« Carina beugte sich nach vorne, gab ihm einen leichten Kuss auf den Mund und verschwand im dichten Schneetreiben.

Daheim in seiner Wohnung ließ sich Struve völlig erledigt auf sein Bett fallen. Er schaffte es gerade noch, seinen Schlafanzug anzuziehen und seine Zähne zu putzen, als ihm einfiel, dass die Premiere nach Marbach verlegt worden war. Wiebke Salinger hatte gar keine Gründe dafür genannt, und während der Proben blieb keine Zeit, darüber zu reden. Er nahm sein Smartphone und gab die Suchbegriffe »Premiere«, »Kabale« und »Ludwigsburg« ein. Diverse Artikel erschienen, und in allen erfuhr Struve etwas über die umstrittene Entscheidung des Ludwigsburger Gemeinderats, die Förderung für das Theaterstück an der Karlskaserne einzustellen. Da war noch von der Absage des Stückes die Rede. Die Artikel über die Verlegung von »Kabale und Liebe« nach Marbach waren hingegen erst wenige Stunden alt.

Verrückte Welt, dachte Struve und schlief ein.

23

Luca Santos hatte den Abend weitgehend allein in seiner Wohnung verbracht. Er hatte zwar noch an einer Gemeinderatssitzung teilgenommen, doch sie endete nach einer Stunde, und so konnte er sich weiter seinem Roman widmen. Julia hatte nicht mehr auf seine Kontaktversuche reagiert, die er per Smartphone, an ihrer Arbeitsstelle und sogar bei ihren Eltern gestartet hatte. Es war zum Haareraufen, er liebte sie doch! Bedeuteten ihr denn ihre acht gemeinsamen Jahre überhaupt nichts? Vielleicht war es ein Fehler gewesen, ihr beharrlich nichts von dem Roman zu erzählen. Würde sie ihm aber jetzt überhaupt noch glauben, wenn er ihr die Wahrheit erzählte? Es ärgerte ihn, dass er es überhaupt so weit hatte kommen lassen. Wenn er eine Chance haben wollte, musste er ihr davon erzählen. Wie ein Fluch lastete der Irrweg auf ihrer Liebe. Das hatte er begriffen, vielleicht zu spät. Er würde sie nach der Arbeit abfangen, mit ihr in ein Café gehen und alles gestehen. Aber er durfte auch seinen Roman nicht vernachlässigen. Er goss sich ein Glas Rotwein ein und dachte nach. Hans und Constanze, seine beiden Figuren, standen am Scheideweg. Sie hatten sich einen Sommer lang geliebt. Eine Entscheidung über eine gemeinsame Zukunft musste fallen. Luca ließ Constanze zu Wort kommen. Sie schilderte Hans in einem Unterwasser-Wortgemälde ihre Zerrissenheit.

Die Seenixe
machte sich
auf den Weg
zur Meerhexe
ein bisschen mulmig
war ihr schon

Man hörte so
die eigenartigsten Dinge
über diese alte Frau
langsam glitt sie
durch das Wasser
in Gedanken versunken
die Landschaft wurde karger
selten begegnete ihr
noch ein Fisch

Tiefer drang sie ein
in den Grund des Meeres
was sie der Meerhexe anbieten könnte?
ihren Garten vielleicht?
er war der schönste
weit und breit
mit den seltensten Blumen
und ihre weißen Lilien
die dufteten sogar
und während sie überlegte
sah sie von Weitem
das alte Haus der Meerhexe
das auf einem riesigen Felsen stand
es war einfach gebaut
aus vielen kleinen Steinen

fast wie ein Mosaik
gar nicht bedrohlich
wirkte es

Die Seenixe ging mutig weiter
als sich plötzlich
das Wasser bewegte
mit einer Stärke
die sie herumwirbeln ließ
und ihre Hände suchten Halt
in der löchrigen Felslandschaft

Erschreckt sah sie die Taucherglocke
vor sich auftauchen
doch als sie den Seemann erblickte
beruhigte sich ihr Herz
der Seemann blickte sie frech
grinsend an
huhu mein Schatz
rief er fröhlich
ich kann dich doch nicht
allein lassen
mit dieser Schachtel

Die Seenixe legte ihre Hände
auf das dicke Glas
als wolle sie
die ganze Taucherglocke
umarmen
und drückte einen Kuss darauf
dann drehte sie sich um
und ging auf die Meerhexe zu

die auf einer Bank saß
und die Szene beobachtet hatte.

Ihre grünen Haare
schlangen sich
um den hageren Körper
wie Algen
automatisch fasste sich
die Seenixe an den Kopf
ihre Haare waren noch da
das kann ja heiter werden
flüsterte sie
drehte sich kurz um
schaute dem Seemann
in die Augen
und ging dann mutig
auf die Meerhexe zu
das mit der Stimme
kannst du vergessen
hielt sie der Meerhexe
unerschrocken
entgegen
wie bitte?
meinte die Meerhexe
ziemlich erstaunt
ach nix
sagte die Nixe
und so erzählte sie
der Meerhexe ihre Geschichte
und zeigte dabei
immer wieder
auf den Seemann

die Meerhexe hörte ihr zu
ohne sie zu unterbrechen
irgendwann hielt die Seenixe
erschöpft inne
schaute die Meerhexe
verzweifelt an
was kann ich dir geben?
weise Frau,
damit ich an der Luft
leben kann?
die alte Frau schaute sie
lange an

Die Seejungfrau konnte an der Luft nicht leben, sie hatte niemals eine Chance, weil ihr die Meerhexe nichts anbot, schrieb Luca. Hans, unser trauriger Seemann, ist in der Glocke erstickt, und wenn er da noch nicht gestorben ist, dann ist er es bis zum heutigen Tag noch nicht. Luca lachte vor sich hin. Hatte er sich nicht auch so gefühlt? Damals, als Constanze ihn abserviert hatte. Er hätte diese Geschichte, die sie ihm geschickt hatte, aufmerksamer lesen sollen. Nicht mit den Augen eines Verliebten, der sich der vagen Hoffnung hingab, der Kuss auf die Taucherglocke drücke ihre Verbundenheit aus oder wäre zumindest stärker als das bevorstehende Orakel, das sie im Zwiegespräch mit ihrer Hexenchefin produzierte. Ja, er hatte verstanden. Spät verstanden, dass die Hexe mehr zu melden hatte als er, der reine Zuschauer. Ihm fehlte einfach die Harpune. Und doch war er nicht der Typ, der auf andere schoss. Hätte er abgedrückt, wäre nicht das Problem, sondern nur der Ausdruck einer unsichtbaren Wirklichkeit zerstört worden. Das musste er sich eingestehen. Er hatte Constanze schon lange vorher verloren. Vor dem Tauchen, bevor sie sich in eine Seejungfrau verwandelt hatte und vermutlich auch, bevor er sie näher kennengelernt hatte. Constanze und er, ein unmögliches Paar, eine Amour fou, eine lächerliche Affäre. Warum schrieb er überhaupt über sie? Wie war es möglich, dass ihre Geschichte ihn noch nach Jahren verfolgte, als hätte sie sich erst gestern ereignet? Gewiss, er hatte sich diese spirituelle Rosskur verordnet. Er wollte sich freischreiben. Mit allen Risiken, die eine solche Selbsttherapie mit sich brachte. Die peinlichen Unfertigkeiten, die hervortraten, weil ihm die Distanz fehlte. Und die Erkenntnis, die ihn gerade noch rechtzeitig kam, weil er sich eingestehen musste, dass er vor den Augen der Welt sein Inneres nach außen kehrte und er sich schlichtweg blamierte.

Er dachte an seinen Streit mit Julia und hatte an diesem Abend wirklich keine Lust mehr, irgendetwas zu schreiben. Außerdem war auch zu viel in der Redaktion los gewesen. Es bereitete ihm Kummer, dass es eine derartige Aufregung um das Theaterstück »Kabale und Liebe« der Gruppe mit den geflüchteten Menschen gab. Er beschloss, den Abend ruhig zu verbringen und früh ins Bett zu gehen.

*

Mersin, 10.8.2016

Lieber Peter,
du müsstest unbedingt die Sonnenuntergänge am Meer hier sehen. Sie sind wunderschön. Blutrot leuchtet der Feuerball, bevor er untergeht. Geht es dir gut? S.

*

Ludwigsburg, 11.8.2016

Liebe Sengül,

blutrot
dein Feuer
in mir
geht nie aus
es lebt
blutrot
brenne
ich für dich
im Jetzt
dieser Zeilen
ein Vulkan
aktiv
im lyrischen Meer

In Liebe
Dein Peter

24

Nach einer unruhigen Nacht kam Peter Struve am nächsten Morgen gegen zehn Uhr nur mühsam zu Bewusstsein. Das Handy weckte ihn, es war Manni Zoller.

»Mensch, wo bleiben Sie denn? Im Parkhaus steppt der Bär!«

»Schon gut, hab' verpennt.«

»Na, dann mal ein bisschen zackig! Hab keine Lust, den Alleinunterhalter zu geben.« Es klickte. Zollers Ärger vergällte Struve den Einstieg in den Tag. Schlimmer konnte es eigentlich nicht mehr kommen. Er zog seinen Bademantel über und legte eine Kapsel in seine Kaffeemaschine. Er bereitete sich eine Schüssel Müsli mit Milch zu, schälte einen Apfel, den er geviertelt vor sich ausbreitete, und nahm den ersten Schluck Cappuccino. Die gestrige Probe hatte ihn ziemlich angestrengt, er fühlte sich immer noch matt und spekulierte auf die Dusche, die aus ihm einen neuen Menschen machen würde. Reflexartig zog er sein Smartphone her, es zeigte immer noch die Berichte über die Verlegung von »Kabale und Liebe« nach Marbach an. Gab es neue Berichte? Er öffnete die lokalen Nachrichtenportale und traute seinen Augen nicht. Überall war Sonja Mai zu sehen. Allerdings nicht in feinem Zwirn, wie es sich für ein angehendes Stadtoberhaupt schickte, sondern in heißer Lederwäsche, hochhackigen Bettstiefeln und in unzweideutig horizontaler Lage. Struve kam aus dem Staunen gar nicht mehr heraus. Was war das? Er las die Überschriften: »OB-Kandidatin oben ohne«, »So wollen wir Sonja sehen«. Veröffentlicht von Blök, einem zwielichten Portal, spezialisiert auf Skandalnachrichten. Und die sogenannten seriösen Medien hatten in null Komma nichts nachgezogen. Blök aber hatte die Originalfotos bekommen und sogar eine ganze Bilderstrecke gepostet. Sie zeigte Sonja Mai in einer undefinierbaren Umgebung, vermutlich einem Hotelzimmer. Sie lächelte ein bisschen verdorben in die Kamera. Mal räkelte sie sich lasziv in der Bettwäsche, mal hatte sie die Beine hochgeschlagen, ihr Slip hing am rechten großen Zeh. Dann wieder lag sie in einer Badewanne. Von einem Vollbad konnte keine Rede sein. Der spärliche Schaum bedeckte nur die allerintimsten Stellen. Es waren keine professionellen Fotografien, eher welche der Marke Heimexperiment. Vielleicht aus einer Sektlaune heraus entstanden, als sie getrunken hatte. Umso peinlicher und schäbiger wirkten diese Bilder aus einer Welt, die eigentlich niemanden zu interessieren hatte. Struve schämte sich fast hinzuschauen. Ihm ekelte davor, wie Blök sich über die Person, die bestimmt nicht ihre Erlaubnis für die Veröffentlichung dieser Privatbilder gegeben hatte, lustig machte. Plumpe Satzgebilde untertitelten die indiskreten Aufnahmen und bedienten einen Voyeurismus unterster Schublade: »Unsere Stimme hat Sonja schon« und »So viel Temperament bringt sie mit auf den Chefsessel«. Schlüpfrige Worte, die vorgaben, locker mit Sexualität umzugehen, aber dem Opfer keine Chance ließen. Jemand musste dem Schmuddelmedium das Ganze zugespielt haben, im Internet stieg die Leserzahl schnell auf Millionenwerte. Aber wer wollte sie fertigmachen? Vor einer Wahl brauchte es nicht viel Fantasie, um politische Gegner als Strippenzieher dieser schmählichen Aktion anzunehmen. Struve ging davon aus, dass die Bilder ihre Wirkung beim Urnengang nicht verfehlen würden. Die Bürger wollen keine Opfer zu Regenten küren. Kühle Souveränität galt als Ideal, um das Gemeinwesen zu schützen. Wie sollte eine vorgeführte nackte Frau diese Erwartungen erfüllen? Überhaupt dürften solche Aufnahmen das prüde Publikum der bürgerlichen Mitte abschrecken. Die Wahl war also praktisch gelaufen. Struve stürzte den restlichen Cappuccino herunter, dann konnte er nicht anders: Er musste duschen!

Nach diesem Akt der Reinigung ging es Struve besser. Er rasierte sich, zog sich komplett frische Kleidung an und blickte auf die Uhr. Es war etwa 11 Uhr, und im Parkhaus war es bestimmt nicht ruhiger geworden. Er zwang sich zum Aufbruch, sonst würde Zoller noch mehr Ärger machen, und das wollte er nicht riskieren.

Struve stieg in seinen Wagen. Die Hauptstraßen waren immerhin vom Schnee des Vortags geräumt, er musste sich allerdings wie die anderen Autofahrer eine Schneise durch den bräunlichen Schneematsch bahnen, als er stadtauswärts fuhr. Er legte sein Handy in die Freisprechanlage und probierte es bei Carina, die jedoch nicht abnahm. Ob sie schon von dem Skandal wusste? Er dachte an die Flyer, die er in ihrem Auto gesehen hatte, und daran, wie wichtig ihr der Erfolg der Schwester sein mochte. Stattdessen war die Familienehre geschändet worden. Wer war dafür verantwortlich? Er tappte im Dunkeln. Würden sie die Polizei einschalten? Davon ging er aus. Es sprach nichts dagegen. Eine Anzeige gegen unbekannt. Verletzung des Persönlichkeitsrechtes, Freiheitsstrafe bis zu einem Jahr oder Geldstrafe, ratterte es durch Struves im Polizeidienst juristisch geschultes Gehirn.

Er erreichte die Parkgarage des Einkaufszentrums. Lust auszusteigen hatte er noch nicht. Im Rückspiegel sah er Manfred Zoller gestikulierend im Gespräch mit Leuten, die es fertiggebracht hatten, während ihres Kurzeinkaufs ihr Parkticket zu verlieren, und sich nun mit dem Gedanken anfreunden mussten, 30 Euro für den Verlust zu zahlen. Struve kannte diese Art Gespräche, auf die man auch verzichten konnte.

Carina meldete sich immer noch nicht. Wo steckte sie? Er musste herausfinden, wer hier welches Spiel trieb. Wenn Sonja Mai, wie er von Kathrin Tränkle erfahren hatte, vor einigen Jahren ein Verhältnis mit Berthold Schröder gehabt hatte, dann könnten die nicht mehr ganz aktuell erscheinenden Schmuddelfotos aus der gemeinsamen Zeit mit ihm stammen. Dann könnten möglicherweise Erben an die Bilder rangekommen sein. Vielleicht wollten sie Profit schlagen und hatten sie deshalb an Dritte verkauft. An Leute, die den Sozialen und ihrer Spitzenkandidatin schaden wollten. Wie konnte er weiterkommen? Struve griff zum Handy, er recherchierte die Nummer von Sonja Mai im Stuttgarter Sozialamt, bekam aber bei seinem Anruf nur zu hören, dass die Amtsleiterin die ganze Woche mit Wahlkampfterminen beschäftigt sei.

»Mist«, brummte Struve. Im Rückspiegel sah er, wie Manni Zoller am Schalter die 30 Euro in bar entgegennahm und eine Quittung ausstellte. Es würde nicht lange dauern, da würde er ihn auf dem Parkplatz entdeckt haben. Alles sträubte sich in Struve, den Dienst anzutreten. Er blickte auf die Uhr. Es war inzwischen 11.45 Uhr. Er drehte den Zündschlüssel um und fuhr den Wagen außerhalb des Sichtbereichs Zollers. Dann griff er zum Handy und rief ihn an.

»Es tut mir leid, ich hab die Scheißerei. Plant mal besser ohne mich.«

»Was? Erst verpennen, dann den Simulanten spielen? Mit mir nicht! Mach dich auf etwas gefasst! Ich bin's leid.«

Struve hatte mit dieser Reaktion gerechnet. Aber er durfte die Zeit nicht in der Tiefgarage vertrödeln. Er fuhr mit seinem Dauerticket am anderen Ende des Parkhauses hinaus und atmete tief durch, als er wieder in Richtung Innenstadt fuhr. Wie könnte er an Sonja Mai kommen? Auf dem Parkplatz der Pädagogischen Hochschule legte er einen Stopp ein und fand im Internet die Nummer ihrer Wahlkampfmanagerin heraus. Zwar musste er sich eine Viertelstunde gedulden, bis die Leitung frei war, doch lohnte sich der lange Atem. Sonja Mai war eigentlich als Sprecherin bei einem überregionalen Treffen der Sozialen in Waiblingen vorgesehen, hatte den Auftritt aber nach dem Erscheinen ihrer Nacktbilder kurzfristig abgesagt. Sie lasse sich juristisch bei einer Kanzlei in der Ludwigsburger Innenstadt beraten, erfuhr Struve, der angegeben hatte, der Freund von Carina zu sein und sich ernsthaft um ihren Verbleib zu sorgen, was ja auch stimmte. Er nahm Kurs auf die City, stellte den Wagen in der Solitudestraße ab und nahm in der Kanzlei Platz, um Sonja Mai abzupassen. Ihre Wahlkampfmanagerin ließ sich seinen Ausweis zeigen und stellte Struve vor.

»Ich habe auch schon versucht, Carina zu erreichen«, sagte Sonja Mai. »Aber sie scheint sehr beschäftigt zu sein.« Ein gezwungenes Lächeln huschte über ihr angespanntes Gesicht.

Struve kam ohne Umschweife auf den Punkt: »Tut mir leid, dass man Sie bloßgestellt hat. Ich bin Expolizist und mit Carina befreundet. Ich denke, ich kann Ihnen und Carina helfen.«

»Wir werden bei der Polizei Anzeige erstatten – aber gut, ich nehme jede Hilfe dankend an: Was wollen Sie tun?«

»Es ist wichtig, dass Sie das, was ich Ihnen jetzt sage, für sich behalten. Kann ich mich darauf verlassen?« Struve war in den Flüsterton übergegangen.

»Schießen Sie los.« Sonja Mai beugte sich vornüber.

»Stammten die Fotos aus der Zeit mit Berthold Schröder? Hat er sie gemacht?«

»Ja. Woher wissen Sie von Berthold?«

»Carina und ich arbeiten im Einkaufszentrum zusammen«, verriet Struve. »Wenn es Sie interessiert: Wir organisieren gerade einen Gesamtbetriebsrat, Sie erinnern sich: Das hatte Berthold Schröder damals auch vor.«

»Ja, natürlich. Bertholds großer Traum von Widerstand und Gerechtigkeit. Ich hab das damals unterstützt und mich gewundert, dass niemand mehr etwas unternommen hat.«

Struve schaute sie prüfend an: »Es ist wichtig, dass Sie mir erzählen, was zwischen Ihnen und Schröder schiefging.«

Sonja Mais Lippen kräuselten sich und signalisierten Widerwillen. »Wozu? Dass Berthold mit vielen Frauen was anfing, wird Ihnen Carina schon erzählt haben.«

»War das der Grund, weshalb Sie mit ihm Schluss gemacht haben?«

»Offen gesagt, ja. Welche Frau würde da nicht abhauen?«

Struve spürte, sie hielt ihre Emotionen zurück. Politikerkühle? Oder wollte sie ihm etwas verbergen? Die Sache mit den Fotos müsste sie zum Rasen bringen. »Hat es in der Endphase zwischen Ihnen gekracht?«

»Was meinen Sie damit? Ob er mich geschlagen hat?« Sie lachte.

»Man muss nicht mit der Faust zuschlagen, um jemanden zu verletzen.« Struve blickte sie durchdringend an. »Hat er Sie damals mit den Bildern unter Druck gesetzt?«

Sie senkte die Augen. »Dass er die Fotos hatte, war mir unangenehm.«

»Weil er Sie damit erpresst hat?« Struve folgte seiner Intuition.

Sonja Mai schwieg betreten. Es schien Struve, als ob er an einer vernarbten Wunde gekratzt hätte. Tränen lösten sich und rannen über ihr Gesicht. »Wir beide waren am Ende, es hatte so gut begonnen, aber dann … Berthold hatte eine rohe Seite, er war rücksichtslos, und er hat sich immer das genommen, was er wollte.«

»Was wollte er von Ihnen?« Struve reichte ihr ein Papiertaschentuch.

»Ich glaube, er konnte nicht loslassen. Er wollte mich halten, indem er mich mit den Fotos schon damals erpresste.«

»Und das gelang ihm?«

Sie schluchzte, schüttelte dann aber den Kopf. »Ich hab das Spiel erst mitgemacht, dann aber kam der Mord. Ehrlich gesagt, ich war froh, dass der Stress endete und habe Tausend Kreuze gemacht.«

»Manchmal lösen sich die Probleme von selbst.« Struve lächelte ihr zu. Sie nickte und trocknete weiter ihre Tränen. »Oder haben Sie dem Schicksal etwas nachgeholfen?«

»Wie kommen Sie denn darauf?« Empört rückte Sonja Mai zurück. »Der Fall ist doch längst aufgeklärt. Dschamil muss es gewesen sein.«

»Sind Sie davon wirklich überzeugt? Immerhin war er der Freund Ihrer Schwester Carina und kein Feind Berthold Schröders. Haben Sie sich nicht auch manchmal gefragt, ob jemand den Mord Dschamil nur in die Schuhe geschoben hat?«

»Ja, das haben Carina und ich natürlich immer angenommen. Aber es hat sich bisher kein zwingender Verdacht gegen jemanden ergeben.«

Wie auch, dachte Struve, wenn sich ein Flüchtling für fast

alle Beteiligten als bester aller möglichen Täter anbot. »Dietram Seeberger dürfte es mächtig gegen den Strich gegangen sein, dass seine Frau mit Schröder poussierte.«

»Klar, er war eifersüchtig, als sich Berthold mit ihr im Einkaufszentrum zeigte. Aber was soll ich sagen? Ich war auch angewidert, als das mit ihr anfing.«

»Hat er da schon versucht, Sie mit den Sexfotos gefügig zu halten?« Struve verwirrten die Zeitsprünge. Bisher hatte es sich so angehört, als ob die damalige Erpressung mit den Fotos nur eine kurzfristige Randerscheinung gewesen war. Jetzt stand im Raum, dass die Fotos schon eine Rolle spielten, als die Beziehung zwischen Schröder und Beatrix Seeberger begann.

»Also, es ging schon eine Weile«, räumte Sonja Mai ein und errötete.

»Was heißt eine Weile? Einen Monat, ein Jahr, zwei Jahre, fünf Jahre?« Struve ging ihre Salamitaktik auf die Nerven.

»Wir hatten noch drei Jahre miteinander regelmäßigen Sex, wenn Sie das meinen.« Sonja Mai atmete tief durch.

»Und das ausschließlich, weil Berthold Schröder es mit den Sex-Fotos einforderte?«

»Ich kam einfach nicht weg von ihm.« Sie starrte durchs Fenster auf den Verkehr, der in der Solitudestraße zum Erliegen gekommen war, weil ein Lastwagen im Halteverbot ausgeladen wurde und die Straße versperrte.

»Da hatte sich bei Ihnen ganz schön was angestaut mit der Zeit. Haben Sie nie versucht, an die Fotos zu kommen?«

»Schon, aber Berthold konnte unheimlich ignorant sein. Er genoss seine Macht über andere Menschen.«

Struve überlegte. Jetzt waren die Fotos also im Umlauf. Als Schröder ermordet wurde, hatte er sie noch. Also mussten sie irgendwo deponiert gewesen sein, als er tot war.

»Kennen Sie den Notar, der sein Erbe abgewickelt hat?«

»Ich kann es nur vermuten. Berthold hatte damals eine Wohnung gekauft. Es klang so, als ob der Notar für alle Familienangelegenheiten zuständig wäre.«

»Das ist eine heiße Spur. Können Sie sich eine Stunde Zeit nehmen? Ich weiß, Sie haben viel um die Ohren. Aber nur so schaffen wir es, schnell an die Leute zu kommen, die Sie in die Pfanne hauen wollen.«

»Mich drängt es heute sowieso nicht unter Menschen.« Sonja Mai setzte ein bitteres Lachen auf. Sie verriet Struve den Namen des Notars.

Wenig später saßen sie in der Kanzlei von Bruno Stöckle, der eigentlich gerade Mittagspause machen wollte, sich aber verpflichtet fühlte, die prominente Besucherin zu empfangen. Der Jurist wäre eigentlich zur Verschwiegenheit verpflichtet, doch da er Sonja Mai kannte und dazu beitragen wollte, dass sie den Tätern auf die Spur kam, teilte er ihr mit, wer das Verzeichnis mit den Sachwerten Berthold Schröders angelegt und als Erbmasse gemeldet hatte: Beatrix Seeberger.

Als sie die Kanzlei in der Schorndorfer Straße verließen, nahm Struve seine Begleiterin beiseite. »Ich werde zu Frau Seeberger fahren und sie fragen, wie sie die Sachen auf die Verwandtschaft verteilt hat. Es ist besser, wenn Sie nicht dabei sind.«

»Schade. Gerade jetzt, wo es spannend wird, wollen Sie mich loswerden.«

»Freut mich, dass Sie Ihren Humor noch nicht verloren haben.« Struve nickte ihr aufmunternd zu.

Sie checkte ihr Smartphone. »Carina hat sich immer noch nicht gemeldet.«

Auch Struve entdeckte keine Nachricht. »Sie wird sich eingeschlossen haben und ihre Rolle einstudieren«, vermutete er, ohne selbst an seine Theorie zu glauben. Aber er wollte Sonja Mai nicht zusätzlich verunsichern. »Kommen Sie heute Abend auch zur Aufführung? Im Ernst: Ich glaube, dass Sie sich jetzt nicht von irgendwelchen Schweinen aus der Öffentlichkeit drängen lassen sollten. Denken Sie einfach: Denen zeig' ich's – und seien Sie stolz auf sich, wenn Sie da durchgehen!«

Sonja Mai wirkte nachdenklich. »Bei Ihnen kann man ja richtig kämpfen lernen.«

»Ich bin übrigens der Peter.« Er reichte ihr die Hand.

»Sonja. Meldest du dich, wenn du etwas in Erfahrung bringst oder Carina ein Lebenszeichen von sich gibt, Peter?«

»Klar.« Sie tauschten ihre Mobilfunknummern aus.

Struve schaute auf sein Smartphone. Das Display zeigte 14 Uhr an. Die Zeit drängte. Zwar hatte ihm Sonja Mai versprochen, sie würde erst am nächsten Tag Anzeige erstatten, doch angesichts des Bekanntheitsgrades der Politikerin war damit zu rechnen, dass die Staatsanwaltschaft bald von sich aus Ermittlungen anordnete. Er musste den Zeitvorsprung nutzen. Würde aber Beatrix Seeberger überhaupt zu Hause sein? Er hatte keine Wahl und fuhr direkt in die Gasse neben dem Favoritepark. Er schellte, jedoch öffnete ihm niemand. Er schlich um die Villa. Die Fenster hatten keine Gardinen, sodass er in die Räume blicken konnte. Das Haus wirkte wie ausgestorben. Vorsichtig tastete er sich an die Terrassentür heran. Er riskierte einen Blick ins Innere, aber auch im Wohnzimmer konnte er niemanden entdecken. Der Schweiß rann ihm den Nacken herunter, obwohl ihm ein kühler Wind um die Ohren pfiff. Trotz seiner langjährigen Routine war er aufgeregt, wenn er in fremde Häuser eindrang. Hatte das Gebäude eine Alarmsicherung? Egal, er musste es wagen. Er nahm einen Stein, wickelte ihn in den Putzlumpen, den er auf der Terrasse gefunden hatte, und schlug damit die Scheibe eines kleinen Seitenfensters ein. Er öffnete in aller Ruhe das Fenster von der Innenseite und kletterte in die gute Stube von Beatrix Seeberger. Das Wohnzimmer wirkte so aufgeräumt wie bei seinem ersten Besuch. Vielleicht hatte sie ein Büro. Die Wahrscheinlichkeit, dort etwas Brauchbares zu finden, erschien ihm am größten. Er durchkämmte das Erdgeschoss, wechselte in die obere Etage, konnte dort aber ebenfalls kein Arbeitszimmer entdecken. Erst als er sich in das Tiefparterre bewegte, sah er hinter einer Schiebetür einen Computer, der mit einem recht großen Monitor auf einem massiven Tisch stand. Auch dort herrschte penible Ordnung. Der PC war ausgeschaltet. Struve schaute sich um. An der Wand hing ein kleiner Kunstdruck. »Tänzerinnen in Blau« von Edgar Degas. Quadratisch, praktisch gut. Er vermutete hinter dem Bild einen Tresor, was sich aber als Irrtum herausstellte. Wie Blitze zuckten seine Blicke durch das Zimmer. Er hatte genug Zeit verloren und würde sich beeilen müssen. Er wollte schon gehen, als ihm ein Drucker am Rande des Schreibtischs auffiel. Er hob den Deckel an und staunte über seinen Fund.

*

Mersin, 6.12.2018

Lieber Peter,
deine Gedichtzeilen
nach all den Jahren
berühren mich
immer noch sehr
deine Grundmelodie

hast du nicht verloren
wie auch,
einer wie Du …
S.

*

Ludwigsburg, 6.12.2018

Liebe Sengül,

Lächeln
deine Augen
erblühen
deine Blüten
strahlt
unser Stern
unter Millionen
am Nachthimmel
ja, das ist sie
unsere Grundmelodie
lass sie uns
hören
in der Stille
lass sie uns
fühlen
in der Nähe
lass sie uns schmecken
bei einem feinen Abendessen
wann kommst du?

Dein Peter

25

Die letzten Stunden vor der Aufführung verbrachte Struve in seiner Wohnung. Das Lampenfieber setzte ihm zu, und er memorierte immer wieder seinen Text, den er auf seinem Smartphone aufgenommen hatte. Er las noch einmal die zweite Szene in seinem Schiller-Buch nach, damit er beim Improvisieren nicht zu weit abwich. Da sollte er also als schleimiger Beamtensekretär bei Luises Vater um ihre Hand buhlen.

»Sie sehen, dass meine Absichten auf Mamsell Luisen ernsthaft sind, wenn sie vielleicht von einem adeligen Windbeutel herumgeholt …«

Hm, wie konnte er das zeitgemäßer ausdrücken?

»Ich meine es durchaus ernst. Der Adelige spielt doch nur mit Ihrer Tochter. Wer weiß, ob er nicht nur irgendein kurzes Abenteuer sucht. Bei mir hat sie alle Sicherheiten: Haus, Festeinkommen, geregelter Tagesablauf an Heim und Herd. Alles paletti …«

Er blätterte weiter zur fünften Szene. Da schmiedet Wurm mit dem Präsidenten den finsteren Plan, Ferdinand mit Lady Milford zu verkuppeln, um eine Ehe mit Luise zu verhindern. Zum Glück muss Wurm da immer nur mit kurzen Sätzen den Präsidenten mehr oder weniger bestätigen. Noch besser gefiel Struve die siebte Szene im ersten Akt, da brauchte er beim Gespräch zwischen Vater und Sohn einfach nur dabei sein. Wiebke Salinger hatte ihn angewiesen, öfter mal die Position zu wechseln und sich im Laufe des

Streits immer mehr aus dem Hintergrund heraus zwischen die beiden zu postieren.

Struve blickte auf die Uhr: Es war schon 17 Uhr. Höchste Zeit, nach Marbach zu fahren. Das Stück sollte um 19 Uhr beginnen, und es gab sicherlich im Vorfeld noch einiges zu besprechen.

Er parkte sein Auto vor dem Hallenbad und betrat das Foyer der Stadthalle. Er hoffte, Carina zu treffen, doch war sie noch nicht da. Wiebke Salinger begrüßte ihn.

»Na, wie fühlst du dich?«, sagte sie, als sie ihn umarmte.

»Wie ein Wurm, bevor er an den Angelhaken kommt.« Er rang sich ein süßsäuerliches Lächeln ab. Wie er sein Lampenfieber in positive Energie umwandeln sollte – das empfahlen alle Schauspielratgeber –, erschien ihm wie ein mathematischer Term, dessen Lösung er nie gelernt hatte.

»Du armer kleiner Wurm. Dich kriegen wir schon hin. Am Ende wirst du in eine Königskobra verwandelt sein.« Vermutlich stellte sie sich den Schlussapplaus vor. Wie er sich danach sehnte, schon alles hinter sich zu haben.

»Nee, eine Giftschlange möchte ich nicht sein. Dann schon eher eine Königspython.« Struve deutete mit seinen Händen eine Würgebewegung an, um seine Anspannung etwas abzubauen.

»Falsches Stück, mein Lieber. Wir haben leider nur Giftleichen zu bieten.« Wiebke Salinger deutete an, einen Becher zu trinken und zu taumeln. Struve musste sie auffangen.

»Okay. Hab's begriffen. Was kann ich noch tun, bevor wir loslegen?«

»Du könntest deine Kleidung anlegen. Du hast sie ja bestimmt in deiner Tasche dabei?«

Struve war froh, dass er daran gedacht hatte. Inzwischen

waren die ersten Komparsen da. Sie alle trugen bereits ihr Kostüm.

»Es wird übrigens ein kleines 18. Jahrhundert-Fest«, bemerkte Wiebke Salinger mit amüsiertem Gesichtsausdruck. Struve stutzte, woraufhin die Regisseurin ihm erklärte, dass der Kulturverein Südlich vom Ochsen im Vorfeld alle Gäste aus Marbach aufgefordert habe, ihr Kostüm vom regelmäßig stattfindenden 18. Jahrhundert-Fest anzuziehen. »Sie sollen damit demonstrieren, dass sie sich in der Tradition von Schiller sehen, der mit seinen Werken alles andere als Fremdenhass, Misstrauen und Ausgrenzung fördern, sondern den Blick für das Gute und Schöne im Menschen wecken wollte.«

»Aha. Klingt ja ganz nett.« Struve dachte an den Idealismus von Carina und daran, dass es nicht leicht für sie gewesen sein musste, den Verlust von Dschamil zu verkraften. Jetzt hatte sie sich auf diesen Mustafa eingelassen, der sie bedrängte. Nicht alle Flüchtlinge waren so, wie sie sich die Unterstützer der Willkommenskultur vorstellten. Er hoffte, dass Carina den jungen Mann auf Distanz halten konnte und er ihr nicht aus verletztem Stolz etwas zufügen würde. Er müsste mit ihr unbedingt darüber reden, wenn sie die Aufführung hinter sich gebracht hatten.

Struve verbrachte die letzte halbe Stunde damit, sich umgezogen in die Rolle zu vertiefen. Er brauchte die Konzentration bis zum letzten Moment. Zwischendurch hörte er den Lautstärkepegel der Stimmen im Saal draußen anschwellen. Nachdem das Stück zum Politikum geworden war, hätte ihn alles andere als ein ausverkauftes Haus überrascht. Er riskierte einen Blick in die Ränge. Dort saßen Hunderte, fast alle trugen ein historisches Kostüm. Marbach zeigte also Flagge gegen Fremdenhass. Selbst der Bürgermeister hatte sich als Schultheiß einen Herrenrock aus der Zeit Schillers übergeworfen. Auch Luca Santos sah er. Der Reporter trug aber ein Jackett und Jeans. Struve spürte ein dezentes Fingertippen am rechten Schulterblatt. Es war Carina, die als Luise vor ihm stand und ihn anlächelte.

»Na, Herr Wurm, startklar?« Sie zwinkerte ihm zu. Hinter der Bühne war es voll geworden. Ihnen blieb nicht mehr viel Zeit.

»Wo warst du? Ich habe mir Sorgen gemacht.« Er fühlte, wie ihn das enge Kostüm einzwängte.

»Entschuldige. Ich hatte heute nur einen Haufen voll Arbeit. Du bist doch nicht sauer, oder?«

Nein, er konnte Carina nicht wirklich böse sein. Doch er machte sich noch aus anderen Gründen Sorgen. Befürchtungen, die wenige Sekunden vor einer Premiere, in der seine Freundin die Hauptrolle spielte, nicht zur Sprache kommen konnten.

»Alle mal herhören!«, rief plötzlich Wiebke Salinger. »Wir fangen in zwei Minuten an. Bitte die Aufstellung für die erste Szene im ersten Akt einnehmen: Miller und seine Frau. Bitte auch Wurm für die zweite Szene bereithalten.«

Der Vorhang ging auf, das Drama begann. Gebannt lauschten alle den Worten, die der alte Miller an seine Frau richtete:

»Meine Tochter kommt mit dem Baron ins Gerede. Mein Haus gerät in Verruf. Wenn der Präsident davon Wind bekommt – ich muss den jungen Kerl wieder loswerden.«

Und die Mutter hielt dagegen: »Aber es warst doch nicht du, der ihn herbeigeschwatzt hast, du hast ihm deine Tochter nicht nachgeworfen.«

In der Stadthalle war es mucksmäuschenstill. War es der Geist Schillers, der sich vom nahen Denkmal auf die Vorstellung ausbreitete? Jedenfalls gaben die jungen Schauspieler aus den verschiedenen Ländern alles, um das Ränkespiel aus der Feder des Nationaldichters authentisch aufzuführen. Minute um Minute des Schauspiels verstrich, und auch Struve war mit seinen Auftritten durchaus zufrieden. Zumindest fiel er nicht unangenehm auf und hatte keine Texthänger.

Das Stück näherte sich dem fünften Akt. Struve hatte sich zur Kammerzofe Sophie umgezogen und leistete Lady Milford Gesellschaft. Mutig erklärte die Mätresse aus England dem Hofmarschall von Kalb, dass sie lieber ehrenvoll vor dem Herzog fliehe, als dass sie weiter unter dessen Tyrannei lebe: »Ich verabscheue Gunstbezeugungen, die von den Tränen der Untertanen triefen. Schenken Sie die Liebe, die ich Ihnen nicht mehr erwidern kann, Ihrem weinenden Lande.«

Struve, der sich als Sophie bemühte, nicht ins Publikum zu schauen, richtete seinen Blick mit Sorgenfalten in die Ferne. Als er den Ausgang der Stadthalle fixierte, blickte er kurz in ein Gesicht, das er kannte. Beatrix Seeberger? Auch sie war in einem historischen Kostüm gekommen. Was hatte das zu bedeuten? Es war anzunehmen, dass sie sich mit den Kulturschaffenden solidarisierte. Schließlich hatte der gewerkschaftlich orientierte Berthold Schröder auch ein Herz für Menschen an der Mindestlohngrenze gehabt. Aber was er in ihrer Wohnung gefunden hatte, beunruhigte ihn. Bilder der nackten Sonja Mai stiegen vor seinem inneren Auge auf, und er fühlte, wie er von Minute zu Minute zorniger wurde. Es war aber noch nicht die Zeit gekommen, um die Seeberger zu verhören. Er würde sie aber im Blick behalten müssen, soweit das während des Theaterspiels überhaupt möglich war.

Der fünfte Akt begann. Luise redet mit ihrem Vater offen

über Selbstmord, da der Brief, den sie mit Wurm geschrieben hatte, sie und ihre Familie in Schande gebracht hatte. Nael, ein Ingenieur aus Aleppo, der sich und seine Familie über Wasser hielt, indem er sich bei einer Leiharbeitsfirma verdingte, spielte sich als Luises Vater in einen Rausch. Es machte Spaß, den Untiefen seines Dialekts und seiner fehlerhaften Aussprache zu folgen, wenn er sich herzergreifend an Luise wandte, um sie auf seine Seite zu ziehen und Ferdinand abzuschwören.

»Blick auf! Um einen Liebhaber bist du leichter, dafür hast du einen glücklichen Vater gemacht.«

Immer weiter nahm das Verhängnis auf der Bühne seinen Lauf. Sammy, der Rastamann, avancierte zum Publikumsliebling und erhielt sogar Szenenapplaus, als er dem alten Miller und Luise von der Flucht Lady Milfords erzählte und an den Kern der Liebe erinnerte: »Ich bin jetzt da, mein gegebenes Wort einzulösen und meine Braut zum Altar abzuholen.« Das Publikum in der Stadthalle ging richtig mit, was Struve in einem derart großen Saal während eines Theaterstücks noch nie erlebt hatte.

Wiebke Salinger hielt währenddessen die Zügel fest in der Hand. Immer wieder gab sie den Akteuren Zeichen, die sie daran erinnerten, wie sie ihren Ausdruck verstärken konnten. Auch die anderen Schauspieler saßen gespannt beieinander und lauschten dem Geschehen auf der Bühne.

Die letzte Szene begann. Wiebke Salinger holte ein Glas Limonade aus der Requisite und reichte sie Carina, die mit rotgeweinten Augen und zittriger Stimme das Getränk entgegennahm, in das der tödlich gekränkte Ferdinand wenig später das Gift mischen sollte, um sie beide umzubringen.

Tatsächlich brach Carina, bald nachdem sie getrunken hatte, auf der Bühne zusammen. »Oh, wenn Sie wüssten,

Walter, wie ungeheuer Sie meine Seele beleidigen!«, rief sie noch. Fast zeitgleich sank Sammy in sich zusammen. Struve blickte in sein Textbuch. Was war das? Der Tod der beiden war doch erst nach weiteren längeren Wortwechseln vorgesehen. Irritiert schaute er zu Wiebke Salinger. Die Regisseurin schüttelte nur fassungslos den Kopf. »Vorhang, Vorhang«, brüllte sie in die Technik. Das Publikum, das annahm, das Stück sei zu Ende, begann erst zaghaft, dann immer lauter zu klatschen. Als der Vorhang unter frenetischem Beifall fiel, eilten die ersten Akteure auf die Bühne, um nach Carina und Sammy zu schauen. Struve kam es seltsam vor, dass beide fast zur selben Zeit bewusstlos geworden waren und sich seitdem nicht mehr regten. »Ist ein Arzt im Saal ? Falls ja, kommen Sie bitte sofort auf die Bühne!«, hörte er irgendeine Stimme aus der Technik. Wiebke Salinger war mit dem Handy am Ohr auf die Bühne gestürmt, sie rief offenbar den Notarzt. Wie in Trance eilte er mit ihr auf die Bühne, um nach Carina zu schauen. Was war nur passiert? Sie lag reglos auf der Bühne, neben ihr Sammy ebenfalls bewusstlos. Wie in Trance nahm er wahr, wie sich die Unruhe schlagartig aufs Publikum übertrug, und er begriff: Das Gift war echt und hatte schnell gewirkt. Beatrix Seeberger? Hatte sie sich in die Requisite geschlichen? Struve traute es ihr zu. Die frisch veröffentlichten Bilder von Sonja Mai, der Mord an Carina – es musste einen Zusammenhang geben. Wut stieg in ihm auf. Sollte er jetzt bei Carina bleiben? Er registrierte, dass sie medizinisch versorgt wurde, und schaute durch einen Sehschlitz in den Saal, der sich langsam leerte. Ganz hinten erkannte er Beatrix Seeberger, die sich eilig davonmachen wollte, aber an einer Tür scheiterte, die offenbar noch nicht geöffnet worden war. Struve vertraute darauf, dass Carina weiter

Hilfe bekam, und stürmte in den Saal, um Beatrix Seeberger zur Rede zu stellen. Sie trennten etwa noch 100 Meter, als Struve an einem Stuhlbein hängen blieb und in einige unbesetzte Sitze krachte. Er stand wieder auf, sah, wie die Seeberger den Haupteingang passierte. Sie lief in Richtung der Museen auf der Schillerhöhe. Struve hechtete aus den Sitzen heraus. Die Unruhe auf der Bühne hatte dazu geführt, dass viele Zuschauer zunächst unsicher verharrten, andere schnell der Haupttür entgegenstrebten. Struve kapierte, er würde auf einen verstopften Ausgang stoßen. Geistesgegenwärtig griff er zu einem der Hebel der Glastüren, die an der Seite als Notausgänge dienten. Kurz darauf stand er draußen und konnte sehen, wie Beatrix Seeberger am Literaturmuseum der Moderne vorbei in Richtung Neckar rannte. Obwohl die historischen Schlappen des Sekretärs Wurm seine Laufleistung einschränkten, nahm Struve die Verfolgung auf. Er erreichte die Aussichtsplattform des Museums und starrte in die Dunkelheit. Er konnte kaum etwas erkennen, aber ein Schatten bewegte sich entlang des Kollegienhauses und bog in das Waldstück unterhalb ein. Struve erinnerte sich, den kleinen Weg in Richtung Landesstraße am Neckar schon einmal benutzt zu haben. So schnell er konnte, lief er dorthin und stieg die Serpentinen hinunter. Von oben sah er, wie der Schatten weiter in Richtung Neckar lief. Struve überquerte die Landesstraße und fand sich am Radweg wieder. Hier gabelte sich der Weg. Er musste sich entscheiden, ob er in Richtung Technologiepark oder in Richtung Bootshaus weiterlaufen sollte. Plötzlich hörte er ein Knacken im nahen Auenwald. Er sprang die Treppe hinunter und folgte intuitiv seinem Gehör. Hatte sich Beatrix Seeberger in der Nähe versteckt? Er holte sein Smartphone heraus und leuchtete die Büsche ab. Erneut knackte es laut, und er sah wieder den Schatten, er lief etwa 30 Meter vor ihm her.

»Bleiben Sie stehen, es hat keinen Zweck, Frau Seeberger.« Struve war sich sicher, er würde sie einholen, aber das würde dauern, und er hatte keine Lust, sich abzumühen. Die Verfolgte lief jedoch weiter. Ihm blieb nichts anderes übrig, als ihr hinterherzulaufen. Der Abstand verringerte sich immer weiter, da schlug sie einen Haken und näherte sich dem Ufer. Es klatschte, und Struve wusste, dass sie ins Wasser gesprungen war. Er sah, wie sie gegen die Strömung ankämpfte, überlegte nicht lange und sprang hinterher.

Bibbernd fand er sich mit Beatrix Seeberger in der Rettungswache des Roten Kreuzes neben dem Marbacher Krankenhaus wieder. Sie saßen in Decken gehüllt nebeneinander, die Helfer reichten ihnen heißen Tee.

»Ich glaube, Sie schulden mir eine Erklärung.« Struve schlotterte immer noch. Beatrix Seeberger atmete schwer. Sie saß wie ein Häufchen Elend da und schwieg. Struve hatte sie gerettet, mit ihr durchnässt das Bootshaus erreicht und den Notruf abgesetzt. Ihre nasse Kleidung lag irgendwo, die Ersthelfer hatten sie in DRK-Einheitsklamotten gesteckt.

»Warum nur wollten Sie Carina Loringer umbringen? Was hat sie Ihnen getan?« Struve hustete und trank von dem Tee.

Apathisch griff Beatrix Seeberger zu ihrer Teetasse. Sie überlegte länger, ob sie etwas sagen sollte. Struve hielt das Schweigen aus und wartete auf ihre Antwort.

»Das Miststück hat Berti auf dem Gewissen, da bin ich mir sicher.« Sie blickte Struve grimmig an.

»Haben Sie die Nacktfotos von Sonja Mai zu dieser Vermutung veranlasst?« Struve erzählte ihr von seinem Fund in ihrer Wohnung und fragte sie, woher sie die Bilder habe.

»Auf einer CD waren nicht nur die Fotos abgespeichert.« Beatrix Seebergers Gesichtszüge verhärteten sich fast zur Fratze. »Ich fand auch Carinas Drohmails, er hatte sie auch auf der CD gesammelt.«

»Drohmails?« Struve war überrascht. Er hatte die Nacktfotos in ihrem Scanner gesehen und war sicher, sie hatte Blök die Bilder zugeschickt. Aber dass Carina Berthold Schröder unter Druck setzen wollte, hatte sich ihm nicht erschlossen.

»Mir ist es wie Schuppen von den Augen gefallen, als ich die Fotos und die Mails fand«, hörte er sie erzählen. »Ich habe solch einen Hass bekommen, dass ich …«

»… die Fotos an die Boulevardpresse weiterleitete und den Plan fasste, in der Vorstellung Carina zu vergiften.« Struve spürte, wie trotz aller Erschöpfung der Zorn in ihm hochkroch. Er hoffte, bald zu erfahren, ob Carina und Sammy vielleicht noch gerettet werden konnten.

»Sie muss ihn abgestochen haben wie ein Schwein.« Beatrix Seebergers Augen glühten vor Wut.

»Ist es nicht etwas weit hergeholt, dass Carina Loringer ihren Freund erstochen hat, nur weil er mit mehreren Frauen was hatte und Nacktfotos von Sonja Mai gemacht hatte?«

»Seien Sie doch nicht so naiv, Sie Hobbydetektiv!«, schnauzte sie Struve an. »Berthold konnte gemein sein, und aus den Mails war klar herauszulesen, dass er die Fotos einsetzte, um diese Politikerschlampe auszunehmen und sich weiter mit ihr als Trophäe zu schmücken.«

»Verstehe.« Struve nahm einen Schluck Tee. Berthold Schröder hatte ein gemeines Spiel getrieben. »Wenn er so ein Schwein war, warum schwingen Sie sich dann zu seiner Rächerin auf?«

»Es darf nicht sein, dass eine solche Tat unbestraft bleibt.« Beatrix Seeberger schäumte und stand offenbar kurz vor einem Wutanfall. »Die Polizei hat versagt. Da musste ich es selbst in die Hand nehmen.«

Struve wollte nicht wahrhaben, dass Carina eine Mörderin sein sollte. Ja, es erschien ihm abwegig. Er hatte sie als liebevoll und warmherzig erlebt. Wie hätte er sich sonst in sie verlieben können, wenn sie nicht ein besonderer Mensch war? Nichts Destruktives, nichts Arglistiges war von ihr ausgegangen. Im Gegenteil. Carina hatte ihm mit ihrer aufrichtigen, fürsorglichen Art immer das Gefühl gegeben, sich auf ihn mit einer Offenheit einzulassen, wie er sie eigentlich noch nie bei anderen Frauen gefunden hatte. Jetzt saß diese ordinäre Person vor ihm, die wahrscheinlich Carina ermordet hatte. Und er musste an sich halten, um nicht auf sie loszugehen. Warum hatte er sie überhaupt aus dem Wasser gezogen? Damit sie weiter Gift versprühte? Struve tat ihr nicht den Gefallen, die Fassung zu verlieren. »Ich glaube, Sie sind auf dem falschen Dampfer. Warum sollte Frau Loringer ausgerechnet ihren eigenen Freund Dschamil ans Messer liefern?«

»Diese heimtückische Fotze hätte ihre eigene Großmutter verkauft, um ihre Schwester reinzuwaschen.« Beatrix Seeberger streifte die Decke ab und stand auf. Sie begann auf und ab zu gehen, was Struve beunruhigte, denn er hatte überhaupt keine Lust, sie ein zweites Mal durch das dunkle Marbach zu verfolgen.

»Bleiben Sie sitzen!«, herrschte er sie an. »Die Polizei ist schon auf dem Weg.«

*

Mersin, 8.12.2018

Lieber Peter,

ja, ich werde da sein. Ich will dich ebenso wiedersehen. Ich kann es kaum erwarten. S.

*

Ludwigsburg, 8.12.2018

Liebe Sengül,

meine Freude kennt keine Grenzen. Nach all den Jahren. Ich bin sehr gespannt auf unsere Begegnung.

Herzlich, Peter

26

Die blasse Wintersonne glitzerte durch die schneeverkrusteten Zweige. Die Bäume des Marbacher Friedhofs trugen schwer am Schnee, der in der Nacht zuvor gefallen war. Struve schleppte sich zur Kapelle. Er wäre am liebsten nicht da, den Blicken der anderen nicht ausgesetzt. So unverhofft das Schicksal ihm Carina geschenkt hatte, so plötzlich hatte es sie ihm entrissen. Er hatte es noch in der Nacht erfahren, als er Beatrix Seeberger der Polizei übergab. Sie hatten Carina noch auf die Intensivstation gebracht. Er durfte sie nicht sehen, nur ihre Familie bekam Zutritt. Es hieß, die Chancen stünden schlecht, und sie sollten recht behalten. Er hatte zwei Tage niemanden sehen wollen. Ihr Fehlen schmerzte ihn so sehr, dass er die ganze Zeit nichts aß. Er wollte allein sein mit den Erinnerungen an ihre kurze gemeinsame Zeit. Das Mobiltelefon hatte er ab einem gewissen Zeitpunkt nicht mehr aufgeladen. Er machte sich Vorwürfe. Warum hatte er sie nicht besser beschützen können? Warum war er seinem Instinkt nicht gefolgt und hatte die Seeberger, als er sie erblickte, zur Rede gestellt? Stattdessen spielte er weiter im Theater mit. Spielte das ganze verdammte Stück so lange mit, bis der Giftbecher getrunken wurde. Was er dafür gäbe, das Rad der Zeit zurückdrehen zu können! Mit Carina war ihm die zweite ganz große Liebe entrissen worden. Zog er das Dunkle an, weil er sein Leben lang Verbrechern hinterherjagte? Mussten die hell strahlenden Seelen in seiner Gegenwart zum Untergang verdammt sein?

Anhaltend ratlos saß Peter Struve wenig später in einer der hinteren Bänke der Aussegnungshalle und betrachtete das schöne Naturschauspiel, das der Beerdigung Carinas auf dem Marbacher Friedhof den Rahmen gab. Das Interesse an der Beisetzung war riesengroß, schließlich hatte der Mord auf der Theaterbühne ein bundesweites Echo ausgelöst. Viele Kulturschaffende aus dem Raum Stuttgart hatten sich eingefunden. Auch Sammys Sarg stand vorne, neben dem Carinas. Ihre Eltern hatten sich für eine klassische Erdbeisetzung entschieden, und sie hatten die Kosten für Sammy gleich mitübernommen, sodass sie gemeinsam beerdigt werden sollten. So sollten Luise und Ferdinand, die Protagonisten des Stückes »Kabale und Liebe« auf dem Friedhof der Schillerstadt einen Ehrenplatz bekommen. Dies hatte der Bürgermeister mit den Stadträten kurzerhand entschieden, nachdem die Bestürzung über den feigen Giftmord in der Stadt um sich gegriffen hatte.

Ein Pfarrer trat ans Rednerpult und bat die Gäste, in die nahe Alexanderkirche umzuziehen. Das Gotteshaus bot genügend Plätze und war entgegen der üblichen Praxis an diesem kalten Wintertag beheizt worden. Struve schloss sich dem Tross derer an, die das Hinweisschild am Aufgang zur Kirche nicht gesehen hatten und zur Friedhofshalle gegangen waren. Er ergatterte einen der letzten Sitzplätze. Die Trauerfeier dauerte sehr lange. Zwischenzeitlich dachte er immer wieder daran, wie engagiert und hilfsbereit Carina gewesen war. Natürlich fiel mit dem Mordverdacht im Fall Berthold Schröder ein riesiger Schatten auf ihr Leben, doch hatte die Öffentlichkeit noch nicht von den belastenden Aussagen Beatrix Seebergers erfahren. Die Staatsanwaltschaft hatte in einem Pressetext lediglich die Verhaftung der Seeberger bekannt gegeben und darin »private Gründe«

als mögliches Tatmotiv für den Giftmord genannt. Die Zeitungen gingen in ihren Berichten von einer Beziehungstat aus und davon, dass Beatrix Seeberger möglicherweise auf Carina eifersüchtig gewesen sei. Das war dann auch der Stand am Tag der Beisetzung. Struve war froh, dass der Pfarrer in seiner Predigt vor allem Carinas Leistungen auf dem Gebiet der Kultur und der Toleranz gegenüber den geflüchteten Menschen hervorhob.

Er ging noch mit zum Beerdigungskaffee im Gemeindezentrum in der Nähe des Polizeireviers. Auf dem Weg dorthin begegnete er Sonja Mai, die mit ihm vom Cottaplatz die Niklastorstraße hinaufschritt. Struve kondolierte und setzte sich mit ihr ein wenig von der Verwandtschaft hab. Struve spürte ihren Schmerz und hätte ihr gerne erspart, darüber zu reden, ob Carina Berthold Schröder ermordet haben könnte.

»Halten sie es für möglich?«, fragte er sie dennoch.

Sonja Mai hielt einen Moment inne. Er erwartete eine schroffe Zurückweisung. Aber sie schaute ihn ruhig an. »Carina war immer ein leidenschaftlicher Mensch. Und wenn sie es nicht weitererzählen: Ja, sie hat es mir anvertraut.«

Struve schluckte. »Aber hat sie damit nicht Dschamil verraten? Ich verstehe das nicht.«

Sonja Mai legte ihm sanft die Hand an den Oberarm. »Carina konnte unendlich lieb sein. Aber es gab Männer, die das grenzenlos ausnutzten.«

»Ich verstehe nicht ganz.« Struve blickte sie irritiert an.

»Dschamil wollte das Sagen haben. Das war ein Stück weit kulturell bedingt, es war aber in seiner Ausprägung krank.«

Struve konnte sich langsam ausmalen, wie Carina unter der Beziehung gelitten haben mochte.

»Es kam immer häufiger zu Streit, und irgendwann fing Dschamil an, Carina zu schlagen. Da war es natürlich aus.«

»Okay, aber dann hätten sie ja einfach getrennte Wege gehen können.«

»Wollte Carina auch. Aber er hat sie verfolgt. Wollte nicht einsehen, dass Schluss ist.«

»Hat er sie gestalkt?«

»Ja. Mit Anrufen, plötzlichen Besuchen, zerstochenen Reifen und so weiter. Und das hat sie krank gemacht.«

»Und dann hat sie Berthold Schröder erstochen und Dschamil gleich mit erledigt.«

»Sie stand unter Druck. Ich hab ihr natürlich gesagt, dass sie riesigen Mist gebaut hat. Aber letztlich wollte ich nicht daran rühren.«

»Dann wäre die Sache mit den Nacktaufnahmen schon früher hochgekocht.«

»Ja.« Tränen rannen Sonja Mai die Wangen hinunter.

»Was machen sie jetzt?« Struve reichte ihr ein Papiertaschentuch.

»Ich weiß es nicht.« Sie gaben sich die Hand. Struve hatte genug gehört und verzichtete auf das Kaffeetrinken. Mitgenommen von dem, was er erfahren hatte, schleppte er sich zu seinem Wagen und fuhr los. Im Radio hörte er, dass Sonja Mai ihre Kandidatur für das Amt des Ludwigsburger Oberbürgermeisters aus persönlichen Gründen zurückgezogen hatte.

27

Noch immer unter dem Eindruck der Beerdigung steuerte Struve die Weinberge des oberen Bottwartals an, um sich bei einem Spaziergang zu entspannen. Er mochte die Gegend um Beilstein und Oberstenfeld, die Anhöhen, von denen er auf die Orte schauen konnte. Dichter Rauch entstieg den Schornsteinen, als er von der Beilsteiner Burg aus losschlenderte. Die Wintersonne kämpfte gegen die dichte Wolkendecke an, wollte aber nicht durchdringen. Er atmete tief durch und dachte an Carina und ihre Begegnungen. Ein dumpfer nicht zu ignorierender Schmerz durchzog seine Erinnerungen. Er dachte an Kathrin Tränkle, die ihm erzählt hatte, wie glücklich Carina mit Dschamil gewesen sein soll. Warum hatte sie ihm nur die halbe Wahrheit erzählt? Wusste sie es auch? Hatte Carina auch sie eingeweiht? Für ein solches Mitwissertum würde sich die Staatsanwaltschaft bestimmt brennend interessieren. Aber wem nützte das noch? Mechanisch setzte Peter Struve einen Schritt vor den anderen. Lust am Laufen fühlte sich anders an, da halfen auch die Wanderschuhe nicht, die er für solche Gelegenheiten immer im Kofferraum dabei hatte.

Das Vibrieren seines wieder aufgeladenen Handys riss ihn aus seinen Gedanken. Es war Littmann.

»Hallo, Charly, was verschafft mir die Ehre?«

»Grüß' dich, Peter. Was war das da unten am Marbacher Neckarufer? Das ganze Revier redet davon.«

»Du meinst die Verhaftung der Seeberger? Pfff … ja. Mir

wäre lieber, es wäre nicht nötig gewesen und Carina würde noch leben.«

»Ja, kann dich gut verstehen. Ein großer Verlust für dich. Tut mir sehr leid.«

»Ach, dich trifft doch keine Schuld, Charly.« Struve kramte ein Taschentuch hervor und rieb sich die Tränen aus den Augen.

»Mag sein. Ich wünsche dir viel Kraft.«

»Danke.« Struve schluckte. »Rufst du nur an, um zu kondolieren?«

»Nein. Ich habe nachgedacht.«

»Worüber?«

»Ich war dir gegenüber nicht so offen, wie du es verdient hättest, Peter.«

Struve dachte nach. »Was meinst du genau?«

»Na, ich sagte dir doch, dass ich über Kottsieper mehr weiß, als ihm lieb sein kann.«

»Ach ja. Du wirst deine Gründe gehabt haben, es zu verschweigen.«

»Ich hatte einfach Angst. Aber ich hätte es dir anvertrauen müssen, das ist mir bewusst geworden. Es bringt nichts, wenn ich mich in ein Schneckenhaus zurückziehe.«

»Wenn du willst, schieß los!« Struve war gespannt.

»Also, die Frage, warum Kottsieper mich abserviert hat, lässt sich …« Littmann hatte Mühe, seinen Satz zu Ende zu bringen.

Struve spürte seine Befangenheit am Telefon. »Sollen wir uns nicht lieber treffen, Charly? Ich bin im Bottwartal. Hast du Lust auf einen Glühwein am Ludwigsburger Weihnachtsmarkt?« Struve wusste, dass sein Kollege im Gegensatz zu ihm diese Märkte liebte. Vielleicht würde das leutselige Ambiente seine Blockade lösen.

Eine Stunde später standen sie sich gegenüber. Struve nervte der Markt, der total überlaufen war und angeblich eine dichte Atmosphäre ausstrahlen sollte, diesmal besonders. Sie mieden jedoch die Ansammlung und spazierten mit ihren Glühweinen in der Hand durch die Nebenstraßen in Richtung Weststadt.

»Also, Charly?« Struve schaute Littmann erwartungsvoll an.

»Kottsieper hat mich jahrelang sexuell belästigt.«

»Wie bitte?« Struve konnte sich ein Lachen nicht verkneifen. »Du meinst, er ist schwul und hat dich angebaggert?«

Littmann errötete so stark, dass Struve glaubte, sein Gegenüber würde bald explodieren. »Ja. Und es blieb nicht nur beim Versuch.«

Struve spürte seine Scham und wusste nicht, was er sagen sollte. Kottsieper war bekannt dafür, dass er sich nahm, was er wollte. Hieß das aber auch, dass Littmann, der ja auch verheiratet war, homosexuelle Neigungen hatte, die er mit Kottsieper auslebte?

»Sag mal, Chary, ich will dir ja nicht zu nahe treten, aber jeder erwachsene Mensch sollte gelernt haben, Ja oder Nein zu sagen.«

Littmann schüttelte den Kopf. »Das ist nicht so einfach, wie du dir das denkst, Peter.«

»Dann erzähl es mir um Himmels willen.« Struve schlug seinem Kollegen an die Schulter und lachte. »So schlimm wird's doch hoffentlich nicht sein, oder?«

»Eigentlich darf ich dir das alles nicht sagen, aber ich muss es endlich jemandem erzählen.«

»Na, da bin ich aber gespannt.«

»Kottsieper hat mich vor ein paar Jahren nach einem feucht-fröhlichen Betriebsfest nach Hause gefahren.«

»Stimmt, er selbst trinkt nix. Da kann er den Chauffeur spielen, was er aber eigentlich nicht macht.« Struve nahm einen tiefen Schluck von seinem Glühwein.

»Ich hatte schon ziemlich einen in der Krone, und das nicht nur ein bisschen.«

»Kurz vor der Bewusstlosigkeit?«

»Mindestens.« Littmann lächelte gequält.

»Und dann?«

»Na ja, dann ist er mit mir in ein Waldstück und hat mich mit Handschellen an einen Baum gefesselt.«

»Wie bitte?«

»Ja – ich hab auch erst gedacht, der macht einen Scherz. Aber er hat seinen Schlagstock herausgeholt und mir damit vor dem Gesicht herumgefuchtelt, dass mir angst und bange wurde.«

»Und was wollte er von dir?«

»Das muss ich dir nicht erzählen. Aber es hat sich wiederholt.«

»Wiederholt?«

»Ja, er befahl mir, die Klappe zu halten oder er würde mich killen.«

»Und du bist schön brav immer wieder zu ihm gekommen und hast dich …«

»Genau. Dafür schäme ich mich, Peter. Sollte das rauskommen, ist nicht nur Kottsieper geliefert, ich wäre es auch.«

»Weil man annehmen müsste, du stehst da drauf. Mensch, du hättest ihn anzeigen, dich versetzen lassen müssen. Wie oft hat er dich vergewaltigt?«

»Vergewaltigt ist vielleicht nicht ganz das richtige Wort. Genötigt, ja. Also, ich würde sagen, jeden Monat zweimal, und das seit etwa vier Jahren.«

»Wie auch immer, das ist einfach nur ekelig, Charly.«

»Ich weiß. Ich möchte auch, dass es aufhört, Peter.«

»Bist du dir da sicher? Oder gefällt es dir doch?« Er blickte Littmann ungläubig an.

»Kottsieper ist ein Schwein. Ich muss von ihm loskommen. Und wie er mit dir umgegangen ist, das hat mich schockiert.«

»Ich fürchte aber, wenn wir nicht mehr in der Hand haben als eure Pimperei, kommen wir nicht weit. Zumal es dafür keine Beweise gibt. Oder hast du DNA-Spuren von ihm an bestimmten Gegenständen gesammelt?«

Littmann schüttelte den Kopf.

»Warum hat er dich denn überhaupt degradiert, wenn er sich so gerne mit dir im Wald getroffen hat?« Struve leerte den Glühweinbecher.

»Es gab da noch eine andere Geschichte.«

»Ach, was?« Struve entfuhr ein trockenes Lachen. Er kam aus dem Staunen gar nicht mehr raus. »Jetzt sag nicht, dass er mit dir in die Flitterwochen gefahren ist und er das auf Staatskosten abgerechnet hat.«

Littmanns Gesichtsfarbe erreichte wieder sein normales Level, was darauf hindeutete, dass es nicht mehr so sehr um sein verqueres Sexualleben ging.

»Unser Hubschrauberpilot arbeitet nebenbei unter der Hand bei einem privaten Anbieter. Und der hat für Seeberger Austern aus der Bretagne frisch eingeflogen.«

»Na, das klingt doch eigentlich ganz lebenslustig. Wo ist dabei der Haken?«

»Irgendwann stand der Pilot Kottsieper gegenüber, als Seeberger ihn mit in die Bretagne nahm, um ihm die Austernfarm zu zeigen.«

»Und Kottsieper kannte den Piloten?«

»Klar. Der kennt jeden bei uns im Bau.«

»Und hat er ihn zur Rede gestellt?«

»Nein – das hat er weder sofort noch später jemals getan.«

»Wahrscheinlich wäre bei einem Disziplinarverfahren herausgekommen, dass der Pilot einen Deal mit Seeberger hatte.«

»Das vermute ich. Der Pilot ist immer noch im Dienst. Offenbar haben die beiden ein Stillhalteabkommen.«

»Und was hast du mit dieser hohen Kunst der Diplomatie zu tun, mein Lieber?«

Littmann nahm einen großen Schluck vom Glühwein und blickte sich um. Er zog den Kragen hoch und beugte sich zu Struve hinüber.

»Ich bin zufällig der Schwager des Piloten.«

»Weiß Kottsieper das?«

»Ich denke, er wird das mitbekommen haben.«

»Okay. Aber warum musst dann du herhalten, wenn es um Abstrafung geht?«

»Als mahnendes Beispiel, denke ich. Für meinen Schwager, der schweigen soll. Außerdem hat Kottsieper gemerkt, dass man es mit mir machen kann. Er sagte auch, ich würde wieder in einer Mordkommission eingesetzt, wenn er keinen Ärger bekommt.«

Struve musste lachen. »Ja, mit dir kann er es wirklich machen. Ich hoffe, dass du ihn mal richtig eine einschenken kannst, damit er mit seinen Spielchen bei dir aufhört.«

»Merkst du nicht, dass ich mit dir gerade daran arbeite?« Littmann blickte ihn entschlossen an. »Die Sache mit Seeberger und dem Helikopterflug, damit kriegen wir ihn.«

»Das glaube ich nicht. Die Rechnungsprüfer werden es mit einer Verwarnung bewenden lassen – da müsstest du schon andere Kaliber auffahren: zum Beispiel ihm vorwerfen, einen Mitarbeiter mehrfach vergewaltigt zu haben.«

»Ich möchte aber nicht, dass diese intimen Sachen bekannt werden. Da lacht die ganze Welt über mich. Aber wenn du es gebrauchen kannst, um zu erreichen, dass Kottsieper deine Suspendierung aufhebt, darfst du es gerne als Druckmittel benutzen. Deshalb habe ich es dir vor allem erzählt. Vielleicht lässt er mich dann auch in Ruhe.«

Struve begriff, dass Littmann selbst nicht die Kraft hatte, sich zu wehren und dass er ihn vorschicken wollte. Es war nicht mehr und nicht weniger als eine Erpressung, die er von ihm verlangte. Geschickt angestellt, könnte es klappen. Aber wahrscheinlich würde der Polizeipräsident in ein oder zwei Jahren sowieso in den Ruhestand versetzt. Dann würden die Karten neu gemischt. Ohne auf den Vorschlag weiter einzugehen, verabschiedete er sich von Littmann, ging zurück in seine Wohnung und legte eine CD mit Musik von Bob Dylan auf, aus der die Unangepasstheit herausquoll, die er in diesem Moment brauchte. Struve überlegte, ob er wirklich zur Polizei zurückwollte. Er fühlte sich unfähig, das sofort zu entscheiden. Zu viel war geschehen, das ihn aufgewühlt hatte.

28

Nach den ganzen Aufregungen um den Theatermord in der Stadthalle und um Julia kam Luca Santos endlich zur Ruhe. Er hatte sich einen Tag freigenommen und gönnte sich eine Latte macchiato im Café Provinz am Fuß der Marbacher Innenstadt. Auch wenn er nur in der Rolle des Augenzeugen und Berichterstatters war und er es sich nicht eingestehen wollte: Der Mord hatte ihn stark mitgenommen. Er hatte die Schauspieler bei den Proben persönlich kennengelernt und in Artikeln ihre Leistungen gewürdigt. Der feige Anschlag, er diente nichts und niemandem, befriedigte allenfalls verletztes Ehrgefühl und stand in keinem Verhältnis zu dem, was vorgefallen war.

Und Julia? Er wusste nicht, wie es mit ihnen weitergehen sollte.

Er hatte aufgehört zu kämpfen und fügte sich in sein Schicksal.

Luca beschloss, sich beim Schreiben zu entspannen. Er wollte seine Geschichte zu einem schönen, positiven Ende führen, dabei allerdings nicht oberflächlich bleiben. Wohin also mit Hans und seiner enttäuschten Liebe? Er schrieb:

Hans' Herz schlug schneller, als er in seinen Peugeot stieg, um Constanze aufzusuchen. Sie hatte sich seit Monaten nicht gemeldet. Es schneite leicht, die Flocken tanzten in der Luft. Leicht sah das aus, er aber fühlte sich schwer, als ob eine Prüfung auf ihn wartete.

Dass er Constanze ungebeten besuchen wollte, bereitete ihm ein schlechtes Gewissen. Ständig hörte er von diesen Stalker-Geschichten. Aussortierte Typen, die sich ins Leben ihrer angehimmelten »Exen« hineindrängten ohne Rücksicht auf irgendwelche Ängste. Gewiss, er würde wieder verschwinden und nie mehr auftauchen, wenn Constanze ihn fortschicken würde. Hans zog ihr Foto aus seiner Brieftasche und küsste ihr Abbild.

»Dein Stern leuchtet zu stark, als dass ich ihn verleugnen könnte«, sagte er leise. »Ich möchte dich lieben, und wenn ich dir nur dadurch nahe sein kann, dass ich dir für immer fernbleibe.« Hans setzte sich ans Steuer und fuhr los.

Es schneite auch nach einer Stunde Fahrt noch. Hans legte eine Pause an der Autobahnraststätte Illertissen ein, es trieb ihn aber nach einer Tasse Kaffee weiter. Wäre er nur fünf Minuten länger geblieben, hätte er im Radio des Snackshops von der dringenden Empfehlung gehört, auf den Passstraßen Schneeketten aufzuziehen.

Am Spätnachmittag erreichte Hans den Steilaufstieg am Fernpass. Das Schneegestöber hielt an, er kämpfte sich mit Schrittgeschwindigkeit voran. Plötzlich gab der Peugeot seinen Geist auf.

Luca las noch einmal durch, was er da gerade geschrieben hatte. Warum gab der Peugeot seinen Geist auf? Wieso musste Hans einen steilen Berg hinauffahren? Und warum war überhaupt alles so frostig kalt und voller Schnee? Er wusste es! Er durchschaute, dass er nicht über Hans und Constanze schrieb, die in Wirklichkeit Myriam hieß. Luca erschrak bei dem Gedanken, dass er eigentlich ein kaltes Seelengemälde seiner selbst beschrieben hatte, in dem unübersehbar das Loch klaffte, das Julia hinterließ. Seine

Motivation, an dem Roman weiterzuarbeiten, schwand so plötzlich, wie sie gekommen war. Er zahlte, ging hoch auf den Galgenberg, zerknüllte das Manuskript, zog sein Feuerzeug aus der Tasche und verbrannte seinen Roman. Luca fühlte sich wie von einem Fluch befreit. Er würde die Kraft haben, Julia wieder in die Augen zu schauen. Es gab keinen Grund mehr zu lügen. Es stand nichts mehr auf dem Spiel, es ging nur noch um sie beide. Er war sicher, alles würde wieder gut.

*

Mersin, 9.12.2018

Lieber Peter,

wir werden nicht viel Zeit haben. Nur einige Stunden. Ich hoffe, du bist nicht zu enttäuscht. Es ist für mich immer noch nicht leicht, mich unabhängig zu bewegen. S.

*

Ludwigsburg, 9.12.2018

Liebe Sengül,

ich kann dich gut verstehen.
Bei euch ist vieles anders.
Aber was sind schon Jahre,
was sind Monate,
Wochen,
Tage
und Stunden,

wenn es nur darum geht,
dich zu sehen
und sich mit dir zu freuen?
Eine Stunde mit dir,
davon träumte ich
so lange …

Herzlich, dein Peter

29

Es regnete Bindfäden, als Struve den Flughafen von Zürich erreichte. Die Uhr in seinem Ford Focus zeigte 17.20 Uhr an. Sengül würde bald landen. Sein Herz schlug schneller bei dem Gedanken, sie nach der langen Zeit wiederzusehen. Sie war auf dem Weg zu Verwandten, die in Belgien lebten. Eine Tante lag im Sterben, der Weiterflug nach Brüssel würde gegen 22 Uhr starten. Er stellte den Wagen ab, eilte in das Gebäude, und wenig später standen sie sich in der Empfangshalle gegenüber.

»Sengül?« Er hatte sie sofort erkannt, wusste aber nicht so recht, wie er sie begrüßen sollte.

»Peter! Welche Freude!« Ihre Augen glänzten. Struve breitete seine Arme aus, sie vermied jedoch eine Umarmung und hielt seinen Unterarm fest. Hatte sie gespürt, dass er sich schwertat, sie zu berühren? Sengül, seine Rose, sie war immer noch bildschön, auch nach 40 Jahren. Doch die Zeit hatte gewirkt. Er spürte, es war nicht leicht. Einfach weiterzumachen, als ob sie sich erst gestern im Gartenhaus begegnet wären, kam nicht infrage. Alles erschien ihm plötzlich wahnsinnig kompliziert.

»Hey, ich freue mich, dass wir uns wiedersehen.« Er lächelte sie an. »Geht es dir gut?«

Der Flug von Izmir aus war problemlos verlaufen. Sie hatte Hunger.

»Komm, ich kenne ein Lokal in der Nähe. Ich hoffe, es existiert noch, wir fahren hin.« Struve hatte in Zürich als junger Kerl einige Monate in einer WG gewohnt, die Stadt erkundet und sich als Pizzafahrer verdingt. Wenig später saßen sie in der Kneipe. Laute Musik empfing sie. Ein Fest? Die Wirtin feierte Abschied. Es war ihr letzter Abend in dem Lokal. Eine Band spielte Polkarock. Struve wählte einen Tisch in einer relativ ruhigen Ecke. Sengül bestellte einen Pfefferminztee, er ein Bier, dazu zwei Pizzen. Da war sie nun, und beide fanden keine Worte. Sie wirkte schlank, trug ein modern geschnittenes Kleid, das ihre Figur vorteilhaft unterstrich. Dazu war sie dezent, aber wirkungsvoll geschminkt. Sengül, die Rose, sie blühte immer noch – und sie wartete darauf, dass er das Gespräch eröffnete.

»Du bist immer noch wunderschön.«

»Danke, Peter.« Sie lächelte verlegen und nestelte an ihrer Handtasche, um etwas herauszuholen.

»Ich meine das wirklich so.« Er schmunzelte, und als er ihr in die Augen schaute, entdeckte er darin Vertrauen. Sie fand endlich in ihrer Handtasche, was sie gesucht hatte, und legte ein Foto vor ihm auf den Tisch.

Auf dem Foto war ein Mann zu sehen, Struve schätzte ihn auf etwa Mitte 30 Jahre. Er stand allein vor der Blauen Moschee in Istanbul und blickte sympathisch in die Kamera.

»Wer ist das?«, fragte Struve.

»Das ist Üstür.«

»Dein Sohn? Er sieht sehr nett aus.«

»Siehst du seine Augen?« Sengül nahm das Foto, rückte ein wenig näher zu ihm hin.

»Ja, wunderschön, nur nicht so schön wie deine.« Struve wunderte sich über sich selbst. Es kam ihm peinlich vor, Komplimente zu machen. Das musste er ihr ersparen.

»Die Augen sind meerblau, so wie deine«, flüsterte Sengül.

Er verstand die Anspielung, war aber viel zu überrascht, als dass ihm darauf etwas eingefallen wäre. »Willst du damit sagen …«

Sie nickte. »Ja, Üstür ist dein Sohn.«

Ihm war, als ob ihn ein Hammer getroffen hätte. Die Polkamusik benebelte ihn zusätzlich. Im Hintergrund tanzte die Wirtin wie ein Irrwisch und gab sich den schmissigen Rhythmen hin. Abschiede haben es in sich, dachte Struve.

Struve erinnerte sich an eine der Postkarten, die Sengül ihm geschrieben und dabei ihren Sohn erwähnt hatte. Darauf war er nicht eingegangen. Keinen Gedanken hatte er daran verschwendet, dass aus ihrer Begegnung im Gartenhaus ein derart folgenschweres Ereignis wie die Geburt eines Kindes entstanden sein könnte.

»Was macht Üstür?«, hörte er sich fragen.

»Ihm geht's gut.« Sengül lächelte. »Er studiert hier in der Schweiz. Irgendein Stipendium. Will Professor werden, etwas Technisches. Er geht seinen Weg.«

»Prima.« Struve schluckte. Er war Vater, ohne es zu wissen. Sein Sohn kannte ihn nicht. Er bemühte sich, das so stehen zu lassen, wie es war. Sengül mochte ihre Gründe haben, ihre Familie zu schützen. Es war seine Aufgabe, das zu respektieren. »Ist er denn glücklich?«

Sie überlegte. »Ja, ich denke schon.« Dann nahm sie das Foto, schaute sich seine Augen an und sagte zu Struve: »Weißt du, Peter, nur in der Liebe, da hat er irgendwie kein Glück. Kommt dir das bekannt vor?«

Sie lachten.

Die Wirtin hatte ihren Tanz beendet und brachte die Pizzen. Beim Abkassieren bemerkte sie: »Wir müssen es feiern, das Leben!«

Im Auto zum Flughafen sprachen Sengül und Struve kein einziges Wort. Struve hatte Sengül zu Recht die ganzen langen Jahre vermisst. Er schaute in den Himmel, als ihr Flieger abhob. Er dachte an Üstür und daran, dass er lebte und es ihm gut ging irgendwo in der Schweiz. Vielleicht würde er sogar irgendwann nach Deutschland ziehen und eine Bayerin oder Schwäbin heiraten. Mit ihr Kinder haben. Und das ganz ohne Wenn und Aber …

ENDE

DANKESWORTE

Ich danke allen, die an diesem Roman durch Gedanken, Worte und Taten mitgewirkt haben.

Besonderer Dank gilt Martina, Cornelius und Anika Fück, Ingvelde Scholz, Thomas Demuth, Matthias Maier und Monika Lesny-Ruoff sowie meiner Lektorin Claudia Senghaas.

LIEBES

hände vertasten sich
zu imaginären
körperlandschaften
verspüren

deine haare
ein orkan
dein mund
der ozean
salz
jodfrei

haut spürt
landschaften
hügelhände
spüren lachen
von innen

deine augen
sind keine scheinwerfer
sind tiefenmesser
für das wohlbefinden
des tauchers

von Axel Brandt,
»Das Leben ist zu kurz

für die Eintagsfliege«
sagte die Sternschnuppe

Mit freundlicher Genehmigung des Ludwig-Stark-Verlags

Kriminalkommissar Struve ermittelt:

1. Fall: Schillerhöhe
ISBN 978-3-89977-802-1

2. Fall: Räuberblut
ISBN 978-3-8392-1081-9

3. Fall: Glockenstille
ISBN 978-3-8392-1611-8

4. Fall: Liebestrug
ISBN 978-3-8392-2729-9